BUENOS SAMARI

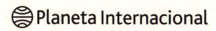

WILL CARVER

BUENOS SAMARITANOS

Traducción de
Yara Trevethan Gaxiola

 Planeta

Diseño de portada: Planeta Arte & Diseño / Christophe Prehu
Fotografía de portada: © Shutterstock
Fotografía del autor: © Donna-Lisa Healy

Título original: *Good Samaritans*

© 2018, Will Carver

© Traducción: Yara Trevethan

Derechos reservados

© 2020, Editorial Planeta Mexicana, S.A. de C.V.
Bajo el sello editorial PLANETA M.R.
Avenida Presidente Masarik núm. 111,
Piso 2, Polanco V Sección, Miguel Hidalgo
C.P. 11560, Ciudad de México
www.planetadelibros.com.mx

Primera edición en formato epub: abril de 2020
ISBN: 978-607-07-6685-5

Primera edición impresa en México: abril de 2020
ISBN: 978-607-07-6701-2

Si necesita fotocopiar o escanear algún fragmento de esta obra diríjase al
CeMPro (Centro Mexicano de Protección y Fomento de los Derechos de
Autor, http://www.cempro.org.mx).

Impreso en los talleres de Litográfica Ingramex, S.A. de C.V.
Centeno núm. 162-1, colonia Granjas Esmeralda, Ciudad de México
Impreso y hecho en México – *Printed and made in Mexico*

Para los martes

Pero un samaritano que iba de viaje llegó a donde estaba el hombre, y cuando lo vio, se compadeció de él.

LUCAS, 10:33

Cuando tienes insomnio, en realidad nunca estás dormido, y nunca en verdad despierto.

EL NARRADOR, *El club de la pelea*

No te limpia, no tanto cloro. Cierto que existen cremas faciales de venta al público que ayudan a la piel seca o eliminan las manchas que se forman por la sobreexposición a la luz del sol, y su eficacia está clínicamente comprobada. Pero es mínima.

Para quienes padecen eczema, un baño de cloro podría ser recomendable. Tu dermatólogo te dirá que el cloro puede disminuir de manera significativa la infección del estafilococo dorado, una bacteria predominante en las personas que sufren de esta afección de la piel. Sin embargo, se recomienda no usar más de media taza de cloro en una tina llena hasta la mitad. Porque no hará que tu piel brille como lo hace con el escusado. Se quemará. Se ampollará. Sangrarás. Te dolerá hasta el alma.

A menos que ya estés muerto.

Es el momento previo a que te duela hasta el alma. Esa sensación de ahogo que en ocasiones puedes sentir cuando alguien mucho más fuerte que tú aprieta tu tráquea con todo su peso. Lo que duele es la falta de aire, no el cloro.

Y después, mientras mueres, está ese extraño zumbido en los oídos; tu rostro pierde color y eso ayuda a los médicos forenses a determinar la causa de la muerte, aunque las marcas sobre tu cuello son señales muy reveladoras. Y la manera en la que ahora tus ojos salen de sus órbitas. No sabrán con certeza si sentiste mareos o si tus músculos hormigueaban y el cloro se hará cargo de la sangre que brote de tus oídos y tu nariz.

Pero no te preocupes por el cloro, por las seis botellas que se vertieron, junto con un poco de agua caliente, en la tina en la que estás echado y donde permanecerás algunos días. Ahí donde te limpias por completo conforme el producto químico consume todo tu cuerpo y elimina el color de tu cabello. Esa parte no dolerá.

Por eso no es necesario enjuagar tu piel con agua fría ni envolver tus heridas con plástico; pero, aun así, sucederá. Se ocuparán de ti. Te cortarán las uñas y cepillarán tus dientes, en caso de que hayas mordido o rasguñado cuando todavía podías sentir dolor.

Y no tendrás frío cuando te avienten a una zanja, en un campo o un sotobosque, cubierto solo con un plástico para proteger tu pudor y cubrir tu piel manchada. Por supuesto, tu cuerpo estará frío, pero no lo sentirás.

Todo estará bien. Solo permanece allí. Descansa.

Esperemos que alguien pasee por ahí con su perro, que una pareja apasionada se acueste en el lugar equivocado o que un niño vaya a buscar su pelota cerca del árbol incorrecto.

Espera a que el Buen Samaritano te encuentre.

Te encontrarán.

ESA SEMANA
DOMINGO

1

Estaba preocupada. No cabía duda. La lista de las cosas que odiaba de mí misma era larga y fácil de inventariar. Y como tanta gente que necesita el apoyo de las personas que la rodean, que necesita poder hablar sin miedo a ser juzgada o a hacer el ridículo, que necesita amor, ánimo y pensamientos positivos, yo estaba sola. Todos se habían rendido. Incluso quienes aún formaban parte de mi vida, esperaban, contando los días, esa llamada telefónica que les informara que, finalmente, lo había logrado, y así ellos podrían continuar con sus vidas sin que Hadley Serf se entrometiera en su camino.

Ya había tratado de suicidarme.

Lo había intentado muchas veces.

La primera —en fin, la que todo el mundo pensaba que había sido la primera vez— fue el clásico intento de cortarme las venas. A pesar de lo mal planeado y lo pésimamente ejecutado, la gente comenzó a poner atención y a escuchar.

Estaba sola en mi departamento y estaba harta. Tomé una navaja de afeitar con la mano derecha, la coloqué sobre mi antebrazo, la presioné contra la piel y corté hacia abajo, sobre la muñeca, hacia la palma de la mano. Yo hubiera hecho el corte a lo largo de la muñeca, pero vi una película en la que explicaban claramente que esta no era la manera de hacerlo. Qué vergüenza que te encuentren muerta con las muñecas seccionadas de forma equivocada. Nunca lo hubiera superado.

Solo me corté la muñeca izquierda, un buen tajo de diez centímetros en el brazo, y luego llamé a mi novio; él llegó y me llevó al hospital. Después, responsable y diligente, llamó a mis amigos para informarles.

Del lugar en el que se encontraban, se apresuraron a mi lado para verme.

No lo entendían. Era incómodo.

Y lo sigue siendo, puesto que en realidad nunca se han molestado en escarbar un poco más profundo.

En comprender hasta qué punto no me soporto. Y esa lista de cosas que detesto, que no puedo arreglar, y que va en constante aumento.

Comentan entre ellos y dicen que es culpa de mi padre, que toda la vida ha sufrido de depresión, pero no lo reconoce. Él siempre ha menospreciado a Hadley, eso es lo que dicen. Y hablan de otras cosas: «No veo por qué está tan deprimida, sus padres tienen un montón de dinero».

Bostezan. Resoplan. Escupen.

Por supuesto que a mí no me importa la ostentosa riqueza de mi familia. Pensé en mi padre, mi madre y mi hermano menor antes de pasar la navaja por mi piel y exponer una vena azul oscuro que ponía en libertad un hermoso gusano carmesí. Pensé en ellos y en lo mucho que les dolería saber que estaba muerta. También pensé en mi novio. Y en todos mis amigos. No fue una decisión que tomara a la ligera. Suponía que, a la larga, sus vidas serían verdaderamente mejores, más plenas, sin mí. E imaginé que la mía mejoraría muchísimo si ya no me interpusiera en mi camino.

Lloro.

Aparento

Sangro.

Se lo he tratado de explicar a mis amigos y ellos han intentado entender. Fueron comprensivos durante un par de semanas, pero luego pensaron que lo había superado y continuaron con sus vidas.

Mi novio terminó conmigo una o dos semanas después.

2

—Samaritanos, ¿en qué puedo ayudarle?

Siempre empieza así. Era la tercera llamada que recibía esa noche. Ningún suicida, ese era un error común. Solamente era tarde. Con frecuencia, las personas llamaban porque todos sus amigos estaban dormidos y no tenían a nadie con quien hablar sobre sus problemas de pareja, preguntar sobre su sexualidad o solo porque se sentían solas.

En ocasiones, no muchas, se trataba de una broma. Alguien que no necesitaba platicar, que no requería ayuda, a quien ninguna pregunta —que no pudiera resolver por sí mismo— le consumía las entrañas. Una persona que, por el contrario, cree que es gracioso hacerle perder el tiempo a los otros; interrumpir los valiosos segundos de quienes en verdad necesitan apoyo y compañía.

Él ya había recibido tres llamadas. Ninguna de ellas fue una pérdida de tiempo, no para él. Estaba ayudando; estaba ahí para quienes lo necesitaban más.

Trataba de llenar el vacío en su interior.

Trataba de purificarse.

Se llamaba Ant. Tenía veinticinco años. Había terminado la universidad y viajado con su amigo James por Australia, Nueva Zelanda y Fiji. A los dos meses de lo que parecía ser su mayor aventura, Ant encontró a James colgado detrás de la puerta del baño, con un cinturón de piel alrededor del cuello y su pito en la mano.

Parecía un accidente; con frecuencia, estas situaciones lo parecen. El viaje terminó porque Ant ayudó con el papeleo para enviar el cuerpo de regreso a Reino Unido. Y justo cuando estaba a punto de averiguar lo que quería hacer con su vida, Ant perdió el camino.

Impuro y sin esperanza.

Eso cambiaba todo. Desde ese momento en adelante, se sintió irremediablemente sucio.

En un esfuerzo por lidiar con lo que había sucedido, se ofreció como voluntario con los Samaritanos. Y ahora, años después, seguía aquí escuchando a alguien que probablemente deseaba seguir el camino de James; pero esta vez, él podía ayudar.

Y cuando lo hacía, solo en ese momento, se sentía un poco menos impuro, un poco menos perdido.

3

En general, solo colgaban el teléfono.

Quienquiera que fuera.

Seth no lo sabía.

Él solamente marcaba un número al azar.

Esperaba establecer algún vínculo.

Sucede más o menos así.

Hay dos sofás en el salón. Uno para Seth, de dos plazas, en el que se sienta. Otro para su esposa, de tres plazas, donde ella se recuesta e, invariablemente, se queda dormida a la mitad de un programa de televisión que insistió en que vieran. A esto se le llama matrimonio. Rutina. Sentar cabeza. Establecerse. Conformarse. Él cree que ella no es consciente de que son infelices. Porque es demasiado patético pensar que ambos permiten que esto suceda.

Ella se pierde la segunda mitad del programa. Él lo ve hasta el final, solo por si ella se despierta y se da cuenta de que él está interesado en algo que no le derrite el cerebro y hace se le escurra por los oídos. Lo que él quiere hacer es apagar el televisor. Leer un libro. Hacer un poco de ejercicio. Masturbarse. Tomar uno de esos cojines del sofá con motivos florales, uno que en verdad relacione todo lo que hay en la habitación, y colocarlo sobre su rostro, presionar con fuerza para nunca tener que volver a tragarse otro minuto de *Las geniales amas de casa privilegiadas de alguna ciudad estadounidense que me interesa un comino*.

Desea un poco de calidez.

Sentirse amado. Necesitado. Deseado.

Pero lo soporta. Lo mira mientras ella ronca. No recuerda el nombre de ninguno de los personajes; así como ya tampoco recuerda nada que le agrade a su mujer, ni siquiera las razones por las que se enamoró de ella.

Así es.

Aparecen los créditos. La despierta. Ella se disculpa. Él responde algo así como: «No te preocupes, amor. No te perdiste de mucho». Luego, ella se va a la cama. Antes, acostumbraba darle el beso de las buenas noches, pero hace ya un par de años que dejó de hacerlo. A él le agrada que así sea. Eso no se hace. Era forzado.

Después se queda solo, con sus pensamientos, sus ideas, sus angustias. Y nadie con quien compartirlos. Nadie que aligere la carga.

Quiere levantar el teléfono y marcar un número. Pero es muy temprano. Es como admitir la derrota. Esta noche podría ser la noche. Podría quedarse dormido. Podría permanecer dormido.

No se rinde ni lo posterga.

Así es siempre.

Así ha sido durante dieciocho años.

Su velada continúa.

Pasa los canales de televisión, uno tras otro, sin ningún objetivo específico. Quizá con la pequeña esperanza de encontrar una película en la que una mujer muestre los senos, porque no siempre puede confiar en su imaginación cuando desea agarrarse el miembro. Ya no tienen sexo. Él cree que tal vez se adormezca después del orgasmo. Quizá. Antes era capaz de controlar el final, de prolongarlo, de hacerlo durar. Ahora, se parece mucho a un trabajo. Ya no se trata de placer.

Es la verdad y la nada. En el momento del clímax, cuando no puedes negar el gozo del orgasmo, por corto que sea, hay una irremediable nada. En ese instante, todo es verdad. Y él se aferra a eso, porque todo lo demás en su vida parece ser una estúpida mentira.

Seth no puede dormir y ese es un problema. Afecta toda su vida y todo en su vida afecta la falta de sueño.

Después, todo se viene abajo; el inevitable descenso. Porque no existe otra cosa que supere ese medio segundo de gozo. El nefasto día de Seth está a punto de empeorar.

¿Podría esforzarse más? ¿Debería? La situación no es desagradable. Nunca discuten. En ocasiones, ella lo menosprecia, pero él supone que solo lo hace para sentirse mejor consigo misma. Ha escuchado decir que el matrimonio es un compromiso. Se imagina que eso es lo que está haciendo aquí: comprometiéndose. A veces, le permite que lo haga sentir como una porquería, y otras, para compensar, ella se va a la cama temprano.

Tiene ideas que van más allá de su increíble falta de talento, pero piensa en cosas; en todas esas cosas que podría hacer, pero se convence de que no tiene el tiempo. Podría abandonar su vida. Podría salir y comenzar de nuevo. Podría tomar su clarinete, volar a Nueva Orleans y tocar en las calles. Podría leer más y no las doscientas novelas contemporáneas que su esposa ingiere cada año mientras se transporta al trabajo, y que olvida a los segundos de haberlas terminado. Libros importantes. Todos esos estadounidenses que vivieron en París en los años veinte y escribieron textos que deberían ser leídos. Podría aprender un idioma. Podría hacer cualquier cosa. Tiene el tiempo. Pasa mucho tiempo despierto. Lo que lo detiene es su estado mental.

Tiene el ánimo. La condición, deprimida. Su cerebro se acelera. Estos tres sencillos ingredientes son suficientes para que ahora Seth se mantenga despierto las próximas seis horas. Una cuarta parte del día sin hacer nada. Se siente cansado. Exhausto. Pero de algún modo hiperreceptivo. Estimulado. Sin embargo, sin ánimo de hacer nada. Solo desea dormir. Y no puede.

¿En esto se ha convertido ahora?

¿Quién era antes?

¿Era amable? ¿Lo sigue siendo?

Pasa tres horas golpeando el suelo con el pie y pasando los canales en el televisor. Mira a medias un programa antes de cambiar de canal de nuevo.

Por último, se decide y levanta el auricular. Hojea su agenda de teléfonos, su directorio improvisado, elaborado a partir de una base de datos de miles de clientes que habían hecho pedidos en DoTrue, la compañía de computadoras donde trabaja. Encontró el archivo mientras corregía un error en la laptop de su jefe.

Seth se detiene en una página al azar. Marca el número y espera. Suena siete veces. Un hombre responde. Su acento parece ser el de alguien que vive a 110 kilómetros al norte de donde se encuentra Seth.

—¿Hola? —pregunta.

—¡Ey! Soy Seth. No puedo dormir. ¿Quieres hablar?

—Vete al diablo, anormal.

Azota el teléfono al colgar.

Y así empieza.

Otra noche.

4

Era una noche fría en Warwickshire, pero Teresa Palmer no sentía nada.

Había permanecido algunos días en ese lugar, oculta entre cuatro o cinco árboles. Con el tiempo, la gente contaría la historia de cómo la encontraron en el bosque, porque eso hace que la historia sea más romántica; de algún modo la vuelve más sombría, más aterradora. Sin embargo, los noticieros locales y nacionales hablarían del sotobosque o de la arboleda.

La tumba era poco profunda. Uno pensaría que, a estas alturas, ya la habrían encontrado. No tardarían mucho. Quienquiera que la haya dejado ahí, debió tener prisa. O quizá solo fue un descuido. Arrogancia. No quiso ensuciarse mucho las manos.

No pasará mucho tiempo antes de que un hombre se interne en el bosque-sotobosque-arboleda, con una bolsa de plástico en la mano, pensando que solo va detrás del árbol para recoger las heces de su beagle.

No mucho, hasta que el cuerpo del hombre se paralice y respire de manera nerviosa y deliberada.

No mucho, hasta que lance un grito ahogado que solo su perro fiel escuchará.

No mucho, hasta que llame a la policía para informarles que encontró un cuerpo decolorado e hinchado, envuelto en plástico.

En realidad, no pasaría mucho tiempo antes de que el detective sargento Pace descubra que la mujer que habían reportado como desaparecida estaba muerta. Y que es la segunda persona que encuentran así, a varios kilómetros de su casa. Sola y muerta.

El detective sargento Pace es una sombra.

El detective sargento Pace es paranoia.

El detective sargento Pace está perdiendo.

5

Pastillas. El siguiente intento fueron pastillas. Es bueno probar cosas nuevas.

Las pastillas pueden ser una buena manera de irse. Tomarse un trago. Ingerir las tabletas suficientes como para aturdir a un pequeño elefante. Adormecerse sin dolor, el descanso eterno.

Sin embargo, cuando este asunto de las pastillas no sale bien, es horrible.

Tampoco eso de las píldoras me salió bien.

Mis amigos harían comentarios como: «Si en verdad quería morirse, pudo haberlo hecho bien. Conseguir una pistola. Saltar desde un edificio muy alto. Esto es un grito de ayuda». Se equivocaban, pero era lo que deseaban creer. Sin embargo, aun así, no ayudan.

Tenía un nuevo novio. Siempre pensé que eso ayudaría. Era mucho mejor que el que me abandonó cuando surgió el primer problema. Mis amigos lo estimaban. Yo lo amaba. Y parecía que él me amaba a mí.

Pensaba en él mientras me metía otra pastilla a la boca, sentada en el lugar del conductor en mi viejo Fiat. Rememoré nuestras vacaciones en Roma, cuando salimos por la ventana de nuestro cuarto de hotel, subimos al techo e hicimos el amor bajo el oscuro cielo italiano; el tráfico zumbaba debajo, a nuestro alrededor. Recordé cómo me hizo sexo oral y el sonido de mi orgasmo ahogado por los cláxones de miles de motocicletas que se abrían paso en el tránsito incontrolable.

Evoqué nuestras sonrisas y risas, sus dientes blancos, su piel morena y los músculos de su espalda que me encantaba apretar mientras nos besábamos. Decidí que él estaría mucho mejor sin mí; yo lo arrastraba al fondo.

Así que me tragué una pastilla y bebí agua. Tragué otra pastilla y bebí agua. Tragué y bebí. Tragué varias más. Sentí los ojos pesados. No merecía la pena escuchar la música de la radio. No merecía la pena morir. Por eso abrí la puerta y salí del coche, pero mis piernas no me respondían y cedieron bajo mi peso. Al caer, me golpeé el ojo derecho con la puerta. Después, me raspé la mejilla contra el concreto sobre el que aterricé. La pantalla de mi celular se rompió bajo la presión de mi cuerpo. Lo saqué del bolsillo y llamé a mi novio para decirle lo que había hecho y dónde estaba. El chico al que amaba.

Un par de dedos hurgaron en mi garganta y vomité en el piso, cerca de mi rostro. Luego, me desmayé. Así me encontraron. Completamente derrotada por la vida.

En el hospital dijeron que necesitaba una evaluación y durante unos días me enviaron a un lugar para que me revisaran, me picotearan y me diagnosticaran. Mis amigos me visitaron. Dijeron cosas como: «Esta vez estuvo cerca», y «No puedo creer que le haya hecho esto. Él es tan amable. No es posible que no haya pensado en él».

Pero esos amigos seguían a mi lado y me cuidaban; llamaban todos los días; hablaban de todo y de nada y trataban de comportarse como si todo fuera normal. Pero nada era normal. Todo duró como diez días. Y, para colmo, ese novio que me amaba tanto duró otros tres.

6

«¿Cuándo te diste cuenta?».

«¿Dónde sucedió? / ¿Qué sucedió?».

«¿Cómo te sentiste?».

Ant tenía estas tres preguntas escritas en un post-it que estaba pegado en la esquina de la pantalla de su computadora. Era su rutina. Las escribía cuando comenzaba cada turno; no siempre se sentaba en la misma silla. Se las sabía de memoria. Las recordaba. Pero tenerlas frente a él lo hacía sentir cómodo, como si tuviera el control de la situación, de la conversación. De ser necesario, contaba con una escapatoria; pero nunca era necesario.

Cerca de la medianoche, bebía café después de una llamada particularmente difícil. Traía su propio café al trabajo. No le gustaba la máquina expendedora. Era sucia. Su termo mantenía la bebida caliente durante horas. Y él sabía que estaba limpio. Era suyo. Eso era importante.

Su última llamada fue un hombre de unos veinte años, cuyo padre había fallecido de manera repentina. A lo largo de los años, el tipo había entrado y salido del hospital, siempre por problemas relacionados con el alcohol, pero su hijo nunca lo visitaba. Quería hacerlo. Odiaba a su padre. Lo odiaba por quien había sido y por cómo había cambiado. Y odiaba amarlo. Deseaba visitarlo, pero no podía.

Dijo que: «Hubiera perjudicado a mi familia que aún seguía viva». Ant quería profundizar sobre esto y se quedó en silencio un momento, esperando que su interlocutor siguiera hablando. Pero no lo hizo.

—¿Qué sucedió? —preguntó Ant, echando un vistazo al papel redundante que estaba pegado a la pantalla frente a él.

—El hígado. Por supuesto. ¿Sabe cuánto se tiene que beber para que el hígado falle? Una enormidad de alcohol. Se podía beber seis botellas de vino en un día. Para comenzar. Era ridículo.

Ant estaba sentado y escuchaba, eso era todo lo que su interlocutor quería. Era evidente que no podía hablar con su familia y decirles cómo se sentía. Dijo que, frente a ellos, fingía. Su odio era puro o parecía serlo. Él era el único que sentía amor por el muerto. Por extraño que pareciera. Necesitaba liberarse. Ant le proporcionaba ese servicio. Ayudaba.

Cuando acabó la llamada, Ant se dio cuenta de que en realidad no había dicho mucho. Eso era aceptable, cada llamada era diferente y había hecho bien su trabajo. El chico, ese hijo distanciado que no tenía salida para su dolor, le agradeció al desconocido al otro lado de la línea por estar ahí. Eso le daba a Ant una sensación de calidez, un sentimiento de satisfacción y un propósito. Estaba purificado.

Y ese muchacho le dijo a Ant que siempre lamentaría no haber visitado a su padre. Porque ahora era imposible pasar la página. Así como el enfrentamiento con el resto de su familia. Tendría que vivir con eso para siempre. Pero estaba preparado y listo para hacerlo. Él asumiría las consecuencias en nombre de todos.

Ant imaginó el nihilismo invasor de un hombre bondadoso. Tuvo miedo de su futuro. Como si fuera la llamada de un día, por algo más grave. Algo que requiriera que Ant participara más. Y solo pensarlo lo helaba.

Ese café que había traído de casa, ese golpe dulce, limpio y oscuro de cafeína, no era lo suficientemente caliente como para cambiarlo.

Se alejó de su escritorio un momento y trató de superar su experiencia. El teléfono volvió a sonar. Se sentó, se puso los audífonos y presionó el botón para responder.

—Samaritanos, ¿en qué puedo ayudarle?

Después del primer rechazo, a Seth le gustaba aislarse en la cocina. Aclarar su mente. Hacer café. Está exhausto, pero sabe que permanecerá despierto casi toda la noche, así que, ¿por qué no estar un poco más alerta, un poco más despierto? Sabe que es ilógico. Sabe que no tiene sentido. Pero el insomnio no tiene sentido.

Tampoco es que no duerma nunca, aunque ya ha pasado; ha tenido días en los que podía desconectarse y que se alargaban media semana. Permanecer despierto por tanto tiempo tiene consecuencias. Para Seth comienzan con la vista. Empieza a ver todo en primer plano. Puede estar en el sofá, mirando el programa que no desea ver, y todo lo que percibe es la pantalla del televisor. Toda su visión es una imagen de un metro de mujeres botoxeadas contoneándose frente a tiendas de zapatos. Si estuviera despierta, su esposa vería la pantalla, la mesa sobre la que está el televisor, una parte de la mesita de la sala, las paredes detrás, parte de una de las cortinas. Él solo ve los labios y los senos falsos, mientras aparenta estar interesado.

El segundo síntoma de su extremo cansancio tiene que ver con una rotura en algún segmento del conducto que va de su cerebro a la boca. Las cosas que está pensando se expresan. Y lo que cree que dijo son solo pensamientos. En secreto, a su esposa le encanta esta etapa, porque le puede decir que nunca dijo algo e, incluso, si Seth está seguro de que lo hizo, en realidad no puede saberlo con certeza. Y, puesto que el sueño consolida los recuerdos, sinceramente no podría recordar. Ella podría decir cualquier cosa y él tendría que creerle. Esto lo hace sentir como un sociópata.

Es otro compromiso. Ella acepta que, en ocasiones, su cabeza es un caos; y él acepta que puede ser ella quien provoque el caos en su cabeza.

Cuando las personas dicen que deberías luchar por tu matrimonio, estas son las cosas por las que luchas. Seth está exhausto y su mente no funciona de forma correcta, pero sabe que este consejo es una sandez. Y se convence de que hizo eso exactamente. Luchó. Pero solo existe a través de ello.

El estilo particular del insomnio de Seth no consiste en la falta de sueño, sino en el sueño escaso. Le toma tiempo quedarse dormido. Y entre más se siente frustrado por no adormecerse, menos probable es que lo haga. Sin embargo, en general lo logra. Pero nunca por mucho tiempo. Se despierta. Mucho.

A veces durante quince minutos cada hora. Otras, duerme dos horas y después permanece despierto tres, antes de caer en un sueño profundo entre las seis y las siete de la mañana.

Siempre le gana a la alarma. Pero de todos modos la pone, porque sigue teniendo esperanzas. Todo es un sueño. Aun cuando en realidad no ha soñado en años. En general, lo hace cuando está despierto.

En resumen, no puede dormir, pero tampoco se siente como si estuviera en verdad despierto.

De todas formas, el café ayuda.

La tetera silba sobre la estufa y se imagina a su esposa poniendo los ojos en blanco. No es de extrañar que el idiota no pueda dormir. Prepara un café negro, sin azúcar, esa cosa no es buena para la salud, deja la taza sobre la mesa y vuelve a descolgar el teléfono.

Hojea su directorio de nuevo. Esta vez, se detiene en M. F. Marshall. Ella vive al oeste de su casa, aproximadamente a quince kilómetros. Ha recibido menos hostilidad cuando su voz vibra por el cable en esa dirección.

Suena cuatro veces.

—¿Hola? —Parece estar despierta.

—¡Ey! Soy Seth. No puedo dormir. ¿Quieres hablar?

—Perdón. ¿Quién habla? —Su voz es la de una persona mayor; al menos un par de décadas más.

—Me llamo Seth. Tengo problemas para dormir. No tengo con quién hablar.

—Oh, querido. Hay números a los que puedes llamar para ese tipo de cosas. No creo que yo sea de mucha ayuda.

Al fondo, la voz de un hombre grita algo. M. F. Marshall lo ignora.

—Solo una pequeña charla —le ruega, tratando de no sonar desesperado.

—Lo siento, creo que te equivocaste de número.

M. F. Marshall no cuelga. Pero luego, la voz del hombre se mete en la conversación.

—¿Quién habla? —pregunta.

—Soy Seth —responde—. No puedo dormir.

—Pues estás molestando a mi esposa, Seth. Así que ten la amabilidad de irte al carajo.

Cuelga el teléfono y Seth marca el nombre sobre la página de su directorio, para no molestarlos de nuevo.

8

He estado bebiendo. Sola. De nuevo. Aun cuando hacerlo nunca me hace sentir mejor.

El gato entró por la trampilla de la puerta trasera, se detuvo en la sala, me miró, puso los ojos en blanco y subió las escaleras. Nunca quise tener esa cosa. Mi último novio me lo regaló. Una especie de compañía, pensaba. Un sustituto de los hijos que yo nunca tendría y él nunca deseó. Quizá.

Un gesto amable o un consuelo.

Sin embargo, lo alimentaba, le daba agua. Hacía sus necesidades fuera de la casa. Vivíamos juntos, pero no había compañerismo, ningún vínculo, nada de amor. Era un matrimonio sin el papeleo. Cada uno esperaba que el otro muriera.

Y el gato tenía más oportunidades de ser el ganador.

Vertí más vino blanco en mi boca y puse los ojos en blanco. La bebida estaba avinagrada. Una botella que un amigo trajo a mi casa para una fiesta. Probablemente estuvo un tiempo en su departamento antes de que migrara al mío. Hay que estar verdaderamente desesperado para beberla.

Soy muy buena para la desesperación.

Estaba en un estado emocional que ya me había visitado en numerosas ocasiones. Pensé en todos mis amigos, en sus vidas individuales y en cómo eran mejores que la mía. Después me dije que yo no agregaba a las suyas nada más que problemas, inquietud y demasiado esfuerzo.

Y así era como siempre empezaba. Pero esta vez no tenía novio en quien pensar. Esto era diferente. Siempre había tenido a alguien. Saltaba de un hombre al siguiente. Arruinaba otra vida. Tantas como pudiera.

Sé que soy bonita y lista, más lista de lo que aparento y, cuando me siento bien, me siento muy bien. Soy extrovertida, incluso divertida. Pero esa noche, nada era divertido.

En mi mente, mis amigos murmuraban entre ellos, miraban sobre sus hombros y sacudían la cabeza, decepcionados. Sabía lo que pensaban realmente sobre las cosas que había hecho en el pasado. Ninguno de ellos me había hablado del tema. No trataban de comprender. Pensaban que lo sabían todo.

Se lamentaban, suspiraban.

Y bebí un poco más. Pero no había ni navajas ni pastillas alrededor. Ninguna soga colgaba lánguida de una viga del techo, proyectando una sombra sobre el banco debajo. El baño estaba vacío. El tostador, sobre la barra de la cocina, donde siempre estaba. Los cuchillos descansaban en la repisa. No tengo pistola. Yo vivía en el primer piso; saltar solo me lastimaría.

Todo estaba como debía. Aunque todavía quería morir.

Coloqué la copa vacía sobre la mesita junto a mi bolsa; abrí esta última y revolví el interior hasta encontrar una tarjeta arrugada, atrapada entre dos tarjetas de compra que, ni remotamente, pagaría algún día.

Cogí el teléfono y marqué el número.
Esperé el tono de llamada.
Nunca sonó.

—¿Hola?

9

Los directorios telefónicos improvisados de Seth están repletos de un arcoíris de rechazos fluorescentes. Líneas y líneas de semanas y años con esta idea, esta esperanza de que quizá alguien hablaría con él. Quizá alguien escucharía.

Se detiene en una página llena del apellido Turner. Uno de ellos está resaltado en azul. Quedan tres Turner más para llamar. Pero eso no sucederá esta noche, porque solo seguirá hojeando hasta la letra «S».

Toma su café y mira el televisor. El volumen está en cero y puede ver un área suficiente alrededor de la pantalla, como para saber que la noche aún es joven.

Pasa las páginas del directorio. Se detiene. Su mano se desplaza sobre la página y su dedo señala el nombre D. Sergeant. Pasa la yema del dedo sobre el papel hasta llegar al número que tiene que marcar. Exhala y presiona los números sobre el teclado. Empieza a llamar, pero se sorprende cuando su celular vibra en su bolsillo.

—Olvídalo por una noche y solo ven a la cama.

Piensa que ella tiene buenas intenciones. Pero no se da cuenta de lo improductivo que sería para él.

Y luego, se preocupa. ¿Ha pasado tanto tiempo? ¿Ya pasaron esas seis u ocho semanas? Las cosas suceden de manera tan rápida cuando no las deseas. Seth no recordaba bien la última vez que tuvo intimidad con su esposa. Cada ocasión se confundía en una sola. Los mismos movimientos de siempre. Y hacía mucho tiempo que no era íntimo. No para Seth.

Incluso se preguntaba si ella en verdad quería tener relaciones sexuales con él, porque solo yacía ahí y volteaba la cabeza hacia un lado. O se volteaba boca abajo para estar cómoda y no tener que mirarlo. Pensó que esta era solo otra cosa que ambos hacían juntos a medias, de la que ninguno de los dos quería formar parte, pero que, de algún modo, les asustaría demasiado no hacerla.

Y la idea de que, aun así, ella salía ganando, porque a él solo le quedaban ganas de llorar. Se sentía aliviado de que ella no lo viera. Sentía náuseas. De alguna manera, tenía que parársela solo, con la mano, ponerse el condón y después penetrarla lo más rápido posible, antes de que ella se diera cuenta de que no estaba excitado. Incluso se preguntaba si ella lo sentía.

Después dejó de importarle.

Ella subió las escaleras sola. Y aunque en verdad necesitaba subir para ir al baño, esperó. Una mujer que cumple con sus obligaciones, echada en la cama, ofreciéndole la oportunidad de fornicar a un cadáver desnudo.

Las cosas cambiaron. Se reorganizaron. Pero todo seguía igual.

Seth espera unos minutos. No ha habido otra llamada, otro mensaje de texto.

No lo desean.

Y está agradecido. Sabía que ese era el caso.

Sube las escaleras con cuidado, evitando las partes que crujen bajo su peso y que ha memorizado. Llega al rellano y se asoma por la puerta abierta. Ya está dormida. O finge estarlo. Hubo una época en la que la miraba dormir y pensaba que era hermosa. Se decía que la amaba. Entraba de puntitas, apagaba la lámpara del buró y le besaba la frente con cuidado. Le decía: «Buenas noches», aunque sabía que ella no podía oírlo.

No puede recordar cuándo o por qué eso dejó de pasar. Acostumbraba pensar que sería para siempre. Pero ahora sabe que esto es todo. Esconderse de una mujer que ya no conoce ni desea. Saber que ya no pertenece aquí, pero que no tiene ningún otro lugar a donde ir; aunque, seguramente, cualquier otro lugar sería mejor.

O quizá esto es lo que quiere. Quizá es el cansancio el que habla. Quizá eso hace que un hombre positivo se vuelva negativo.

Deslizándose como el idiota que, sin duda, es, usa la pantalla de su teléfono para iluminar el baño y poder determinar el mejor lugar para dirigir su orina. No directamente al agua, como suele hacerlo. Contra la porcelana para controlar el volumen. Tira de la cadena rápidamente, para que entre suficiente agua a la taza y limpie la peor parte, con el menor ruido posible. Después se moja las manos, apenas con el agua suficiente, y termina su misión espía bajando de nuevo a la sala sin hacer ruido.

Recorre la página de otro directorio; sus manos siguen un poco húmedas y su dedo cae sobre un nuevo nombre. La señorita Hadley Serf.

Es tarde. El reloj lo dice. Necesita el reloj. Su cuerpo siempre piensa que es hora de dormir, su mente siempre está en desacuerdo. Marca el número y espera que el comportamiento de Hadley sea tan bello como su nombre.

10

—¿Hola?

Estaba borracha. Ant podía escucharlo en su voz.

Estas son las llamadas que teme, pero desea. Las llamadas que las personas suponen que siempre recibe. No es así. La mayoría de los suicidas son hombres de una treintena de años. Y raramente llaman. Porque no saben cómo hablar sobre lo que sea que estén viviendo: la pena por la pérdida de un ser querido, la separación de su mujer, la mediocre relación con sus hijos. La mujer al teléfono era suicida.

Y Ant no iba a dejarla morir.

Por eso estaba ahí.

Podía sentir cómo se formaba el sudor en el vello de sus axilas. Miró la esquina de su pantalla. Los breves apuntes que todos en esa habitación habían memorizado lo miraban fijamente. Se secó los ojos, el sudor era implacable.

—¿Has estado bebiendo? —preguntó.

—Claro que he estado bebiendo —respondió ella, pero sin agresión—. Hace que todo sea más fácil. Hace que esto sea más fácil.

—¿Que sea más fácil que me llames? —Ant sabía que ella no se refería a eso, estaba desviando su atención.

Hubo una pausa mientras ella pensaba qué contestar.

Ant cubrió el micrófono de sus audífonos telefónicos y respiró profundamente. Había ganado el control de la conversación. El repiqueteo de todas las otras llamadas telefónicas en la habitación se disipó en un leve zumbido, antes de desaparecer en un ronroneo insignificante.

—Quería terminar con todo.

Al escuchar a su interlocutora hablar en pasado, Ant se sintió seguro de que había tomado una decisión.

—¿Sabes?, ya lo había intentado antes.

—¿Qué sucedió? —No necesitaba mirar la nota en su pantalla. Pero, aun así, lo hizo.

—¿En qué ocasión? Lo he intentado muchas veces. Nunca me sale bien.

Esto era muy común. La baja autoestima debilitaba por completo. Ant era testigo de ello cada semana, de una manera u otra. Había comenzado a odiar la industria de la salud y la frivolidad con que los médicos recetaban antidepresivos. La forma en la que las compañías farmacéuticas creaban problemas con sus medicamentos, para después resolverlos con otras medicinas que también fabricaban. Y estaba harto de la manera en la que las redes sociales hacían que las personas fueran menos sociables, y cómo el gran arte de la conversación se había perdido de pronto en algún lugar, entre la última publicación fanfarrona y solemne, y el siguiente *hashtag*.

Sabía que lo que hacía significaba algo, que tenía un lugar en el mundo. Porque hoy, las personas estaban tan ocupadas hablando que habían olvidado cómo escuchar.

Ant sabía cómo escuchar.

Sabía cómo observar.

La mujer al teléfono platicó sobre sus problemas, cómo había tratado de suicidarse antes, cómo encontró la tarjeta y le llamó, sin saber por qué. Ant sabía por qué. La estaba ayudando a purificarse de nuevo.

Ella se disculpó por ser aburrida. Debió disculparse como treinta veces. Sus amigos la hacían sentir como si fuera una carga. Con seguridad, su familia había hecho lo mismo cuando era joven. Por eso, todo lo que estaba mal la hacía sentir malagradecida, como si se quejara, como si no debiera hacerlo. Ant le explicó que no era así. Que no se trataba de quejarse o lamentarse. No era autocomplaciente. Pero, sobre todo, le dijo que no tenía nada por qué disculparse.

Y ella necesitaba escuchar eso. En el fondo, en algún lugar, lo sabía.

—Gracias. Por escuchar. Por no juzgarme. Tengo que irme.

—Aquí estoy. Siempre hay alguien aquí. ¿Qué piensas hacer ahora?

—No te preocupes. No voy a hacer nada estúpido. Estoy ebria y cansada, solo quiero acostarme y cerrar los ojos, esperar hasta la mañana.

—¿Y eso es lo que vas a hacer?

—Eso es lo que voy a hacer.

Ant sonrió, cerró los ojos un segundo, y asintió. Respiró. El ruido de las otras llamadas comenzó a llenar la habitación de nuevo, para hacerle saber que estaba seguro. Vio la hora en la pantalla y se dio cuenta de que había estado escuchando por más de veinte minutos. Su camiseta tenía un par de lamparones debido a la incontrolable transpiración y se sentía sucio. Apretó los labios. Quería lavarse.

Cambiarse. En su mochila tenía desodorante y tres camisetas limpias. Estaba preparado.

—Buenas noches —se despidió la persona que llamaba.

—Que duermas bien.

Ant esperó a que ella colgara y después hizo lo mismo.

Se recargó en el respaldo de la silla, su espalda estaba húmeda. Se quitó los audífonos y desvió las llamadas en el teléfono. Necesitaba lavarse el torso. En ese momento, lo necesitaba.

Tomó su mochila de debajo de su escritorio y caminó hasta el baño para personas discapacitadas. Ahí, se quitó la camiseta y la aventó al bote de basura para toallas femeninas. Había llevado su propia barra de jabón. Llevaba tres. Se limpió todo el cuerpo, se enjuagó y también tiró el jabón a la basura. Se secó con una de las tres toallas para manos que tenía en un compartimento separado y, cuando terminó, la metió en una bolsa de plástico. Se puso el desodorante y la nueva camiseta, que era exactamente como la anterior. Gris oscuro, sin marca, anónima.

Después miró su rostro en el espejo. Sus ojos estaban cansados, pero él se sentía contento consigo mismo. Había evitado una tragedia. Había ayudado. Fue una de esas llamadas.

Pero no era Hadley Serf. No salvaría su vida.

No esta noche.

11

«¡Ey! Soy Seth. No puedo dormir. ¿Quieres hablar?».

Pero el teléfono ni siquiera sonó. Así que no pudo decir lo que siempre decía.

Seth marcó el número según estaba escrito en la página. Se llevó el auricular al oído y esperó. No pasó nada. Varios clics.

Después, respondió una mujer.

—¿Hola?

Quedó confundido.

Ella preguntó de nuevo:

—¿Hola?

Su voz era suave. Ningún indicio de un acento regional. Era solo una palabra, pero parecía nerviosa.

—Hola —fue todo lo que pudo responder.

—Oh, hola. El teléfono ni siquiera sonó. Son muy rápidos. Supongo que tienen que serlo, ¿no?

—¿Quieres hablar?

—¿Así funciona?

—¿La conversación? Generalmente.

Ella rio. Inocencia absoluta. La había tomado por sorpresa. Ella no sabía qué esperar, pero no estaba preparada para esto.

—Qué chistoso. Pensé que esto sería solemne y serio.

—¿Por qué lo pensaste?

—Bueno, supongo que ustedes escuchan un montón de tonterías por teléfono. Verdaderas desgracias.

—En su mayoría, solo gente que me dice que me vaya al infierno y después cuelga.

Ella volvió a reír.

Seth esbozó una sonrisa y se relajó un poco en el sillón.

—Nunca había hecho esto antes. ¿En general es así?

—Para nada. Cada llamada es diferente. Me alegra que sigas aquí.

—Aquí sigo. Esta noche me siento triste.

Hizo una pausa que Seth aprovechó.

—Lo siento. ¿Qué pasa?

Estaba realmente interesado. Esta chica, esta mujer, esta maravillosa luz que brillaba en su sombría noche, rebosaba de melancolía desde el primer saludo. Lo sentía. Pero, aun así, tenía la decencia de permanecer en línea y hablar con un perfecto desconocido. Y era abierta y receptiva. Quería conocerla.

—La misma estupidez. ¿Sabes? Unos días son peores que otros. Mi jefe me molesta. Metí un poco la pata el viernes en el trabajo. Él también. Pero, como siempre, la culpa la tiene el de más abajo y me culpan a mí. Ni siquiera me gusta mi trabajo, ese es el verdadero problema. Él espera que no haga nada y me aguante. Una parte de mí quería defenderse, pero a la otra parte le importa tan poco lo que hago para vivir, que me parece un desperdicio de energía. Y eso ha durado todo el fin de semana.

Seth asentía, empático. Después hubo un silencio.

—Continúa —la animó.

—Bueno, acabé soportando todo. Como siempre. Probablemente fue mi culpa.

Apestaba a baja autoestima. Muy distinta a la suya. Seth tenía un problema de egocentrismo; el de ella era de autoestima. Todavía no le había preguntado por él, pero la dinámica ya olía a codependencia. Y eso lo emocionaba, porque en realidad nadie dependía de él.

Ella continuó.

—Luego, en el almuerzo derramé el café sobre mi blusa y olvidé cargar mi teléfono en la noche, así que casi no tenía batería para llamar o enviar un mensaje a mis amigos. El tren de regreso a casa se retrasó. Bla, bla, bla. Puras tonterías que todo el mundo padece cada día. ¿Quién soy yo para quejarme?

—Tú eres tú. Puedes quejarte. Todo lo que has mencionado merece un enojo legítimo. Yo estaría molesto si derramara el café sobre mi ropa y si tardara mucho en regresar a casa porque hay una hoja sobre la vía o por cualquier otra razón que hubiera podido evitarse. Si te enoja o te molesta, puedes decir que estás enojada o molesta. Puedes hablar de ello.

—Gracias. Es muy fácil hablar contigo. Eres bueno para esto.

Por supuesto que no podía verla por teléfono, pero sabía que, en ese momento, ella sonreía.

—¿Bueno para hablar?

—Sí. Y para escuchar.

Hubo un silencio. Cómodo.

—Por cierto, me llamo Hadley. No estoy segura si está bien que te lo diga.

—Hadley, ¿nunca antes habías usado un teléfono?

Ella podía escuchar la sonrisa en su voz, así que dejó escapar la suya.

—No esperaba que la conversación fuera así. Para nada.

—Bueno, también superó mis expectativas. Pensé que permanecería despierto cuatro horas más, mirando la pared y deseando poder dormir, aunque fuera unos minutos.

—¿Así le hablas a toda la gente?

—Me gustaría decirte que sí, pero en realidad trato de no mentir.

—Debo ser especial —bromeó.

—Me gustaría seguir hablando contigo. De hecho, estoy bastante despierto. ¿Cómo te fue el resto del día?

Ella continuó su historia. Serpenteó entre las trivialidades de la vida, les infundió significado y angustia. Para la mayoría, tirar el dinero en la calle sería un inconveniente, una ligera molestia. Para Hadley se trataba de una metáfora de decadencia social y el precio que todos debemos pagar por valorar los objetos que tienen precio.

Todo era mucho más importante de lo que parecía. Todo era más intenso. Las cosas pequeñas eran importantes. Seth lo comprendía.

Eso le gustaba de ella.

Ella le gustaba.

Esta desconocida que estaba al otro extremo de la línea telefónica, que hablaba de sí misma como si él fuera un consultor sentimental a quien podía expresar su sufrimiento, como si fueran amigos.

Amistad. Qué novedad. Sería más sencillo si pudiera creer que su matrimonio simplemente perdió la pasión. Que la chispa se había apagado y que solo tenían la amistad que habían construido.

Cuando Seth conoció a su esposa, sintió una atracción física. Así es como empieza, ¿no es cierto? Ves algo que te gusta, algo brillante y, como hacen los acaparadores, deseas poseerlo, cualquier cosa que sea. Al inicio, no son amigos. Muestras tu mejor cara, tus mejores atributos. Hacía mucho tiempo que Seth había olvidado qué era lo mejor en él. Y no tiene la menor idea de lo que es ahora. Quizá su nueva amiga Hadley tiene razón, sabe escuchar. Absorbe los problemas de otros. Eso es exactamente lo que estaba haciendo con Hadley Serf. Solo que no lo sabía hasta ese momento.

Simplemente pensaba que era hermosa. Se sentía atraído hacia ella, físicamente, aunque nunca la había visto.

Ella le contó que se había bebido una botella entera de vino que un amigo había llevado a su casa.

—Quizá a propósito. Las primeras copas fueron horribles.

Seth rio.

Después, le dijo su nombre.

—Por cierto, me llamo Seth.

12

El detective sargento Pace está solo.

El detective sargento Pace está perturbado.

El caso no avanza. Sospechó del padrastro y del novio de larga data. Con frecuencia, estos casos son domésticos. Pero la forma en la que se deshicieron del cuerpo no es congruente con esta línea de investigación.

Es calculado. Deliberado.

Salvaje.

Hay cloro en todos lados.

Adentro y afuera.

Para Pace, eso muestra la frialdad del asesino, algo que se ha eliminado. Quizá, incluso placer.

Interrogó a colegas, familia y amigos. Lo habitual. No surgió nada. No se dijo ni una sola mala palabra. En general, así es: a la gente no le gusta hablar mal del muerto. Las personas son supersticiosas. Pero siempre hay alguien que se manifiesta, que da a entender algo negativo, pero Pace aún no descubre a esa persona.

Esta joven supuestamente amigable, solícita, amable y cariñosa nunca llegaba tarde al trabajo; muy rara vez se enfermaba y se ofrecía como voluntaria para quienes eran menos afortunados en su zona.

Esa zona es Bow, al este de Londres. Y las autoridades parecen ignorar la razón por la cual su cuerpo fue encontrado a ciento sesenta kilómetros de ahí, en un parque en Warwickshire.

La cobertura de los noticieros empieza a disminuir.

El público continúa con sus vidas, olvida.

El detective sargento Pace no se dará por vencido.

13

—¡Uy! Conque Seth, ¿eh? En verdad, eres un disidente. Supongo que está bien que yo te diga mi nombre, pero no estoy segura de que tú debas decirme el tuyo.

—Te aseguro que es lo habitual.

—Es mi primera vez. En realidad, dudé en tomar el teléfono esta noche. He consultado a un par de terapeutas. Por supuesto. Y solo se quedan ahí sentados. Se supone que deben escuchar, pero no es recíproco. No te hacen sentir que haya un intercambio. Parece más un juicio, ¿sabes?

Me preocupaba que Seth se abrumara con la facilidad con la que le estaba compartiendo mi historia, mi información. Pero parecía tranquilo con la conversación, incluso complacido. No miraba el reloj; hacía que el tiempo durara.

—¿Y cómo te hace sentir eso? —Bromeó, adoptando su mejor tono de terapeuta, que básicamente era su misma voz, pero más sofisticada y un poco más extraña, estirando las últimas dos palabras.

—Exactamente.

Yo sonreía de nuevo. Miré mi copa vacía. Deseaba un trago, pero no para mitigar mi dolor ni ayudarme a dormir o para perder algunas de mis inhibiciones y tener una excusa para las malas decisiones que, sin duda, tomaría con el tipo al otro lado del bar.

Me sentía bien. Y tenía ganas de sentirme aún mejor.

—¿Me esperas un momento? Ahora regreso.

—No voy a ningún lado.

Dejé el auricular sobre el brazo del sofá y caminé contoneándome hasta la cocina.

Me sentía un poco más ligera.

14

Seth esperó un par de minutos. Había silencio. No podía escuchar nada al fondo. Pero no había tono de llamada. Volvería. Estaba seguro. La anticipación era emocionante. Podía sentir su corazón en el pecho. Todo estaba tranquilo y lo sintió latir en sus oídos.

—Ey, ¿sigues ahí? —Le faltaba el aliento.

—Aquí estoy. ¿Todo bien?

—Sí. Gracias por esperar. Me estaba preparando una ginebra con tónica.

—Qué maravilla.

—Bueno, eso dices, pero no encontré limón. Ni lima. Y me quedé sin tónica.

—Así que solo ginebra, ¿eh?

—Y bien, pues parece que también me quedé sin ginebra. Por eso revolví la cocina.

—¿Productos de limpieza y Coca-Cola?

—Ojalá. Terminé con una botella miniatura de *limoncello* que traje de Italia hace años. Se la iba a dar a mi jefe, pero ese día me trató mal, así que me la quedé. Para un momento como este.

—Tiene sentido. Aunque disolver algunos laxantes en la bebida y ofrecérsela podría ser un mejor uso de tu tiempo.

—Oh, Seth, si te hubiera conocido en ese entonces.

—¿Me esperas un momento? No te vayas.

Hadley le concedió a Seth la misma cortesía que él le había brindado. Dejó el auricular sobre el cuero cálido donde estaba sentado. El teléfono era inalámbrico, podía llevárselo con él y seguir hablando, pero, para su suerte, eso hubiera despertado a su esposa y hubiera tenido que cortar con la primera persona con la que interactuaba realmente en meses.

Entró a la cocina, sentía el mosaico frío en sus pies. Podía ver dos botellas de vino en el estante, junto a una botella de vino de especias que sobró de la última Navidad. Habrá caducado antes del nuevo periodo de fiestas, pero no se decidía a tirarla.

Siempre se aferraba a cosas que no necesitaba.

Había una botella de *prosecco* en el refrigerador. Lo sabía. Se abrió el fin de semana y no se terminó. No debía ya tener gas. Pero, aunque siguiera burbujeante, no era una bebida que le encantara.

Tenía que ser vino, pensó. Pero, en ese momento, vio su petaca de licor en uno de los huecos del estante de vinos. La tomó y la agitó; escuchó que al interior tenía líquido y la abrió. Tenía un olor maravilloso. Lo quería. Vertió el contenido en un vaso, le agregó un poco de agua de la llave del fregadero y regresó a su asiento.

—Ya regresé —murmuró.

—¿Dónde estabas? Empezaba a preocuparme.

—En la cocina, fui por una copa. Para acompañarte.

15

—¿Sabes? —pregunté finalmente, repitiendo como una idiota dependiente y nerviosa.

No sabía si Seth bromeaba con lo de la copa o no.

No me importaba.

—Quería un *limoncello* con hielo y agua. Pero no había hielo en el congelador. Y nunca en mi vida he comprado *limoncello*. Así que me serví agua. Con un poco de whisky.

Hablamos otros cuarenta y cinco minutos más. El tema pasó de mi maravilloso abanico de desgracias a mis pensamientos, gustos, miedos y esperanzas. Hablé del presente, pero jamás del futuro y muy poco del pasado.

Y Seth escuchaba.

Mi consultor sentimental personal.

—Solo por si acaso, ¿sabes? —pregunté de nuevo, ansiosa, ignorando la retórica de mis oraciones.

—¿Sabes?

Él sabía. Por supuesto que sabía.

Dijo que sabía.

Y le creía.

16

Seth estaba abrumado. Durante meses había hecho lo mismo cada noche. Ver distraído la televisión, mientras su esposa se dormía en un sillón distinto al suyo. Cambiar los canales hasta estar seguro, por completo, de que ella dormía profundamente en el piso de arriba. Masturbarse y prepararse una taza de café nocturno (no siempre en ese orden). Y hojear su directorio especial para llamar a personas que no conocía, esperando que hablaran con él; mantener los demonios a raya durante otra noche en blanco. Aunque fuera por poco tiempo. Pero esta noche era diferente. Hadley era diferente.

Era una distracción.

Era una avalancha.

Parecía que hablar con ella significaba algo. Y había olvidado qué era eso. Él valía. Disfrutaban de su compañía. Y, si bien eso estimulaba su ego, su estado de ánimo comenzaba a disminuir al imaginar el momento en el que colgaría el teléfono y la voz de ella desaparecería. No había hablado mucho de sí mismo, pero comenzó a preguntarse por qué ella querría continuar con la conversación cuando se diera cuenta de lo aburrido que era. Lo insignificante que era.

Seth consideró mentir, decirle que era maestro de niños con necesidades especiales o que investigaba una enfermedad que inventaría en el momento en que ella le preguntara de qué se trataba. Pero no quería mentir. No a Hadley. Su vida ya era farsa suficiente. Con Hadley tenía que ser él mismo.

Eso quería.

Eso necesitaba.

Vínculo.

Después, ella dijo:

—Desde hace algún tiempo tengo la tarjeta de los Samaritanos en mi bolsa. Un amigo me la dio. No quería presionarme, ¿sabes? Solo por si acaso. ¿Sabes?

«¿Sabes?».

Por supuesto que no lo sabía. Le tomó un momento comprender lo que estaba pasando.

Entonces, Hadley interrumpió el silencio con su tercer «¿sabes?».

Así que Seth mintió.

17

Ant necesitaba rutina. Estructura. Sistema. Lo tranquilizaba hacer las cosas de la misma manera, una y otra vez.

Antes de Australia, trabajó un mes procesando datos. Movía cifras de una columna a otra durante ocho horas al día. Lo hizo cuatro semanas para ganar dinero para la aventura que él y su mejor amigo llevarían a cabo. Y le encantaba. La repetición. La pureza clínica del proceso.

Esa noche, Ant salió de su trabajo con la tercera camiseta gris —tuvo otra llamada difícil—. Había tirado a la basura otra barra de jabón y en su mochila tenía dos camisetas empapadas en sudor, envueltas en bolsas separadas.

Al llegar a casa, de inmediato metió la ropa sucia en la lavadora y la programó en el lavado a alta temperatura. Tiró a la basura las dos bolsas de plástico y colgó su mochila en el perchero. Caminó desnudo hasta el baño y abrió una nueva barra de jabón; tendría que comprar más en la mañana. Se restregó el cuerpo en una regadera cuya agua estaba tan caliente como la que limpiaría su ropa sudada.

Friccionó su piel rosada con una toalla limpia y se lavó los dientes frente al espejo que, momentos antes, se había empañado. Ant estaba satisfecho consigo mismo. Había hecho un buen trabajo esa noche. Se sentía orgulloso.

Útil. Eficaz. Purificado. Como si estuviera exactamente donde debía estar.

Y se sentía determinado. Y cansado. Y limpio.

Esta era su vida. Un círculo del purgatorio que se contentaba con subestimar, un día a la vez.

18

Seth comprendió lo que había ocurrido.

Un gran golpe de suerte. Una casualidad. No fue intervención divina ni un encuentro de fortunas. No fue el destino ni la influencia astral. No estaba predeterminado ni escrito en los astros.

No. Esto, como todo en la vida, se trataba de suerte.

Suerte. Y mentiras.

Ya había pasado antes. No todo el mundo colgaba. No todo el mundo lo insultaba o lo llamaba anormal. Había hablado con otros. De otro modo nunca hubiera seguido con esto, si nunca hubiera tenido una conversación con un desconocido, tarde en la noche.

Un par de ellas habían resultado en algo. Llamadas recurrentes. Conversaciones regulares. Y las cosas pueden escalar rápidamente, llegar demasiado lejos, y antes de que te des cuenta, estás haciendo algo que sabes que no deberías hacer. Se supone que debes estar casado. Y ellos saben que estás casado, pero parece no importarles. Eso no está bien. Por eso termina. Pero nunca de forma pacífica.

Con Hadley no se sentía así. Era distinto. Esto sería distinto, se dijo. Quizá algo más. Esta vez…

Era sencillo. Había tomado el teléfono y hecho la llamada en el mismo momento en el que Seth marcaba su número. Probablemente sucede todo el tiempo. Una línea cruzada o algo así. Ella pensó que era otra persona, otra situación, pero era él mismo. Estaba siendo él mismo. Así que no era por completo una mentira.

Comprendía su historia y cómo se sentía. Sabía lo que significaba estar solo. Ella era interesante. Le gustaba escucharla. Así que imaginó futuras conversaciones con Hadley Serf y se dijo que ella también lo comprendería porque tenían ese vínculo. Y no lo presionaría ni lo arruinaría, como otros habían hecho.

Sin embargo, las cosas no eran reales. Aumentaban debido a la fatiga y a la singularidad de una verdadera conversación.

Así que quizá Seth tenía de nuevo la esperanza.

Solo sabía algo: no quería que terminara como los otros. No podía ser así.

Él era su Buen Samaritano.

Era un héroe.

Esa noche, sin darse cuenta, Seth había salvado la vida de Hadley Serf.

Hadley y Seth durmieron esa noche. Profundamente. Completamente. Confiados e ingenuos.

Ella estaba emocionada. Un hombre misterioso, al que nunca había conocido; había sido amable, atento y divertido. La había tranquilizado y le había hecho pensar de forma distinta. De una manera que no era tan siniestra. Y el litro de alcohol en su interior ayudó a que la situación se confundiera lo suficiente como para hacerla sentir que estaba despierta dentro de su sueño.

Seth se sentía relajado por primera vez desde hacía mucho tiempo. Aunque se había emocionado con su honestidad y franqueza, la tensión había desaparecido de sus hombros. Estaba recostado sobre los cojines del sofá, con la cabeza colgando hacia adelante, la barbilla contra el pecho y una posición pésima para su espalda. Lo último que vio fue un acercamiento de la hebilla de su cinturón, antes de la oscuridad.

Su mente se había vaciado, en tanto que la de Hadley se había llenado. Con alcohol e ideales. Y cada uno había dado como resultado un sueño delicado y tranquilo.

El ying para el yang.

La mujer para el hombre.

La caridad para la desesperación.

Se había vaciado de su soledad y del contenido de su estómago, mientras él se había llenado de la calidez de la compañía que no había sentido en casa durante mucho tiempo. Y de una sensación de oportunidad.

El negro y el gris.

Las medias verdades y las mentiras.

Pero ambos terminaron la noche con aquello que habían estado buscando y con el vacío que, en secreto, anhelaban.

LUNES

20

El tipo tenía un puñado de caca de perro cuando llegó la policía. No había querido dejarla o tirarla. No quería abandonar el cuerpo. O a su perro, a quien acariciaba con la mano libre y consolaba como al niño que probablemente nunca tendría. Le preocupaba que al irse o tirarla, pensaran que estaba alterando la evidencia o afectando la escena del crimen o algo parecido.

Estaba impresionado.

Estaba arrodillado junto a su perro cuando llegaron dos policías locales de Warwickshire.

—¿Señor? ¿Señor? —preguntó la mujer policía—. ¿Es usted Malcolm Danes?

Miró al perro. La bolsa de mierda colgaba del dedo del hombre.

Su compañero se movió hacia los matorrales. El cuerpo era evidente. Se preguntó cuánto tiempo había estado ahí y por qué lo habían encontrado hasta ahora.

Olía a limpio y a suciedad.

Cloro y muerte.

El beagle había estado olisqueando alrededor del cuerpo, había muchas huellas alrededor de él; el perro había movido el plástico que estaba sobre el rostro de la víctima y dejaba ver algo que parecía cabello rubio, pero que solo estaba decolorado.

Los jóvenes oficiales eran inteligentes y profesionales, pero muy locales. Un pequeño pueblo. El cuerpo que habían encontrado cerca de ahí unos meses antes parecía algo que sería narrado en la tradición local como un suceso aislado. Pero esto lo cambiaba todo.

Llamó a su compañero. Terminó con el dueño del beagle y le dijo que, por el momento, permaneciera donde estaba. Luego se acercó y se detuvo a mirar el cadáver en el bosquecillo.

—¿Cómo se llama ese tipo?

—Mmm… —Hojeó su libreta.

—No ese, el que la encontró; el de los noticieros. El que está trabajando con la otra chica cerca de aquí.

—El de Londres.

—Ese. El de las noticias. Alto. Moreno… Muy moreno.

—Detective sargento Pace. —Trató de no sonreír al pensar en él.

—Ese tipo. Seguro va a querer ver esto.

Estaban parados frente a otra mujer muerta en otro parque de Warwickshire y Pace estaba sentado en su escritorio en Londres. Esto estaba a varios kilómetros de su jurisdicción. Pero no había duda de que, definitivamente, este era su caso.

En la mañana, Seth escuchó a su mujer irse al trabajo. Estaba seguro de que había azotado la puerta a propósito porque se había quedado dormido en el sofá, de nuevo. No sabía cuál era su problema, ¿en verdad quería que estuviera cerca de ella? Él. Con su rostro. Lo primero que vería al despertar.

Pensaba en Hadley mientras se cepillaba los dientes. Se preguntaba cómo sería físicamente. Pensó en buscarla en las redes sociales. ¿Cuántas Hadley Serf podría haber? Pero la carga de su mentira comenzaba a pesar sobre sus hombros. Era vulnerable e inmadura. Pensaba que él era alguien que no era. Pero confiaba en Seth. Incluso lo necesitaba. La destrozaría saber quién era en verdad. Que se estaba vistiendo para salir y vender computadoras.

Entonces, esa idea comenzó a sofocarlo.

Parecía que se había descubierto como la complicación previsible en una mala comedia romántica.

Ya no se cepillaba los dientes para Hadley. Lo hacía para la oficina. Ese sótano opresivo de ventanas enrejadas y sin aire acondicionado. Y ese jefe de metro y medio, con su barbita de chivo, que vomita clichés y perora jerga empresarial, a pesar de ser muchos más años menor que él. Un cigoto imbécil.

Su reflejo en el espejo no era mentira. La camisa a cuadros, dos tallas más grande, con el bolsillo de directivo intermedio sobre el pecho izquierdo. Otro engranaje en la máquina. Podría llamar y decir que estaba enfermo, tratar de dormir, pero eso está muy mal visto en la oficina. No tienen permiso de enfermarse. Y se supone que eso debe hacerlos sentir importantes, como si se les extrañara, como si contribuyeran, pero Seth entiende. Es su jefe quien le dice que las ganancias de la compañía son más importantes que la salud y el bienestar de un empleado.

Los ojos de Seth tampoco mienten. Son negros y están apagados, diez años más viejos que el resto de él. No sabe cuándo se apagó su luz. Cuándo dejó de sentir todo lo que no fuera distancia o cansancio. Cuando, como él, dejas de dormir durante tanto tiempo, te vuelves hipersensible; las cosas pequeñas se hacen enormes. Cosas significativas. Pero no sientes nada.

Piensa en Hadley y en si pudiera cortarse a sí mismo como ella lo hizo. ¿Eso lo ayudaría a sentir? ¿Sería liberador? Por eso la gente lo hace, ¿no es cierto? Eso cree.

Luego, sueña despierto que le da un puñetazo a su jefe. Pero se siente tan insensible. «¿Podría cortarlo? ¿Eso me despertaría? ¿Sería emocionante? ¿Me haría sentir como si contribuyera a algo positivo?». Su mente divaga.

Lo que sucede con el insomnio es que, aunque no duermes correctamente y estás cansado todo el tiempo, deseas que algo suceda y en verdad te despierte.

Entonces, quizá puedas dormir un poco.

Seth pensó que tal vez Hadley lo ayudaría a descansar. Y quizá él la ayudaría a no querer suicidarse. Era una idea estúpida que lo hacía sentirse peor; estaba tan cansado.

Ella no lo desearía, decidió. Su propia mujer no lo deseaba y en algún momento fueron los mejores amigos. Fueron amantes. Habían comprado un automóvil con espacio para perros que no querían e hijos que nunca tendrían.

Estaciona ese mismo automóvil fuera del edificio donde trabaja; el jefe está fumando en la entrada con dos de sus agentes de ventas, cuyos trajes cuelgan de manera ridículamente perfecta sobre sus cuerpos menos cansados. Ríen juntos por una broma que creen que Seth no hubiera entendido; su jefe mira su reloj, exagerando el gesto, para hacerle saber a Seth que llega tarde.

«Podría atropellarlos a todos y luego echarme en reversa. Solo a ellos les preocuparía».

Por supuesto, no lo hace. Se estaciona en un lugar que no está reservado para él, pero que utiliza todos los días sin excepción.

Seth, predecible. Pero no confiable.

—Buenas tardes, Seth —saluda su jefe, con una risita. Llega con siete minutos de retraso—. ¿Qué te pasó? ¿Te hiciste en la cama?

Los dos vendedores se ríen de la broma, como si se tratara de W. C. Fields.

—Eso se dice cuando alguien llega temprano al trabajo.

Seth sigue mirando al frente y se abre paso entre ellos, hasta el modesto vestíbulo gris de DoTrue.

«Demasiado grande para manejarlo, demasiado pequeño para que importe». Ese es el lema.

Vaya chiste.

Al llegar, tiene tiempo suficiente para prepararse un café, encender su vieja computadora y revisar sus correos electrónicos antes de la reunión de estimación de productos de las nueve treinta. Pone los ojos en blanco ante las risas fanfarronas y la nicotina que deja atrás y camina derecho hasta la cocina. Ahí está Jones, mirando cómo su caja de cartón de avena da vueltas en el microondas.

Seth necesita su café. No necesita a Jones.

—¿Listo para la reunión, Seth? —pregunta Jones, con ese tono monótono tan molesto.

Ni siquiera desvía la mirada de su desayuno giratorio.

Seth levanta la tetera eléctrica; tiene suficiente agua para una taza de café, pero el hábito consiste en añadir un poco más de agua fría de la llave, para sentir que la refrescó un poco. Mientras cambiaba los canales del televisor, vio algo sobre la pérdida de minerales vitales al recalentar. Seguramente era una tontería. Pero es lo que menos necesita ahora.

Enciende la tetera y su cansancio hace que el sonido parezca el inicio de un aplauso. Por donde sea que vea alrededor de la habitación, puede observar la luz roja que le indica que su líquido se está calentando.

Mira el tiempo restante en el microondas. Ochenta y seis segundos. Y juega un juego. Primero, su tetera debe apagarse antes de que lo haga el microondas de Jones. Y, durante ese tiempo, no puede decir nada. Difícil, puesto que le acaban de hacer una pregunta.

—¿Seth? —insiste Jones, esta vez volteando a verlo.

Advierte la luz de la tetera. Seth observa, su mirada se desvía hacia ese lado y se pregunta si Jones lo está desafiando.

—¿Lo estás? ¿Preparado para la reunión?

Seth asiente. Se encoge de hombros. Sigue ganando.

La mañana no es maravillosa para Seth. Ni siquiera está

seguro de que en realidad esté ahí. Podría aún estar en el sillón de su casa. Esto debe ser una pesadilla.

La reunión será una fastidiosa pérdida de tiempo. Todos los de ventas tienen que estimar los ingresos que harán en este mes y cuántas unidades saldrán por la puerta. Seth está a cargo de los monitores de las computadoras. Cada uno de ellos completa una hoja de cálculo y la envía al gerente de producto; él las recopila y luego tienen una inútil reunión donde las lee. Después, el jefe entra al final y les dice a todos que no son lo suficientemente ambiciosos, y aumenta los objetivos y montos estimados para que trabajen con mayor ahínco sin tener que pagarles más. Por supuesto, su propia estimación es tan baja que recibirá una buena y jugosa prima por todo el duro trabajo de sus subordinados.

—Envié mi estimación a Jim hace un par de días. El último mes fue bueno, como saben. Me las arreglé para bajar las expectativas de algunos negocios.

Seth observa la tetera. Silba, pero no burbujea como a él le gustaría. Se maldice por haberla llenado hasta el borde.

Jones se inclina para ver a través del cristal de la puerta del microondas, como para darle ánimos a su avena. Seth imagina que le da un rodillazo en las costillas mientras lo hace; después, abre la puerta del microondas, saca el desayuno caliente y se lo embarra en la cara mientras yace adolorido en el suelo.

En su lugar, Seth pierde la apuesta al hacer una broma.

—Sí, el pedido de las escuelas. Te lo encargaron, ¿no?

Se odia por decir eso.

Y el microondas hace un fuerte sonido metálico.

Después, su tetera burbujea y la luz se apaga.

—Sí. Un nuevo mes. Comenzar de cero y todo eso.

—Un nuevo comienzo con algunas jugosas ventajas.

Le da unas palmadas a Jones en el hombro antes de salir hacia su escritorio. Como si fuera su amigo y lo felicitara por su fraude.

Seth no tiene idea de quién es en ese momento.

Vierte dos cucharadas de café instantáneo y llena la taza hasta el borde con el agua que hirvió lentamente durante un segundo. Esos minerales le costaron.

Recargado contra la barra de la cocina, se lleva el café a la boca y sopla aire frío sobre su superficie, como si sirviera de algo. Piensa en la voz de Hadley. Ella cree que es un Buen Samaritano. Y se pregunta cómo sería ser bueno. Ofrecer al mundo algo valioso. Pero el sonido de las tres hienas que caminan de regreso a la oficina lo saca de su ensoñación, sus pulmones llenos de nicotina y sus mentes rebosando con una imagen exagerada de su propio atractivo y soberbia.

Por un momento duda, sin saber si es mejor llegar a la oficina antes que ellos o caminar detrás, pasar inadvertido. Por supuesto, termina saliendo de la cocina al mismo tiempo en que ellos dan vuelta en la esquina.

—Tómate tu tiempo, Seth. Puede que para cuando empiece la reunión, tu computadora ya se haya encendido —critica el jefe. Sus secuaces ríen en el momento justo.

—¡Ja! ¿Esa porquería obsoleta?

Es otra de esas veces en las que está cansado y cree que piensa algo, pero en realidad lo suelta de golpe como el idiota que es.

Se hace un silencio. Incómodo. Seth puede ver cómo su jefe duda en detenerse para enfrentarlo por ese comentario. Hay una pausa casi imperceptible. Sin embargo, Seth lo advierte. Las pequeñas cosas son grandes para él.

Todos caminan en silencio. Seth piensa que su jefe estaba asombrado porque le respondió. Quizá se ha equivocado todos estos años. Quizá nunca sucedió.

22

Me despierto con una resaca de vino barato. Mi primer pensamiento es el dolor en la parte delantera de mi cráneo. Después, la boca seca. Luego, el hecho de que tengo que ir al baño. Saco un brazo del edredón. Hace mucho frío. Puedo vivir con el dolor en los riñones durante unos minutos más.

Empiezo a recordar la noche anterior. La lenta descomposición de mi autoestima conforme miles de personas que van al trabajo me apachurran como un pollo de granja, todos jadeando por un atisbo de luz del día.

No tenía la voluntad para enfrentar mi departamento de una sola habitación y ser golpeada por el hedor de la cocina.

Ubiqué el olor: en el bote de basura se descomponía una comida tailandesa de tres días que se calienta en el microondas y que no me había comido.

Saqué el bote de basura.

Cambié la bolsa negra.

Abrí el refrigerador.

Encontré la maldita botella de vino que no quería.

Me senté en el sofá y me pregunté si era momento de arreglar las cosas y salir de este espiral mortal.

Después, tomé la arrugada tarjeta de los Samaritanos de mi bolsa. Llamé al número. Y tuve lo que, recuerdo, fue la mejor primera cita que jamás haya tenido.

Pensé en Seth y me pregunté cómo sería físicamente. Sonaba a que era alto, me dije. Una voz amable. Un tono humilde. Era divertido. Y atento. Original, de manera enigmática. Parecía que le gustaba. Por supuesto, mi baja autoestima hizo acto de presencia para destruir ese pensamiento.

«Es su trabajo, Hadley. Está ahí para hacerte sentir bien. No quiere que te suicides. Quizá existe un cuadro de honor de líderes de los Samaritanos en el que puedes ganar un iPod por evitar que las personas más patéticas terminen con todo. Eres como uno de esos tipos patéticos que piensan que las prostitutas los aman de verdad y que no solo abren las piernas y gimen en el momento justo por un puñado de billetes de veinte».

Sé que sueno estúpida y joven, y sé también que todo esto parece suceder muy rápido; pero, cuando estás sola, alguien que te escuche puede hacer toda la diferencia.

Miré el despertador. Se supone que debe sonar, exasperante, en dos minutos. Decido que es la hora a la que debo levantarme. Un par de minutos más de autodesprecio.

Siento la cabeza estallar, que me apuñalan los riñones, y mi mente revolotea hacia Seth. Me gustaba. Estuvo ahí para mí. No como los dos últimos idiotas que habían abandonado el barco cuando las cosas se pusieron un poco difíciles. Estaría ahí para mí, en cualquier situación que atravesara.

Estaba desesperada. Era la idiota que creía que el *stripper* escogía el baile privado, no el cliente. El corazón solitario que escribe al preso condenado a muerte. Yo era la patética que consideraba hacer otra llamada esa misma noche, y preguntaría específicamente por Seth. Lo quería a él.

El despertador sonó.

Presioné el botón de repetición y jalé las cobijas sobre mi cabeza.

23

Azotó la puerta antes de salir de la casa. Lo sabía. Quería despertar a Seth. No porque estuviera enojada porque no fuera a la cama. No porque extrañara que él estuviera a su lado, aunque una parte de ella lo quería ahí, sino porque estaba dormido en la sala. Estaba dormido. Seth, el idiota insomne que bebía café a medianoche y llamaba a desconocidos, estaba dormido. Y quería despertarlo.

El automóvil no arrancó al primer intento. Ni al segundo. Maeve puso los ojos en blanco y apoyó la frente contra el volante frío; lanzó un profundo suspiro. Generalmente tomaba el tren, pero hoy tenía que conducir para una reunión en la sede.

—Vamos, porquería. Hoy no —murmuró, con los ojos cerrados.

Y en la misma posición, hizo girar la llave una vez más y apretó el acelerador hasta el piso. Algo se encendió y le infundió vida al vehículo. Hizo un ruido del demonio, que sin duda molestó a Seth, y ella, para sus adentros, sonrió con sutileza antes de inclinarse sobre el hombro derecho y jalar el cinturón de seguridad sobre el pecho.

Pisó el embrague y puso la reversa. Observó la puerta de entrada como si mirara al pasado en un momento en el que fue feliz, aunque su expresión decía lo contrario.

Maeve, como su marido, había cambiado. Ahora, ambos eran insensibles. Hacía mucho tiempo que sus caminos eran paralelos, uno al lado del otro. Inevitablemente, como en cualquier relación, se habían desviado y se habían alejado. Y cada vez era más difícil que se acercaran de nuevo. Era obvio que, para Maeve al menos, esos caminos se cruzaban al enfrentarse a la adversidad. La muerte prematura del padre de Seth los acercó más de lo que habían estado en media década. La enfermedad repentina de Maeve les había otorgado una nueva tregua para la vida que habían olvidado que era posible.

Necesitaban adversidad.

Los hacía concentrarse.

Ella se recuperó. Y la relación enfermó. Desde entonces, las desgracias no se habían agotado. Con algunas excepciones. Sin embargo, la mayoría de los días, Maeve pensaba en lo que era necesario para que recuperaran su rumbo.

Lo que sí sabía era que, definitivamente, no llegarían ahí si Seth dormía correctamente, si estaba en completo control de sus facultades mentales, si tomaba buenas decisiones, si separaba los pensamientos de las cosas que decía en voz alta.

Sabía lo que le sucedía cuando la falta de sueño era realmente grave, cómo su vista se afectaba, cómo veía todo en primer plano. Cuando estaba así, lo miraba mucho, fijamente, veía lo que hacía, cómo se movía, la forma de sus labios cuando hablaba; pero esperaba desesperadamente que la mirara a ella. Solo a ella. Porque si estaba tan cansado y miraba a Maeve, Maeve sería todo lo que él vería.

Parpadeó, se concentró en la puerta de entrada y miró sobre el hombro para echarse en reversa desde la cochera;

aceleró más de lo necesario, esperando que Seth estuviera despierto y cansado. E incluso si él pensaba que era una perra ruidosa e insoportable, al menos había pensado en ella.

Maeve pasó la velocidad a primera y giró el volante para salir de la pequeña y tranquila privada, donde todas las casas eran idénticas. La luz comenzaba a abrirse paso en el cielo y para cuando llegara al estacionamiento de su oficina sería de un maravilloso y brillante gris británico. Encendió la radio y se las arregló para relacionar con su vida al menos una estrofa de cada canción que pasaron. No se sintió más triste u optimista, o cualquier otra emoción que el autor se esforzara en expresar. La verdad era que Maeve había olvidado cómo sentir lo cotidiano. Los pequeños placeres que la vida tiene la costumbre de lanzar en el camino cuando menos se espera. Todo era extremo.

Esa mañana, mientras el motor del coche vibraba y el sonido sintetizado de los ochenta sonaba al interior de su automóvil, conforme se alejaba del hombre al que deseaba amar en exceso, temeraria, radicalmente, se sintió perdida. Aislada. Inconmensurablemente muerta.

24

En línea puedes comprar cremas para aclarar la piel que contienen solo ingredientes naturales, pero no hay garantía de que en verdad funcionen. Para ser productos más potentes tendrían que contener hidroquinona o corticosteroides, como la hidrocortisona.

Pero en el Reino Unido esto solo se obtiene con receta. En general, se usan para las personas que tienen marcas de nacimiento visibles o manchas en la piel. La idea es que eliminan la concentración y producción de melanina, que es la que hace que la piel se pigmente.

Los efectos secundarios son evidentes: inflamación de la piel, quemaduras, irritación, comezón y descamación. Parece ser un pequeño precio a pagar si tu autoestima se ve afectada por la decoloración de la piel.

Como en cualquier procedimiento médico, algo puede salir mal. Tu piel puede aclararse demasiado. O puede oscurecerse mucho. Puede adelgazarse, hacer que los vasos sanguíneos sean más visibles. Se puede cicatrizar. Y cabe también la posibilidad de causar daño renal, hepático y nervioso. Aparte de las malformaciones congénitas si eres lo suficientemente estúpida como para hacerlo mientras estás embarazada.

Una medida adicional sería la exfoliación química. Esta supone la aplicación de hidroxiácidos, ácidos tricoloroacéticos o fenol para eliminar las células de la piel y se puede realizar a nivel superficial o profundo. Se usa para equilibrar los tonos de la piel o reducir las manchas de envejecimiento.

Sin embargo, esto no se puede obtener en el Servicio Nacional de Salud. Cuesta entre 100 y 500 libras y los efectos no siempre son permanentes.

De nuevo, se puede esperar hinchazón y enrojecimiento, y la sensación de frío en el rostro. Puede quemar, descarapelar. Un pequeño precio a pagar.

Teresa Palmer estaba muerta.

La habían dejado en un baño de cloro durante dos días. Los efectos secundarios incluyen la decoloración habitual de la piel y el cabello. Quemaduras y enrojecimiento. Comezón que ya no se puede sentir porque estás muerto. Adelgazamiento de la piel. Y ese olor corrosivo a lejía.

La nariz rota no es un efecto secundario. Eso sucedió cuando su asesino la golpeó con tal fuerza que le reventó el rostro, haciendo que ella soltara un grito y no supiera dónde se encontraba.

Las marcas en el cuello tampoco tienen nada que ver con el baño de cloro. El homicida ató un cinturón de piel alrededor de su cuello y lo jaló durante un tiempo, antes de apretar tan fuerte que el oxígeno ya no pudo pasar de los pulmones al cerebro.

Seguía viva cuando la echaron a la tina; sin duda, sus pulmones y riñones fallaron. Tuvo suerte.

Pero estaba muerta. Y no tenía ninguna relación con la primera chica a la que una pareja encontró meses antes, con la piel pálida, el cabello decolorado y estrangulada. No se conocían. Nunca se habían encontrado. Sus caminos nunca se cruzaron. Pero ambas vivían en Londres y fueron halladas envueltas en plástico, en Warwickshire.

Alguien tenía que encontrar el objeto o la persona que las relacionara.

25

Lo que pasa es que es demasiado aburrido. Pero es lo que Ant aprecia de su trabajo.

La propiedad es importante, le dicen. Algo sobre el material físico y electrónico. Si tienes una revista, un libro o un periódico que alguien más escribió, está ahí, es tuyo. Publica algo en internet y estará ahí, para todo el mundo. En cualquier momento. Todos.

A Ant nada de eso le importa. Le tienen sin cuidado las bóvedas de temperatura calibrada del Vaticano. Nunca toma en cuenta las distintas calidades del papel y cómo algunas páginas de los libros antiguos se deben pasar con una espátula porque las yemas de los dedos contienen aceites corrosivos que pueden dañar los textos.

Él quiere escanear páginas y copiar información en hojas de cálculo, sin asimilar en realidad ninguno de los datos que sus ojos podrían absorber y su cerebro, aprovechar. Desea ese entumecimiento del que tanta gente trata de escapar. Quiere desconectarse. Siente demasiado. Porque pasa las tardes tan conectado, tan compenetrado con la realidad y la humanidad, que solo necesita el descanso. Convertir las palabras escritas a mano en texto digital. Copiar una cosa de un lugar a otro.

Deslizarse. Existir. Sin hacer diferencias.

Sin pensar. No en la chica que llamó anoche. Cómo quería no existir. Cómo la había ayudado a elegir la existencia. Ni siquiera desea sentirse bien por lo que hizo por ella.

No desea nada.

No sentir.

Ser nadie.

Escanea otro papel para añadirlo al sistema; nadie lo ha leído, salvo el autor, cuando era un ente físico.

Exactamente lo que él es.

Una sucia copia del hombre que había sido.

26

—Todo se ve bien.

Jim miró la imagen proyectada de varios números en cajas.

Otra reunión que pudo haber sido un correo electrónico.

—Jonesy todavía tiene un porcentaje de ejecución aceptable en el negocio de las escuelas para este mes; esto ayudará en todos sus márgenes para permitirnos algunos tratos de mucho volumen con una ganancia menor, si es necesario. —Con un apuntador láser, señala una de mis cajas y continúa—: Será un buen fin de trimestre. Enviaré estas cifras a la sede y…

En ese momento, hace su aparición el embrión vestido con un traje a rayas y corbata de doble nudo al estilo Windsor.

—¿Cuatro mil monitores, Seth? Comunícate con tus distribuidores y aumenta esa cifra. En esta época del año deben producir un cincuenta por ciento más.

Se acercó a la laptop y cambió el total de Seth a seis mil. La expresión de Seth no se alteró. No quería darle el gusto. Pero al interior, sentía la acostumbrada ira resignada.

Hacía lo mismo con todos, como siempre. Jones sonrió con suficiencia; había ocultado algunos negocios y había dado estimaciones muy inferiores, como todos debían hacerlo. Como todos hacían. Por alguna razón, Seth conservaba la esperanza, demasiado. A todos los enviaban a un curso para ayudarles a hacer estimaciones de manera precisa, para que no sucedieran este tipo de tonterías. Para todo lo que servía era para enseñarles a manejar las cifras. A todos, menos a Seth.

Con una sonrisa en su cara de comadreja, ese tornado de tormento dio media vuelta y salió de la sala de juntas, deseándoles un buen día, que «fueran a hacer algo bueno». Seth observó cómo, a las diez de la mañana, su jefe se agarró el pene enrojecido y eyaculó sin que nadie lo cuestionara; algo que el mismo Seth jamás se permitiría. Pura nicotina y llantas a toda velocidad.

Seth se perdió un momento mirando por la ventana. Pensaba cosas que, sabía, eran demasiado feas como para compartirlas con alguien. Deseaba que la llanta de su jefe se reventara a ciento sesenta kilómetros por hora.

—¿Sigues con nosotros, Seth?

Todos lo miraban. Podía ver sus ojos en primer plano.

—Carajo, no quisiera, Jim. Pensarían que me cogí a su madre.

Lo hizo de nuevo. Dijo lo que estaba en su cabeza. Se sentía bien. Así que se levantó, tomó sus papeles y su celular, y salió.

Sabía que no estaba en su casa, echado en el sofá, imaginando todo esto. Era real. Definitivamente, estaba pasando. Y por eso se sentía tan bien.

Por supuesto, Seth no podía sencillamente irse en su Ford viejo, de ocho años, y conducir hacia quién sabe dónde, apenas había llegado a la oficina. Caminó hasta su escritorio, dejándolos a todos en la sala de juntas; no hablaban de nada que fuera importante; se reían de cosas que no eran divertidas; murmuraban sobre su arrebato y salida, felices e inconscientes de que hoy fuera como cualquier otro día, donde nada importante sucedía en verdad.

Al regresar a su desgastada silla giratoria, seguía oliendo a la avena de Jones y a café frío. Hace un frío del carajo. Y estaba oscuro porque tres de los focos fluorescentes estaban descompuestos. Desde hacía semanas. Quizá más. Podría ser menos; Seth está tan cansado que el tiempo ahora es irrelevante. Sus días son más largos que los de cualquier otra persona. Y este lugar hace que se alarguen todavía más.

Pero es un alivio estar solo. Mueve el ratón, la pantalla cobra vida y le pide su contraseña.

$TH_1S_1SH_3LL$

¡Ja! A ver cómo la descifran cuando quieran saber dónde están enterrados los cuerpos; ríe para sus adentros con esa estúpida broma. Siempre lo hace sonreír cuando la escribe. La protesta silenciosa de Seth.

Responsable, abre sus correos electrónicos para ver cuántos han llegado en el breve tiempo que duró la inútil reunión; después, abre el navegador de internet y busca a Hadley Serf en las diferentes plataformas de redes sociales a su disposición.

Solo hay unas pocas en el Reino Unido, pero conforme escribe las letras de su apellido en el espacio de búsqueda, la lista de personas se hace cada vez más corta, hasta quedar en alguien llamada Serena Hadley, madre de dos hijos, de unos cuarenta años, de Boston. Sus dos niños —Tyler de ocho y Casey de seis— son grandes admiradores de los Celtics. Han ido de vacaciones a Big Bear tres años seguidos.

Se ve hermoso. La nieve tiene ese efecto en todo lo que toca. Actualiza sus publicaciones tres o cuatro veces al día, y con frecuencia toma fotografías de lo que cocina. Usa lentes de armazón grueso, incluso en la playa, y trabajaba para un fabricante de juegos de computadora hasta que nació Casey.

Lo que sí debería hacer es actualizar su configuración de privacidad porque tiene fotos de sus hijos en el baño, que cualquier loco puede ver. E imágenes de sus vacaciones en Aruba, en una época en la que aún no se orinaba un poco cada vez que estornudaba.

Y luego está Hadley. Su Hadley.

Es bonita. Eso es evidente. Seth se las arregla para recorrer con facilidad las treinta y cuatro fotografías de su perfil. Su configuración de seguridad es suficiente para bloquear los álbumes de fotos de vacaciones y salidas con amigos, pero se da una buena idea de ella a partir de estas. Y, por su conversación de la noche anterior, ya sabe que es inteligente.

Seth mira sobre su hombro y no ve nada. Siguen en la sala de juntas, aunque no deben tener nada más de qué hablar, pero se siente tenso. No debería buscarla, sea o no Samaritano. Pero quiere conocerla más.

Ahora ya sabe cómo es físicamente, cómo se peina, la cantidad de maquillaje que usa, su complexión, una idea aproximada de su estatura. Y le gusta su voz. Conoce algunos de sus más profundos secretos y pensamientos más sombríos. Para él, no es una desconocida. No es una locura. Pero ahora, es él quien está desesperado.

Seth voltea de nuevo hacia la puerta antes de hacer un acercamiento de su rostro. Es hermosa. El tipo de belleza que haría que otra mujer dijera que era demasiado delgada. Aunque es obvio que se trata de un físico delgado. Probablemente, todavía está en la edad en la que piensa que puede comer cualquier cosa sin engordar. Pero eso le pasará la factura, por supuesto. Si vive lo suficiente.

Vuelve a recorrer todas las fotografías. Le gusta una en la que su cabello está húmedo y recogido. Es su favorita. Es la Hadley que escuchó en el teléfono la noche anterior. Está hecha mierda, es suicida, se siente sola y nostálgica. Y su cabello está húmedo y recogido. Seth puede verla en su mente. Sus tobillos están escondidos detrás de ella; está sentada sobre un costado, tomando vino. Se siente cómoda. No como una persona que pide ayuda a gritos. La persona que, sin duda, es.

En el pasillo se formaba un grupo conforme los colegas de Seth se acercaban a la oficina. Miró la hora en la esquina de la pantalla de su computadora. Faltaba mucho día por sortear.

Jonesy se dejó caer con todo su peso sobre la silla frente a la de Seth, en diagonal, y sonrió.

—Seis mil monitores, ¿eh, Seth?

Los otros rieron, con disimulo.

Su día iba a eternizarse más que sus noches.

Volvió a mirar el reloj. Doce horas. Medio día de ardua marcha. En medio día, su esposa estaría en cama, dormida, y él podría abrir de nuevo su directorio, hojearlo y llamar a Hadley Serf otra vez.

No tenía idea de lo que le diría, pero sabía que necesitaba hablar con ella. Y, pensó, quizá ella lo necesitaba a él.

27

Estaba distraída en el trabajo. Pero no como acostumbraba, no en la línea de pensamiento cuál-sería-la-mejor-manera-de-suicidarse. Pensaba en mi desconocido. El hombre que me había salvado la vida y que, probablemente, no tenía idea de haberlo hecho. Ese Samaritano tan particular, de voz amable que me escuchaba y me hablaba como si no estuviera loca ni dañada. Sentí la imperiosa necesidad de hablar con él de nuevo. Para agradecerle, por supuesto, pero también para escuchar su voz. Para hablar sin juicios.

Pero no se puede hablar simplemente y preguntar por uno de los operadores por su nombre. Estoy muy segura de eso. Y también tengo la certeza de que no debió darme tanta información personal.

Quizá podía llamar y preguntar por Seth. Quizá eso lo metería en problemas. Tal vez sería mejor llamar y actuar como una histérica, como si estuviera dispuesta a matarme en ese momento, a menos que pudiera hablar con el tipo que me había ayudado la noche anterior.

Sí. Eso funcionaría. No tendrían otra opción. Sonreí para mis adentros. Mi colega, Melissa, me observa.

—¿Por qué la sonrisa, Had?

—¿Qué sonrisa? —Mis mejillas arden.

—La que me dice que anoche tuviste sexo o conociste a alguien.

Melissa es amable. Una chismosa simpática. No en sentido malintencionado; no habla de la gente a sus espaldas, no levanta falsos, pero parece saber todo sobre todos. En la mañana pregunta cómo te sientes y lo hace con sinceridad. Quiere saberlo. Es metiche pero de manera cariñosa. Y sonríe. Mucho. Siempre me pregunté cómo alguien podía ser tan feliz todo el tiempo. Parece agotador.

—Oh, Liss. No recuerdo la última vez que me pasó eso.

Sí recuerdo. Estaba borracha en un bar con mis amigos. Empecé a hablar con un tipo en la barra y ahí me dejaron con él. Bebimos un poco: cerveza, tequila, más cerveza. Nos besamos en la barra. Nos tocamos un poco. Después salimos; encontramos un estacionamiento en donde me incliné y jalé mi ropa interior hacia un lado para que pudiera cogerme.

En ese momento fue carnal y espontáneo. Incluso le dije que terminara en mi boca, pensé que era lo que tenía que hacer. Pero al día siguiente no me sentí tan bien. Y el día después fue un poco peor. Y este tipo de cosas, junto con el abandono de mis amigos, me pusieron en la posición actual, en la que bebo sola en casa y pienso en navajas de afeitar, pastillas, sogas y malditas tinas.

Me inclino hacia adelante y murmuro:

—Sí, conocí a alguien.

Después, doy un brinco de regreso a mi silla, emocionada, y Melissa se acerca a mí, hambrienta de más información.

—¿Y bien? ¿Cómo es?

—Es genial. Estamos empezando, ¿sabes? Pero es inteligente y divertido; sabe escuchar.

Carajo, soy patética.

—¿Qué hace?

—Trabaja en el sector público.

Me asombro al ver la manera tan fácil en la que salió la primera mentira.

—Okey. ¿Y cómo es físicamente?

Sus ojos se agrandan.

Continué y describí al Seth que imaginaba, con su cabello oscuro y moderno; su altura y su físico musculoso, sus brazos en particular. Incluso me embelesé un poco conforme inventaba más y más detalles.

—¿Y solo una cita?

—Hasta ahora. Pero definitivamente volveremos a salir. A veces eso se sabe de inmediato. —Miro el reloj en la pantalla de mi computadora—. De hecho, hoy en la noche hablaremos por teléfono. Ya veremos qué sucede.

Esa fue la primera verdad que dije.

28

Y entonces está en casa. Seth no recuerda mucho del día. La pantalla sobre su escritorio era lo único que podía ver. La ventaja fue que el engreído rostro de Jonesy estaba en la periferia de su visión cansada y alterada. Estuvo sentado en esa oficina, pero en realidad no estaba ahí. No sabía dónde estaba. Era como dormir con los ojos abiertos. Nada sucedió, pero el día seguía pasando y pudo enviar correos electrónicos sin pensarlo y manejar su viejo Ford a casa por instinto.

Dejó la maleta de su laptop al pie de la escalera y colgó su abrigo. Maeve odiaba que la dejara ahí al entrar, pero era una costumbre, como cuando él se masturbaba o ella bebía. Recogió el correo del piso y cerró la puerta tras él. Había cuatro cartas para Maeve, dos eran de compañías de tarjetas de crédito. Creía que ella solo tenía una tarjeta de crédito. Le empezó a preocupar que estuviera gastando mucho de nuevo. Fue una época muy estresante la última vez que ella aceptó tener deudas secretas. Un periodo difícil. Pero, como consecuencia, estaban más unidos.

El drama significaba un vínculo.

Una carta era para Seth, de una organización de beneficencia. Lo sorprendieron por teléfono, no sabía cómo el tipo había obtenido su número, pero escuchó su historia, solo por tener con quién hablar. Comprendió lo fácil que era para las personas a las que llamaba por la noche, decir «Vete al demonio, anormal». Pero él no lo hizo. No podía. Era una historia inquietante. Algo sobre niños pobres, refugiados y proteger a personas para que no fueran capturadas o las forzaran a vivir como gallinas ponedoras. Seth no recordaba exactamente. Su memoria estaba jodida. Lo aceptaba. Así como aceptaba que su sueño estaba jodido. Y su matrimonio. Y todas las otras cosas que sabía que necesitaba.

Se dirigió directo a la cocina y colocó las cartas sobre la bandeja donde otros quince estados de cuenta de banco permanecían cerrados. Sabía que Maeve no estaba pendiente de sus finanzas.

El refrigerador estaba lleno. Sacó dos pechugas de pollo, champiñones, perejil, crema fresca y mostaza de Dijon. En una sartén, frio el pollo y mezcló los otros ingredientes para hacer una salsa.

Casaba bien con rebanadas de camote. Era uno de los platillos favoritos de Maeve. Para Seth, como en casi todo, solo se fundía bien con el día y se había convertido en algo completamente olvidable. Otra parte de su rutina que lo llevaba hacia el directorio y a la voz de un desconocido.

Se preparó un café mientras hervía la salsa. ¿Por qué no? «De todos modos estaré despierto», pensó.

El pestillo de la puerta principal hizo clic; unas llaves tintinearon; unos pies entraron, se limpiaron y pisotearon. Patearon los zapatos debajo del estante. Colgaron un abrigo. Después, una voz familiar.

—Oh, Seth, ¿no puedes encontrar otro lugar donde poner esa maldita computadora cuando entras?

La señal para suspirar. Y bostezar. Y la mirada vidriosa de rendición apática.

29

En realidad, a Maeve no le importa tanto la computadora. Ya se había acostumbrado. Seth no cambiaría. Ya era muy tarde para eso. Quejarse se había convertido en un hábito. No le gustaba, pero de algún modo era más fácil.

Apareció en el umbral de la cocina y sonrió, pero Seth le daba la espalda mientras revolvía algo en la estufa.

—¡Oh! ¿Es lo que pienso?

Cerró los ojos y olfateó.

Seth volteó para saludarla, con una cuchara de madera en la mano, cubierta por una pequeña cantidad de salsa. Sopló sobre ella para enfriarla y la sostuvo frente a la boca de Maeve. Obediente y amable, la probó y asintió con aprobación. Para los vecinos de enfrente, si hubieran podido ver la ventana de la cocina, los Beauman parecían una pareja enamorada. Tierna y cariñosa. Sonriente y alegre.

Quizá, a su manera, lo eran.

Maeve fue directo al refrigerador y sacó una botella de vino blanco.

—¿Quieres una copa?

—Acabo de tomar un café.

—¿Lo acabaste?

—Sí.

—Entonces puedes tomar vino.

Sacó dos copas de la alacena que estaba sobre su cabeza, descorchó y vertió. De inmediato, bebió de un trago la mitad de su copa y volvió a llenarla.

—Salud.

Chocó su copa contra la de Seth, que estaba sobre la barra de la cocina, mientras él mezclaba.

—¿Cuánto falta para que esté listo?

—Ve, ya voy a servir.

Se sentaron, cada uno en su sofá, y disfrutaron de la cena y el vino; la mesa del comedor ya era un adorno —podría ser un buen lugar para que Seth pusiera su laptop—, y vieron el noticiero vespertino.

No era agradable. La policía había encontrado un cuerpo. Un cuerpo de mujer. Era la segunda vez que esto pasaba en esta área en el último año. Creían que pertenecía a Teresa Palmer, una enfermera de una veintena de años, de Reading. Encontraron el cuerpo en Warwick. La policía local exhortaba a las personas a que se manifestaran si recordaban algo poco usual en cierta fecha y hora.

El problema era que el cuerpo había sido pasado por cloro y envuelto en plástico, igual que el primero. Había sido encontrado por un beagle fogoso durante la caminata matinal, pero esta víctima no era del área de Warwick. Esto llevó a la policía a pensar que, quienquiera que hubiera matado a estas mujeres, las había traído de su ciudad para, posiblemente, realizar algún tipo de fetichismo antes de deshacerse de los cadáveres.

—En serio, Maeve. ¿Tenemos que ver esto mientras comemos? Preferiría ver uno de tus programas de renovación del hogar.

Ella puso los ojos en blanco, pero no en serio.

—¿Un poco delicado, de repente?

En lugar de responder, Seth pinchó con su tenedor una rebanada de camote.

—Es interesante, creo.

—¿Cómo se supone que debemos recordar lo que vimos en una fecha tan específica? ¡Fue hace meses!

Ambos terminaron la cena. Maeve se despachó el resto del vino. Vieron un programa sobre una pareja que convirtió un molino en su casa familiar, un drama criminal estadounidense y un drama criminal escandinavo. Después, a la mitad de un programa de bromas de celebridades, Maeve se quedó dormida en el sofá. Seth miró el reloj. Clavó los ojos en el teléfono y, después, en su esposa. Los vio a ambos tan cerca, pero deseaba el teléfono mucho más.

Seth se aclaró la garganta, con fuerza. Maeve hizo un gesto por el ruido, pero, en lugar de despertar, le dio la espalda y se acomodó mejor. Se estaba poniendo cómoda y eso frustraba a Seth. Pensaba en Hadley. Tenía que hablar con ella. Sobre cualquier cosa. Maeve ni siquiera le había preguntado cómo le había ido ese día.

Miró hasta el final el programa de diseño de hogares, medio intrigado por el resultado final. Pero nunca llegó. La casa quedó incompleta. ¿Para qué hacer el programa si no había conclusión? Era frustrante. Un anticlímax. Una pérdida de tiempo de la que culpó a Maeve, que seguía echada en el sofá, a todo lo largo, y cuyas respiraciones lánguidas forzaban su espalda a subir y bajar. Parecía tranquila. Seth suspiró.

Se levantó y caminó hacia la cocina. Luego, encendió la

tetera y golpeó algunos platos, esperando sacar a su esposa de su ligero sueño.

La tetera silbó y la dejó un tiempo más de lo que hubiera debido. Vertió agua caliente en la taza, pero algo lo sorprendió y la derramó.

—Buenas noches, pues.

Dio un brinco y volteó hacia el umbral de la cocina.

—Carajo, Maeve. Me asustaste.

Ella sonrió a medias.

—Perdón. Pensé que sabías que estaba aquí.

Se miraron un instante, sin saber qué era apropiado hacer o decir. ¿Debían darse un beso de buenas noches? ¿Debía él subir con ella? ¿Era momento de hacer el amor?

—Ya es tarde, querido. No tomes café. Vamos. Claro, quédate despierto un poco más, pero ven a la cama.

Era sincera. Estaba preocupada.

Seth le dio la espalda, con esa mirada que ella había visto cien veces antes. La que decía «No entiendes, deja de decirme esas tonterías». Era como si le gustara sentirse así. Pero Maeve lo sabía antes de hablar. Y eso no le impedía decirlo.

—Estaré bien.

Se alejó, limpió el agua que había derramado y mezcló el café instantáneo. Cuando se dio la vuelta, Maeve ya no estaba. Los últimos tres escalones crujieron cuando llegó arriba.

Trató de evitar cambiar los canales, sin propósito, hasta que su café se enfrió lo suficiente como para tomárselo en tres tragos. Se inclinó sobre el lado derecho del sofá y tomó el directorio que había usado la noche anterior. Fue hasta la «S». Había doblado la esquina de esa página. Había un círculo alrededor del teléfono de Hadley. Tomó el teléfono, hizo una pausa, respiró profundamente, marcó el número y esperó.

Puso el televisor en silencio.

Miró sobre su hombro hacia el umbral vacío.

El teléfono sonó en el oído de Seth.

Ocupado, estaba ocupado. Hadley estaba hablando con alguien más.

Aventó el celular sobre el sofá y maldijo. Había esperado todo el día para eso, lo había imaginado, y el desenlace nunca llegó.

Otra casa incompleta.

Y Maeve escuchó todo.

30

Daisy Pickersgill había sido olvidada.

Fue la primera mujer que encontraron blanqueada, envuelta en plástico y abandonada en el bosque de Warwickshire.

Pero, en los dos meses desde que la habían encontrado, hubo otros escándalos políticos sobre los gastos y la inquietud entre los miembros del gabinete en la sombra. Un joven radical se hizo volar en pedazos y, en el proceso, había matado a un grupo de niños. Un extremista de oposición se vengó y se estrelló en su automóvil contra una multitud de pacíficos feligreses. El equipo nacional de futbol fue derrotado por un adversario que supuestamente era menos hábil y uno de los jugadores fue criticado en las primeras planas de los periódicos por beber y cogerse a una joven actriz de *reality show* que no era su esposa-trofeo.

Durante ese tiempo, las comidas procesadas habían pasado al nivel uno de cancerígenos, junto con los cigarros. Se experimentaba con armas nucleares de largo alcance que se lanzaban al mar como si fuera un concurso internacional para saber quién orina más lejos. Hubo dos incidentes independientes en zoológicos, en los que los animales atacaron o mataron a los cuidadores. Una misión de la

NASA para fotografiar las tormentas de Júpiter fue un gran éxito. Personas famosas que murieron. Tuvieron hijos. Estuvieron en rehabilitación. Donaron a organismos de beneficencia. Empresas en bancarrota. El precio inmobiliario al alza.

Y esa dulce joven trabajadora de veintiocho años retrocedía cada vez más en la mente del público, las agendas se impulsaban al primer plano, se consumía publicidad y la sociedad estaba asustada.

La gente creía que se preocupaba por muchas cosas, pero eso solo significaba que, al final, no se preocupaban por nada.

El detective sargento Pace aún se preocupa. Todavía recuerda a Daisy Pickersgill. Se asegurará de que nunca se vuelva a perder.

31

Descolgué el teléfono.

—Al demonio —dije en voz alta.

Luego pensé: «Improvisaré según se den las cosas».

Tomé la tarjeta arrugada de mi bolsa y marqué de nuevo el número.

Un hombre respondió. Mi emoción fue efímera. Había una mínima posibilidad de que tuviera suerte. Su voz era suave, con un tono uniforme —tal vez les enseñaban eso—, pero no era Seth.

—Me gustaría hablar con Seth, por favor.

—¿Perdón?

—Seth. Hablé con él anoche. Estaba deprimida. Me sentía mal. Él me ayudó.

—¿Te sientes deprimida ahora?

—Solo quiero hablar con Seth. Él me entenderá.

—Dame una oportunidad —insistió con suavidad; probablemente se preguntaba qué haría si las cosas empeoraban.

«¿Por lo menos conocía a Seth?», me pregunté.

—Mira, no te quiero ofender, pareces muy amable, pero necesito a Seth. Hablé con él anoche. Y si no vuelvo a hablar con él, no sé qué haré —mentí.

Me sentí mal. Pero lo que decía era verdad. Necesitaba a Seth. Él me entendía. O quizá solo lo quería a él.

«Madura, Hadley».

—Okey. Okey. Escucha, no estás sola. Yo estoy aquí. Voy a tratar de encontrar a Seth, ¿está bien?

—Gracias. Te lo agradezco.

—Voy a hablar con alguien aquí y ver si puede encontrarlo. Por favor, no cuelgues. Si no está aquí, puedes hablar conmigo. Yo te escucharé.

No dije nada.

—No voy a colgar y no voy a ponerte en espera. Voy a tratar de encontrar a Seth.

No dije nada. Parecía sincero. Diligente.

Después, esperé como tres segundos, decidí que estaba actuando de manera irracional y le colgué a ese pobre tipo tan amable.

Ant colocó los audífonos sobre el escritorio y buscó a un supervisor para explicarle la situación.

El supervisor lo regañó por dejar a una persona potencialmente vulnerable colgada al otro lado de una llamada muerta. Entretanto, esa persona potencialmente vulnerable se decía que era una idiota por tratar de buscar a Seth. Y, en ese momento, Seth trataba de llamar a esa persona potencialmente vulnerable, pero solo consiguió un tono ocupado.

Él colgó.

Al igual que Hadley.

Cuando Ant regresó a su escritorio, se dio cuenta de que se había ido. Se sintió derrotado. La idea de lo desconocido lo paralizaba. ¿Qué pasaría si dejaba que esto pasara de nuevo con alguien más? Era su culpa.

Después, marcó una casilla en la pantalla de su computadora.

Anotó el teléfono de Hadley.

La llamaría.

Seth se sintió decepcionado. No habían quedado en que hablarían, pero, según él, ambos querían que esto pasara. Quizá estaba en el teléfono con una amiga, hablándole de él. Solo tenía que esperar un poco y volver a intentarlo. No le hablaría a nadie más. No necesitaba más rechazo.

Fue a la página de Serena Hadley. Había actualizado su publicación dos veces desde esa mañana. Una era sobre sus hijos y todo lo que tenía que manejar para llevarlos a los distintos clubes deportivos, y la otra sobre lo cansada que estaba. «¿Cómo puedo tener tiempo para comer correctamente?», preguntaba a sus ciento ochenta y seis amigos. Muchas madres la comprendían.

Después, hizo clic en las fotos de Hadley que no eran ni remotamente sugerentes, pero se las arregló para encontrar inspiración en ellas. Eyaculó en las páginas centrales de uno de los suplementos de moda de Maeve, lo dobló y lo tiró a la basura. Se sirvió un vaso de agua, descolgó el teléfono y volvió a marcar.

—¿Hola?

—¿Hadley?

—Síííííí. ¿Quién habla?

—Soy yo. Seth.

—Te encontró.

Seth no tenía idea de lo que estaba hablando. Pero podía escuchar cómo sonreía. Ella le explicó. Él lo aceptó. Parecía más fácil, menos desesperado, a que él la llamara por cuenta propia. Pero le dijo que había querido hacerlo. Así, ella se sentiría un poco menos avergonzada por lo que hizo para comunicarse con él.

—¿Cómo te sientes? ¿Querías hablar conmigo sobre algo en particular?

—De hecho, estoy muy bien. Hace mucho tiempo que no me sentía así.

—Qué bien, es bueno oírlo. Entonces, ¿por qué me buscabas?

—Solo quería hablar contigo, Seth. Solo contigo.

Seth esperó un momento y dejó que las palabras hicieran efecto. Después, se arriesgó un poco.

—Yo solo quiero hablar contigo también.

Escuchó un ruido en el piso de arriba. Maeve había salido de la cama. Lo siguiente fue el inconfundible clic del interruptor de cuerda de la luz del baño. Hadley hablaba, pero Seth escuchaba el sonido de la orina de su esposa, golpeando encarnizadamente el agua de la taza del escusado. Escuchó cómo se rasgaba el papel de baño. Silencio mientras se limpiaba. Después la descarga antes de que ella caminara sobre la duela y hasta la cama que a veces compartían.

Hadley seguía hablando cuando él regresó a la conversación. No tenía que mentirle, porque en realidad nunca decía mucho. Era evidente que ella necesitaba su hombro y su oído, más de lo que creía. Seth la dejaba hablar.

—¿Podemos hacer esto de nuevo? ¿Quiero hacer esto de nuevo?

Era atrevido, pero sabía que ella aceptaría.

—¿Mañana a la misma hora? —preguntó.

—Es una cita.

Colgó y sonrió. Luego subió las escaleras y se metió a la cama con su esposa, donde no durmió las siguientes tres horas.

MARTES

34

Todo es demasiado familiar.

El detective sargento Pace siente náuseas.

El detective sargento Pace está ansioso, de manera irracional.

El detective sargento Pace está en el mismo lugar en el que empezó.

Esta víctima era más alta que la última. Más pesada también. Parecía que el asesino no tenía un tipo. Aunque todas terminaban pareciéndose, con la piel pálida, el cabello blanco, el rostro aplastado y el cuello amoratado.

Descubrieron el cuerpo de Teresa Palmer, pero no tiene idea de quién es. Y no tenía mucha información para continuar el caso. Buscar en las personas desaparecidas en el área de Warwickshire sería una pérdida de tiempo, pero tendría que hacerlo. Aunque su instinto le decía que era de Londres. Tendría que cooperar con los locales.

Vio el cuerpo y no encontró ninguna característica distintiva. Cualquier cicatriz o marca de nacimiento había sido borrada por el cloro, pero el forense las encontraría en un análisis más profundo.

La identificación se haría con el expediente dental y un poco de suerte.

El detective sargento Pace no se siente con suerte.

Siente lo mismo que cuando recibió la llamada en la que le decían que habían encontrado el cuerpo de Daisy Pickersgill.

Confundido. Defraudado. Como si de alguna manera fuera su culpa. Porque todo lo que toca se contamina y se convierte en mierda.

El detective sargento Pace está sucio.

El detective sargento Pace es una bomba de tiempo.

Pero está decidido a encontrar a la persona que mató a esas dos chicas.

El detective sargento Pace no puede olvidar.

35

Y el día siguiente fue similar, no sucedió nada hasta esa noche.

Ant había estado preocupado toda la noche. Pensaba en esa chica a la que dejó colgada en el teléfono. Todo el día siguiente estuvo agitado en su pequeño departamento en Coventry, pensando qué le habría pasado. Le dijo a su supervisor que podía llamarla, pero su sugerencia había sido descartada, por supuesto. Eso lo tuvo inquieto el resto de su turno. Se sentía como si en realidad no ayudara a nadie. No se ayudaba a sí mismo.

Pensó en Australia, en la luz del sol, las mochilas pesadas, cervezas, risas y aventura. Escalar, dormir al aire libre, caer, comer bien y ese gancho, ese jodido gancho en la puerta del baño.

Y el sentimiento de que había defraudado a alguien.

Ant no quería ser responsable de otra muerte.

Tenía que parar.

Bebió un poco más de vino. Había pasado la mayor parte del día bebiendo. La libreta que había tomado de su escritorio la noche anterior estaba abierta sobre la mesita de centro, cerca de la botella de vino. La había colocado ahí deliberadamente, de manera que dos de sus bordes rectos estuvieran perfectamente en línea con los bordes de la mesa. Eso siempre lo calmaba. La minuciosidad. La pulcritud. El equilibrio.

Llamó al número que estaba en la libreta y esperó.

El teléfono sonó cinco veces antes de que contestaran.

—¿Hola?

Ant esperó. Necesitaba más que eso. No tenía nada qué decir. ¿Era la voz de la misma chica de la noche anterior?

—¿Hola? ¿Quién habla?

Comenzó a respirar con dificultad. La intriga y la emoción rasgaban el lado racional de su cerebro.

Sonaba como ella. Pero no podía estar seguro.

—¿Seth? ¿Eres tú?

Seth de nuevo. ¿Cuál era el asunto con este tipo Seth? No había ningún Seth, Ant lo había verificado.

Sintió alivio. Había metido la pata, eso lo sabía; pero su interlocutora no había colgado el teléfono y saltado frente a un tren en movimiento; estaba ahí, hablando, preguntando de nuevo por Seth. Quizá Seth no era real. Quizá esta chica deliraba y en realidad no necesitaba ayuda.

Su corazón latía con fuerza.

—Oh, vete al carajo, psicópata.

Ella colgó.

A él no le gustaba eso. Ni un poco. Solo quería ayudar. Quería saber cómo estaba. La diligencia debida. Diligencia atrasada. Y ella lo había hecho personal.

Dejó el teléfono sobre la mesita de centro y tiró el vino.

—No, no, no, no, no, idiota.

Ant corrió a la cocina y abrió la alacena debajo del fregadero. Todo estaba perfectamente organizado en líneas de seis. Seis latas de cera para muebles, seis botellas de cloro, seis suavizantes de ropa. Las esponjas y trapos de repuesto estaban dispuestos cuidadosamente en canastas, así como las bolsas de basura.

Sacó uno de los trapos y una botella de espuma para limpiar alfombras. Y frotó hasta que quedó como nuevo. Miró su escritura en el papel y pensó en la chica malagradecida que lo había llamado psicópata. Y pensó: «No me conoces».

No podía dejarlo pasar. Y no lo haría.

36

—¿Esto es extraño? —Hadley le pregunto a Seth.

—No sé. Es decir, la gente acostumbraba conocerse en bares y clubes, y en la universidad; ahora todo son citas en línea y publicar fotos de uno mismo de cuando eras más delgado de lo que en realidad eres, y diciendo cosas como «Me encanta viajar y el aire libre; me apasiona la música; bla, bla, bla», y no es verdad. Pero parece que así se hace ahora. Y funciona, hasta cierto punto. Así que esto… no, esto no es extraño, es solo otra forma en la que se pueden conocer dos personas.

Ni siquiera está seguro de dónde sacó eso, pero ella le creyó.

—Eres muy convincente —su tono era ligero, divertido.

—Bueno, lo pensé durante un tiempo. Quería decir lo correcto. —Seth sonrió.

—Tengo una amiga, Ángela; hace ya casi dos años que está con un tipo. Así lo conoció. Bueno, no en un sitio de citas, sino en una aplicación de *booty call*. Una de esas en las que, si te gusta alguien, deslizas el dedo sobre su foto, y si él hace lo mismo contigo, puedes enviarle mensajes, quedar de acuerdo y tener sexo.

—¿Crees que eso es extraño?

—Supongo que no —reflexionó—. Las personas necesitan personas, ¿no? Y sexo. Estoy segura de que todavía hay gente que se conoce en bares y de ahí se van a casa la primera noche. De esta manera sabes desde el principio que esa es la razón por la que estás ahí. Deslicé sobre ti; deslizaste sobre mí: cojamos, algo por el estilo.

Las palabras lo excitaban. No se había masturbado antes de la llamada, como la vez anterior. Esta vez, estaba planeado. Era como una cita. No puedes hacer eso antes de una cita. No es correcto.

Hablaron más de una hora. Seth había olvidado que Maeve estaba en el piso de arriba, dormida. Rio al teléfono, jadeó, murmuró. Hablaron un poco de sexo, del trabajo de ella y de sus amigos. Él evitó hablar mucho sobre sí mismo; comentó lo que le gustaba y no le gustaba, más que de lo que hacía o no hacía.

—Es tan extraño lo cerca que me siento de ti, Seth. Quiero decir, te conozco desde hace solo algunos días, pero te he contado cosas que incluso no le he contado a algunos de mis mejores amigos. Me siento tan cómoda y ni siquiera sé cómo eres físicamente.

—Si quieres, puedo enviarte una foto mía de cuando era mucho más delgado.

Ambos rieron. Tenían un vínculo.

Un vínculo que se hacía más intenso por la soledad, la desesperación y la falta de sueño.

—Sabes lo que quiero decir, ¿verdad? —preguntó.

Seth hizo una pausa para serenarse. ¿En verdad quería seguir por este camino?

—Yo también lo siento. Es original. Me siento más ligero, mejor, solo por conocerte. Y ni siquiera te conozco bien.

—Todavía… —interrumpió.

Era sugerente y positivo, y Seth ya había estado en esta situación antes.

Solo un par de veces. Ya antes, la cuerda floja de la fidelidad había titubeado. Solo un par de veces. Dos veces. No se trata de sexo. Solo con tener la conversación, era un tipo de aventura, puesto que se salía del camino de vida que había elegido. Su corazón se sentía atraído hacia una dirección diferente. Le daba miedo.

El miedo era la emoción más poderosa.

Pero, el cien por ciento de las veces, él no sabía dónde estaba Maeve. Podía estar en cualquier parte. Con cualquiera. Sus dos ocasiones podrían palidecer comparadas con los coqueteos de ella. Pero ella seguía con él. No había huido con otro hombre. Así que quizá funcionara. O tal vez estaban en el mismo nivel de fractura. Como fuera, no le echaría en cara algún coqueteo en la última década.

—Todavía… —respondió, y agregó una sugerencia propia—: ¿Mañana a la misma hora?

—Oh, no puedo. Mañana en la noche salgo con unos amigos. Pasado mañana, definitivamente.

—Sí. No hay problema. Pasado mañana.

Trató de sonar lo más relajado posible, pero sus entrañas se consumían de indignación y decepción.

—Perfecto. Nos hablamos. Adiós, secreto desconocido —bromeó.

Normalmente provocaría una reacción de su parte, pero estaba muy enojado. De ninguna manera dormiría ahora.

—Adiós, Hadley. Diviértete con tus amigos. Quizá deberías preguntarles a ellos si esto es extraño.

—Oh, no. No diré nada. Te quiero todo para mí.

Colgó, y Seth también.

Quería sentirse culpable, pero no podía.

Después, se dio cuenta de que habían pasado cuarenta minutos. Había estado sentado en el sofá, con las piernas extendidas sobre el suelo frente a él, los pies cruzados, uno sobre otro, el derecho sobre el izquierdo. Sus brazos estaban cruzados y su cabeza colgaba ligeramente hacia la derecha. Todo este tiempo había estado mirando fijamente el televisor y ni siquiera estaba prendido. El tiempo había pasado sin que él se diera cuenta.

Apagó las luces y subió las escaleras. Fue a hacer pipí, se lavó los dientes y se metió a la cama con su mujer. Jaló la esquina del edredón sobre su hombro y le dio la espalda, como si estuviera listo para dormir. Pero no lo hizo. Se quedó ahí, en una especie de animación suspendida, hasta que sonó la alarma para que ella se fuera a trabajar. Tan pronto como ella salió, él se adormeció.

Noventa minutos después, sonó su propio despertador. Fue un buen descanso.

37

Maeve no dormía. Empezó por dejar que su imaginación vagara hacia el taciturno detective sargento Pace. Después escuchó unas risas y aguzó el oído ante los murmullos. Ya había pasado por esto antes. Dos veces. Desde los primeros cambios de estado de ánimo, hasta el desapego y la incomodidad. Luego el distanciamiento. Hasta el derrumbe final y la resolución de todo el lío.

Sabía que el momento llegaría. Podía sentir a Seth cuando no dormía junto a ella. Cuando se ponía tan mal, era imprudente. En realidad, estúpido. Cometía errores y tomaba decisiones idiotas. Pero al menos era interesante. Por un tiempo.

Y terminó. Siempre terminaba.

Y terminaba mal.

Pero eso era lo que los unía más. Era todo lo que ella quería.

Ella también estaba cansada. Y enojada por el ruido. Y estaba deprimida; sabía que Seth estaba a punto de tener otra de sus desventuras. Había encontrado a alguien que le hablaría, que lo escucharía hablar. Ella no lloraría por eso, no era el tipo. Estaba resignada. Un suspiro viviente.

Pero tiene esperanza.
Espera que algo salga mal.
Y pueda tener a Seth de regreso.

38

Teresa Palmer tenía unos dientes intensamente blancos.

Perfectamente blanqueados.

Pero con tres amalgamas en los molares, una en un premolar y media corona que ella odiaba que se viera, era rápidamente identificable. Y Pace tuvo que viajar a Kilburn para informar a su familia.

Kilburn High Road es una combinación de tiendas, restaurantes, viviendas independientes, departamentos de lujo y rentas de corto plazo, entre otros. Hacía unos años, un hombre con una espada samurái corrió por la calle y sacó su agresión en una cadena de tiendas antes de ser arrestado.

Sally Palmer no vive en un departamento de lujo. Tampoco renta uno de esos departamentos sobre Primark. Los Palmer son clase media. Sally está divorciada y vive con su novio. Han estado juntos más de una década. No quiere casarse otra vez. Teresa tenía un hermano de veintinueve años que sigue viviendo en casa. Se llevaban bien. Toda la familia quería al novio. Era un acuerdo agradable. Promedio. Favorable. Pero ninguno de ellos la ha visto ni ha tenido noticias de ella en más de una semana.

Y Pace lo trastorna todo.

—¿Puedo verla?

Sally Palmer deja de llorar un momento.

—Necesitaremos que la identifique de manera formal, señora Palmer, pero tengo que prepararla para lo que va a ver.

Pace no quiere entrar en muchos detalles, en particular frente a la hermana más joven. Le dice que, por el momento, no están seguros de la causa de la muerte, aunque sabe que lo más probable es que haya sido por estrangulación, y que alteraron su cuerpo después de su muerte.

Sally Palmer respira, asustada; pero Pace está más preocupado por los hombres que están en la sala. El padrastro parece estar triste y sorprendido, pero nada se manifiesta físicamente. Y el hermano de Teresa parece estar enojado.

39

Pace sospecha de ambos.

Ninguna familia es tan normal.

—Tendré que hacer unas preguntas a todos ustedes; pero antes, necesito información sobre sus amigos, novios y novias, y la gente con la que trabajaba, por favor. Necesito interrogarlos a todos para poder llegar al fondo y saber quién hubiera querido hacer algo así.

Durante veinte minutos, Pace se sienta con la familia de Teresa; ellos toman té, él no toma nada. Su presencia hace que la sala sea más oscura, puede sentirlo. Existe el mal. A su alrededor. Todo el tiempo. Lo sigue. Tendrá que resolver este caso para que desaparezca. Aunque sea para obtener algún alivio temporal.

El detective sargento Pace tiene sospechas.

El detective sargento Pace pesa tres veces más que su cuerpo.

Hace las preguntas de rutina, reúne información sobre la vida de la chica muerta, sus amistades y relaciones. En este momento de conmoción, presiona a la familia para que piense en alguien que tuviera algo en contra de su hija. Finalmente, se analizará la relación con el novio y se le culpará. Pace ya sospecha de él.

La investigación acaba de empezar de verdad. Tiene una lista de los colegas y amigos a los que tendrá que investigar más tarde. Le echa un ojo al padrastro. Y otro a su propia sombra.

El detective sargento Pace tiene una pregunta más. Ha estado esperando.

—Teresa, ¿usted o alguien que usted conozca, tiene alguna relación con Daisy Pickersgill?

MIÉRCOLES

40

Ninguna relación.

Ahora, hay dos cuerpos.

Sin lugar a dudas, Teresa Palmer y Daisy Pickersgill fueron asesinadas por la misma persona. Pace lo sabe. Ambas fueron estranguladas, moretones en el cuello. Piel, cabello, ojos y dientes blanqueados. En Teresa Palmer, la autopsia mostrará, sin duda, las mismas abrasiones vaginales internas que se encontraron en Daisy Pickersgill. Estos detalles nunca se habían dado a conocer. Solo el asesino, el forense y Pace lo sabían. Las pruebas que se hicieron del plástico usado para envolver ambos cuerpos indicarán que se cortaron de la misma pieza.

Indiscutible.

Ambas vivían en Londres, una al este y otra al norte. Ambas tenían un empleo. Ambas tenían una relación aparentemente estable. Ninguna de ellas mostró señales recientes de presión emocional. El único medicamento recetado a una de ellas eran los anticonceptivos de Teresa Palmer.

Y, de alguna manera, la desaparición de ambas solo provocó un leve rumor de preocupación de parte de sus seres queridos, solo para volver a aparecer a ciento sesenta kilómetros de distancia como cadáveres albinos.

Incomprensible.

Y todavía no se sabe si estas inocentes jóvenes fueron primero asesinadas y después transportadas a Warwickshire para un entierro improvisado y descuidado, o si de alguna forma las atrajeron a ese lugar, solo para ser asesinadas a su llegada.

Incierto.

Pace se sienta frente a su escritorio y consulta ambos expedientes. Ha estado despierto toda la noche. No hay nadie más alrededor. Solo él y su sombra. Está cruzando referencias con todo lo recopilado hasta ahora. A nivel social, parecen estar completamente alejadas. Una investigación más profunda en las redes sociales podría revelar algunos conocidos comunes, pero sería ir muy lejos, forzar las cosas. En cuanto a lo cotidiano, no hay coincidencias. Sus empleadores no se movían en los mismos círculos. Sin embargo, el detective sigue esperando los registros telefónicos completos.

Con fotografías, líneas de tiempo, horarios de trabajo y declaraciones expuestas frente a él, el detective sargento Pace no puede encontrar ni una sola evidencia que vincule a estas dos víctimas mientras estuvieron vivas. Y el padrastro de Teresa Palmer dijo que podía demostrar su paradero desde el momento en que informaron que la chica podía estar desaparecida.

El detective sargento Pace nada contra corriente.

Al detective sargento Pace se le escapa algo.

El detective sargento Pace está perdido.

Las chicas eran tan parecidas; sin embargo, no lo eran. Días de trabajo con Teresa, meses con Daisy, y no tenía nada. Absolutamente nada que sugiriera algún tipo de patrón. Que de alguna manera se conocían o conocían a la misma persona. Nada que indique la razón por la que viajaron a Warwickshire.

Nada.

Increíble.

Seth tocó la puerta de la oficina de su jefe y entró antes de que lo invitaran a pasar. Ese jodido niño presumido y con sueldo excesivo. Estaba sentado frente a su escritorio, con los pies cruzados encima del lugar donde debía estar el teclado de la computadora, que estaba bajo el monitor de veintidós pulgadas.

Hablaba por teléfono y miraba a Seth acercarse al escritorio. Sus vidriosos ojos rojos se entrecerraron, sus delgados labios gruñeron levemente. Siguió hablando con alguien que estaba al otro lado de la línea; Seth estaba seguro de que no estaba relacionado con el trabajo.

—… quisiera golpearla entre los muslos para que se hinche y se sienta más apretado. —Rio.

A Seth le provocó náuseas. Hablaba de su mujer de forma deplorable. No de manera que sugiriera que su relación estaba algo tensa, sino que no tenía el más mínimo respeto por ella. Y lo más probable era que ella no tuviera idea. Porque estaba en casa, diligente, cuidando a sus tres hijos.

Seth puso un pedazo de papel sobre su escritorio, al revés. Durante medio segundo observó su expresión estúpida y vacía, luego dio media vuelta y se alejó. Su jefe esperó dos segundos y Seth escuchó el crujido del papel al voltearlo y mostrar una copia de la orden de compra que acababa de recibir y que ya había metido al sistema.

Había estado en el teléfono casi toda la mañana, cobrando favores y negociando con sus relaciones sobre precios y calidad de los productos. Cuatro mil monitores que se deben transportar ese día y tres mil el último día del mes. Con un margen del seis por ciento. Lo suficientemente alto como para no pasar el pedido al jefe. Seth obtuvo el 108% de su objetivo mucho antes de que acabara el mes. Su jefe se pondría lívido. A él le pagarían por el éxito de Seth, pero lo odiaría por este logro.

Seth regresó a su escritorio. No sonreía. No miró a la derecha a través de la pared de vidrio que mantenía a su jefe separado, pero siempre con ellos, sobre ellos. Miró el reloj en su pantalla. Faltaban trece minutos para terminar el día de trabajo, pero apagó su computadora, tomó las llaves del carro y salió sin despedirse. Su mes había terminado. Quizá podría poner los pies sobre su escritorio durante los siguientes veinte días.

Le costó mucho trabajo no lanzar una mirada a su jefe, se regodeaba en su victoria, pero tenía una sensación molesta que se lo impedía. No hablaría con Hadley esa noche. Y eso lo hacía sentirse perdido. Cansado y perdido.

42

Terminé el trabajo y emprendí los veinte minutos de caminata hasta mi departamento. Algunos días tomo el autobús. En realidad, depende de lo que haya comido en el almuerzo. Escuché música con mis audífonos; navegué por algunos artículos interesantes y videos divertidos que la gente compartió en mis distintas páginas de redes sociales y envié mensajes de texto a mis amigas sobre nuestra salida de esta noche.

Era impresionante cuántas personas hacían lo mismo, inclinar la cabeza mientras caminaban, con los ojos fijos en una pequeña pantalla brillante, después de pasar nueve horas mirando fijamente una pantalla brillante mucho más grande. En raras ocasiones, las personas chocaban contra otras. Es la capacidad de llevar a cabo multitareas con gran destreza, al tiempo que ignoran el gran y ancho mundo por el que caminan ciegos; atiborran la vida dentro de un vidrio de seis pulgadas, aluminio y circuitos electrónicos.

Lo odio y lo amo, al mismo tiempo. No va a cambiar, así que mejor será aprovecharlo.

Apenas desvié la mirada dos veces durante el tiempo que me tomó caminar de la oficina hasta mi departamento, lo que es impresionante y desconcertante, puesto que tengo que cruzar cuatro calles principales en esa ruta.

Supongo que solo estoy emocionada por salir esta noche. Estoy sumergida en la letra de la canción que suena en mis oídos. Quizá me siento feliz. Quizá solo no me siento triste. Seth me ha dado la posibilidad de emocionarme. Puede parecer pueril, pero cuando la autoestima es tan baja, todo da pavor. Es agotador.

La llave de la puerta principal necesita una pequeña sacudida para que funcione, y en esta época del año, la puerta es más rígida; sin embargo, la empujo para entrar al departamento. Donde vivo sola con mi gato. Nos miramos con desdén y cierro la puerta detrás de mí con el talón.

43

Claro, por supuesto que no había advertido a Ant, que estaba parado al otro lado de la calle.

Ant conocía la zona en la que vivía Hadley por el prefijo del área de su número telefónico, por lo que sabía que tenía que sacar el coche. Estaba aproximadamente a cincuenta kilómetros. Tenía suficiente información sobre ella para hacer una búsqueda inversa y obtener su dirección. Era la mitad de la semana y no estaba seguro de qué encontraría, pero solo tenía que verla.

En parte para asegurarse de que seguía viva, que era real. En parte por otra cosa. Quizá seguía tratando de salvar a James. Quizá obtenía algo al ayudar a estas personas. Un sentido de logro. Una urgencia. Conclusión.

Iba vestido con un rompevientos gris y jeans azules. No sobresalía. No valía la pena recordarlo. Un hombre blanco de unos treinta años, estatura mediana, que bebía una taza de café mientras estaba parado frente a la vitrina de una inmobiliaria. Podía estar buscando casa en la zona, un lugar para rentar. Podía ser un estudiante adulto.

Pero no lo era. Estaba ahí para esperar a Hadley. Y ahora la había visto. Podía ver que era bonita, incluso con un día de trabajo sobre su cabello y su rostro. Le gustaba la manera en que caminaba y llevaba su bolsa al hombro. Tenía una actitud confiada, no como la de alguien que le hubiera hablado hacía un par de noches, aparentemente suicida, y que le colgara el teléfono para deprimirlo de nuevo.

Había una cafetería junto a la inmobiliaria. Aventó su rompevientos sobre una silla cerca de la ventana y fue a la barra para pedir un café con leche. Tomó el último cruasán de almendras, se veía solo y abandonado después del tranquilo desayuno de ese día. Sus bordes estaban endurecidos, pero no le importó. Tomó su asiento junto a la ventana y observó, al otro lado de la calle, la casa de la mujer que no conocía.

La luz parpadeó en el piso de arriba y vio cómo Hadley se miraba en el espejo.

Primero, miró su rostro, jalaba la piel de sus mejillas y la extendía y alisaba alrededor de los ojos. Se observó de frente, ajustó sus senos; luego de perfil, hundiendo el vientre. Y miró la forma de sus nalgas, una vez con las plantas en el piso y otra sobre la punta de los pies.

Hadley se desabotonó la blusa, se quitó un broche del cabello y salió de la habitación, ignorando que un hombre observaba cada uno de sus movimientos bien iluminados.

Ant bebió un sorbo de su café y dejó volar su imaginación. La imaginó en la cocina, haciéndose un té de hierbas. Y en el baño, lavándose el cabello. Y con la mano entre sus piernas mientras el agua escurría por sus senos y hasta su estómago, que vibraba y se tensaba mientras se venía. Y en el baño, tomando pastillas con una copa de vino rosado y una navaja de afeitar solitaria para abrirse el brazo a lo largo, solo para asegurarse.

Estaba fascinado con ella. Cautivado. Parecía tan desesperada unos días antes; pero ahora, sus hombros negaban la idea de su inestabilidad. Le gustaba su andar, su cabello y lo que había visto de su rostro. Quizá, si las circunstancias hubieran sido distintas, hubieran podido tener otro destino.

Solo quería salvarla. Ahora. Quizá más tarde querría más.

Apareció de nuevo en la ventana, con una toalla morada alrededor del busto y una más pequeña, blanca, alrededor de la cabeza, escondiendo su cabello. Miró por la ventana hacia la calle, abajo, y cerró las cortinas.

Ant aún podía notar que estaba en la habitación. Pidió otro café y volvió a sentarse en el mismo lugar. Observó el mundo pasar, pero no quitó el ojo del departamento de Hadley.

Directamente frente a su ventana había una cafetería más pequeña. El café era más amargo y los muebles menos cómodos. Fuera, dos mujeres estaban sentadas, fumando. Había una carriola junto a la mujer de la izquierda. La niña tendría probablemente dos años de edad y parecía encantada de estar ahí. La amiga de la madre echaba el humo hacia la niña y el labio superior de Ant se crispó. Aun así, la niña parecía sonreír.

Unas pocas mesas a la derecha, un hombre barrigón con suéter de pescador y barba blanca desaliñada disfrutaba solo su café. Un amigo apareció con un perro; Ant no sabía qué raza era. De una botella envuelta en papel estraza, vertió algo en el café de su compañero y se sentó junto a él. Durante todo el tiempo, ambos miraron hacia el frente, hablaban sin hacer contacto visual.

El café hizo su magia. Ant estaba alerta, despierto. Pero también tenía que ir al baño. No quería dejar su puesto.

Las cortinas se movieron. Ant lo notó de inmediato. Hadley miró hacia la calle, todavía tenía la toalla amarrada en la cabeza. Parecía que esperaba a alguien. Tenía tiempo, y aprovechó la oportunidad. Al regresar, la luz seguía encendida y se acomodó en su asiento.

Veinte minutos más tarde, dos mujeres jóvenes, vestidas para ir de fiesta, tocaron a la puerta de Hadley. Ella las dejó pasar. Una llevaba una botella de vino en la mano izquierda. Veinticinco minutos después salieron, lanzando risitas conforme caminaban sobre sus tacones hacia el bar más cercano, sin saber que las seguían.

44

Algo en Seth quería contarle a Maeve lo de la orden de compra. Cómo su objetivo mensual había sido un éxito rotundo. Cómo le había respondido a su jefe. Pero ni una sola vez ella le preguntó por su día.

Se quedó en el umbral de la cocina y le contó todo sobre las políticas de su oficina. Mencionó nombres de personas que él ya había escuchado mil veces antes, con quienes sentía tener un entendimiento; conocía sus historias. Y hablaba de forma monótona sobre algo mientras bebía su galón habitual de vino, y Seth cocinaba unos langostinos en una salsa de curry demasiado dulce. Había picado un par de pimientos rojos para espolvorearlos en el plato servido.

La noche transcurrió como de costumbre. Cenaron. Vieron el noticiero —cinta de policía, reporteros en vivo, recuerdos de una chica amable, y algo sobre estar envuelta en plástico y una tumba poco profunda que debió haber sido descubierta antes. Lágrimas de familiares y una fuerza policiaca escéptica.

No quería verlo, pero podía advertir que Maeve estaba fascinada. Observó cómo cambiaba su expresión cada vez que el detective aparecía en la pantalla. Incluso se veía emocionada, excitada. No estaba seguro de lo que eso lo hacía sentir. Ella cambió.

Después, Maeve dormía. Seth esperaba. Pero su noche se prolongaría, el tiempo se estiraría. No podía hablar con Hadley porque había salido con sus amigas. No estaba celoso, pero le echaba en cara que su relación aún estaba fresca, y en esos primeros días emocionantes del cortejo. ¿Qué iba a hacer?

No podía irse a la cama, irse a dormir temprano. Eso nunca funcionaba. Miró el directorio telefónico, pero no pudo decidirse a llamar a otro desconocido, lo sentía como traición. A una mujer con la que había hablado durante tres días. No a su esposa, con quien había estado durante más de una década. Era ridículo y lo sabía, pero no podía evitar ese sentimiento. No era amor, por supuesto, pero era algo. Y eso es suficiente.

Seth sabía a dónde iba.

Sabía a dónde lo llevaría.

45

Maeve estaba en cama, la luz seguía prendida y Seth supuso que, o estaba leyendo, o estaba dormida con un libro sobre el pecho. No preparó café; en su lugar, apagó las luces del primer piso; cerró con llave la puerta principal y subió las escaleras. Ella estaba leyendo, apoyada sobre un costado. Le quedaba poco tiempo antes de que se quedara dormida.

Se lavó los dientes y orinó. Se lavó las manos y el glande. Apenas recordaba la última vez que había sido necesario.

La luz de Maeve hizo clic y se apagó. Cualquiera pensaría que ella quería indicarle que no la molestara; pero él conocía a esa mujer más que nadie, sucumbía a su destino, a su obligación. Incluso, quizá, a su necesidad.

Seth se desvistió y jaló el edredón de su lado antes de deslizarse junto a ella. Dejó un pequeño espacio y puso la mano sobre su cadera, debajo de la cobija.

—¿Qué haces, Seth? —su tono era cómplice, juguetón.

—¿Qué? ¿Un hombre no puede abrazar a su esposa en la noche, antes de irse a dormir?

Con los dedos, acarició suavemente la piel de su muslo. Ella volteó para ponerse frente a él y su mano se encontró en la cadera. Levantó un poco la camisa de su piyama y movió la mano alrededor de su espalda. Después, la bajó y deslizó su dedo por debajo del elástico de sus calzones. Seth podía sentir dónde comenzaba su vello púbico al pasar la mano hacia el frente. Y ella no rechazaba sus avances, había una crispación sutil cuando ella se acercaba a su contacto. Podía escuchar su respiración.

De pronto, sus rostros estaban mucho más cerca, pero no se besaban, solo respiraban uno en el otro. La mano izquierda de ella se movió hacia la pierna de él y, lentamente, subió marcándolo con sus uñas; se detuvo, lo tomó, firme, como sabía que le gustaba a Seth. Lo apretó hasta que creció en su mano.

Seth metió la mano en sus calzones. Ella jadeó. Hacía mucho tiempo que no la tocaba así. Conforme su boca se abría más, él se acercó para encontrarse con ella. Se besaron, sus manos estimulaban al otro, haciendo que la cadencia coincidiera, caricia por caricia.

Se detuvo y jaló su ropa interior hasta su muslo; con la otra mano, se empujó hacia arriba y Maeve se movió sobre su espalda, sin soltarlo, mirándolo en la oscuridad.

Se metió entre sus piernas y subió para besarla, su peso la presionaba hacia abajo. Se volvieron a besar. Ella quería tenerlo dentro. Él podía sentirla. Jaló su camiseta y la pasó sobre su cabeza.

Los senos de Maeve eran pequeños, pero se erguían y sus pezones eran de un hermoso rosa oscuro. Seth puso su boca sobre el pezón derecho y lo lamió con delicadeza, lo tomó entre sus dientes. Su espalda se arqueó y lo rodeó, tratando de que la penetrara. Pero él la sujetó por las muñecas, contra la almohada, y le besó el cuello.

Él volvió de nuevo a sus senos y hasta su vientre plano, antes de soltarle los brazos y poner la boca entre sus piernas.

Su reacción fue instantánea. Seth se excitaba al escucharla así. Él la hacía sentir así. Movió la lengua, suavemente. Incitándola. Ella trató de acercarse más a su boca, pero él se alejó. Se tomaba su tiempo. La disfrutaba. Le gustaba su sabor, su olor, sus movimientos. Le gustaba todo. Y eso lo hacía sentir mal. Quería sentirse mal.

Seth volvió a bajar y disparó su lengua en su profundidad. Su mano derecha acariciaba sus piernas. Con el dedo, hacía círculos cerca de su ano, pero no llegó más lejos.

Ella estaba a punto de venirse. Él lo sabía. Su respiración había cambiado. Había encontrado la zona que la excitaba y ahí se quedó, aplicando un poco más de presión, moviéndose más rápido.

Su vientre tuvo un espasmo y se contrajo, su cabeza se inclinó hacia un lado y la mano derecha jalaba la cabeza de Seth, con desánimo, para hacerlo parar. Era sensible. Excesivamente sensible. Se encogió sobre sí misma, el esporádico temblor de su cuerpo. Y Seth se movió para ponerse atrás de ella.

Ella le dijo a Seth que le diera un momento, porque estaba muy sensible.

—Shhh. Está bien. Iré despacio.

Y la empujó por detrás. Ambos yacían sobre el costado. La tomó por el vientre para acercarla a él, para que hubiera más de él dentro de ella. Y se movió lentamente, como había prometido.

Después, subió su mano hasta su cabello y lo jaló con fuerza hacia atrás. Ella emitió el sonido que él conocía demasiado bien. El que expresaba entre su deseo de que la soltara y de que jalara con más fuerza. Maeve no era tan inocente como parecía. A estas alturas, ya sabía qué le gustaba. Ella quería que él le hiciera el amor, que la viera a los ojos como si fuera la única persona en el mundo, pero también quería que se la cogiera, que la sacudiera como si tratara de arrancarle algo del cuerpo.

Cogieron. Ella fue ruidosa. Él también. Sus cuerpos arremetieron uno contra otro. Chocando. Estrellándose. La mano de Seth nunca soltó el cabello de Maeve.

Ella se puso de rodillas. Seth estaba detrás de ella. Una mano pasó entre sus piernas y acarició sus huevos, mientras él entraba y salía, entraba y salía. Después lo soltó y se concentró en ella.

Así se quedaron. Seth estaba excitado, pero se controló y se movió más despacio. Quería que ella se viniera de nuevo con su verga dentro. Se lo dijo y ella respiró excitada.

—Vamos —la animó; sentía que él estaba a punto.

La mano de ella se movió enérgicamente entre sus piernas, y Seth comenzó a ir más rápido.

—Vente adentro —le rogó.

Y eso fue todo lo que necesitaba. Estaba tan excitado con la idea, que fue casi instantáneo.

Hubo un ruido y luego todo se oscureció por un momento. En ese instante, Seth no podía mentir, no podía esconder sus sentimientos. No podía engañar.

Después, Seth se desplomó sobre el colchón, junto a su esposa exhausta, sudorosa y satisfecha. Cayó sobre la almohada. Se derrumbó sobre su cansada realidad. En la mentira. Y, un segundo después, se preguntó qué estaría haciendo Hadley.

46

Observaban a Hadley.

Ant no sobresalía. Al verlo, no impresionaba, pero tampoco era espantoso. Medía 1.70 metros. No era un gigante, tampoco un enano. Vestía jeans azul marino, una camiseta gris sin ningún logotipo o marca, y un rompevientos adecuado. Buena presentación, pero de ninguna manera un esclavo de la moda.

Tres mujeres saltaban de bar en bar. En ocasiones, él se paraba en un rincón oscuro y observaba a distancia; otras, se sentaba solo en la mesa junto a ellas, y advertía, aquí y allá, algún comentario o elemento de la conversación. Sonrió por encima de su cerveza clara mientras hablaban y reían de banalidades de la vida. Y se preguntó por qué Hadley había llamado a los Samaritanos la otra noche, hecha un caos.

Pensó en Australia y en ese baño inmaculado, y en cómo no tenía idea de que su mejor amigo estaba en problemas. ¿Cómo se puede conocer verdaderamente a otra persona? ¿Puedes incluso conocerte a ti mismo?

Nadie conocía a Ant en realidad. Se había distanciado, sistemáticamente, de todas las personas de su vida. En su lugar, eligió poner todo su esfuerzo en gente que no conocía, que no lo conocía. Psicológicamente, eso mostraba lo que se necesitaba para conocerlo. Pero nadie lo sabía. Porque nadie observaba a Ant.

En el tercer bar, chocó deliberadamente con Hadley, mientras ella trataba de abrirse paso por el corredor, para ir al baño.

Hadley lo registró en su mente mientras él se disculpaba, pero lo olvidó casi al instante.

En ese momento, ya llevaba una pinta de más sobre el límite legal para conducir, pero su coche era insignificante. No era llamativo, tampoco una carcacha. No valía la pena detenerlo. Alguna vez, un mecánico grosero se refirió a él, entre carcajadas, como un coche clítoris, «porque toda perra tiene uno».

Mientras Seth y Maeve cogían, Hadley pedía una botella de *prosecco* con tres popotes. Y Ant jugaba en una máquina tragamonedas en la pared opuesta, con vista hacia la sucia sala. Pensó en cuántos desconocidos tocaron los mismos botones con las manos asquerosas, y esto lo hizo entrar en pánico. Tendría que esperar hasta que una de las chicas a las que seguía usara el baño, antes de poder restregarse.

—Oh, Had, podrías conocer a un chico esta noche, si quisieras.

Supuestamente, Bex era mi confidente, y estaba por completo justificado. Cabello rojo intenso, un delicado acento irlandés en la voz, un empleo bien pagado, y era hermosa, sana, una vegetariana en forma, de esas que todavía comían pescado.

—Fui a cenar con alguien que conocí en línea. Comimos. Era dramaturgo. Muy poco valorado. No ha sido parte de ningún gran éxito, pero vive de su trabajo, ¿sabes? Había tomado esa decisión. Eligió el arte y la pobreza, pero es tan feliz y está tan preocupado como cualquiera. Y es muy seguro de sí mismo, de manera positiva.

—¿Y? —pregunté, sonriendo a las otras y bebiendo un sorbo de mi copa.

—¿Dónde más me voy a encontrar a un artista guapo y seguro de sí mismo? No en este bar. No en mi oficina. El mundo es más amplio y está más conectado que nunca. ¿Por qué no usarlo? Ya no se critica tanto como antes.

No quería parecer que justificaba sus acciones, pero, en cierto sentido, lo estaba haciendo.

—¿Lo verás de nuevo?

—Bueno, ya me acosté con él, entonces, ¿para qué?

Rio con fuerza y todas bebimos un trago de *prosecco*, sonriendo por su franqueza.

—Eres terrible, Bex.

—Estoy bromeando. No sobre el sexo. Eso sí pasó. Estuvo bien. Lo veré de nuevo.

La máquina tragamonedas lanzó un pitido y escupió un montón de monedas de una libra. Estábamos borrachas; éramos jóvenes y felices. Todo el bar escuchó la risa de Bex y la vio echarse el cabello hacia un lado.

Debí sentirme mejor, pero comencé a compararme con ella. Es lo que hago. Todo el tiempo. Y tuve la sensación de ser parte del trasfondo.

Ser yo es agotador.

48

Ant recogió las monedas de la bandeja y las metió en el bolsillo de su pantalón. Miró sobre su hombro, podía ver que quedaba menos de media botella de las tres mujeres a las que seguía. Tenía tiempo suficiente.

Haciendo que las monedas sonaran deliberadamente, se dirigió a los baños y abrió la llave de agua caliente. Estaba hirviendo, justo como le gustaba. Frotó el jabón hasta hacer mucha espuma en sus manos y las lavó bajo el agua hirviendo. Después, volvió a enjabonarse. Esta vez, usó la uña del pulgar para limpiarse debajo de las otras uñas. Sus manos se pusieron rosas. Y las limpió una vez más después de eso. ¿Quién sabe por dónde habían pasado esas monedas?

Cuando abrió la puerta de regreso al bar, las tres mujeres se ponían los abrigos sobre los hombros y la botella estaba vacía. Ant pasó frente a ellas y salió. Cruzó la calle y se paró frente a la puerta de una tienda para ver qué rumbo tomaban al salir. Supuso que continuarían en la misma dirección que llevaban. Había un bar más antes de llegar al club local.

Tenía un bolsillo lleno de monedas y ninguna idea del curso que seguiría su noche o qué haría después. Pero sabía que sería dondequiera que Hadley estuviera. La observaba. La vigilaba. Incluso, quizá la protegía. Era un Buen Samaritano. Y no la perdería. A ella no.

No le ayudó a Seth a dormir. El contacto había sido breve. Maeve permaneció un tiempo sobre la espalda, su respiración era constante; miraba el techo. Su mano descansaba ligeramente sobre el vientre de él. Más como un gesto de agradecimiento que como simple afecto. Después le dio la espalda y se durmió. Su piyama seguía tirada sobre la alfombra junto a la cama.

No fue algo que él planeó hacer, pero ya en esa situación, se sintió increíble. Nunca habían tenido ningún problema en ese aspecto, cuando ambos estaban motivados. Y venirse era muchísimo mejor cuando estaba dentro de Maeve que cuando se agarraba con la mano. Pero el placer es efímero.

Seth volvió la espalda, como siempre hacía. Sus ojos permanecieron abiertos, justo como siempre pasaba. Su visión se había ajustado a la luz. Podía distinguir la lámpara de su buró y tres libros que nunca había leído, apilados perfectamente junto a ella. Todos de ficción. Maeve también tenía tres libros sobre su buró. Un libro contemporáneo de suspenso del que ya habían hecho película de Hollywood y dos libros de autoayuda. Uno sobre cómo gestionar mejor el tiempo y otro sobre estado mental y teoría cognitiva. Todos con los bordes de las páginas doblados, sin ningún cuidado.

La habitación olía a sexo. A buen sexo. A sexo desordenado. Estaba ahí, acostado, frío y desnudo, preguntándose cómo se había dejado llevar tan fácilmente. Cómo ese interruptor cambió de la apatía al deseo, sin poder hacer nada para controlarlo. ¿Sería igual de fácil dar media vuelta? ¿Podía cambiar de manera tan drástica con cualquier emoción?

Su irritación lo mantuvo despierto otras tres horas. La cólera por no ser capaz de dormir lo mantuvo despierto otras dos. Sin hacer nada. Mirando libros que jamás leería en primer plano; su mujer impasible en su coma fetal poscoito.

Pensó en Hadley. Odiaba no haber hablado con ella. Y odiaba no tener idea de lo que estaba haciendo o con quién estaba. Se dijo que probablemente estaba ebria con sus amigas y tomando malas decisiones, como él había hecho.

Estaba dañada, igual que él. No tenía control total de sí misma. No podía tenerlo, de otro modo, no hubiera intentado suicidarse. Si estuviera en control, ya lo habría hecho.

La imaginó besando a un hombre sin rostro en una pista de baile. Fantaseó que su horrible jefe la golpeaba entre los muslos y le clavaba su pito bermejo, riendo como maniaco, mientras golpeaba sus caderas contra las de ella. Seth cerró los puños y mordió la almohada. Maeve no se movió.

Se dijo que no podía quejarse. Acababa de cogerse a su mujer. Hadley y Seth no estaban juntos, era estúpido. Eran amigos de teléfono, amigos por correspondencia; en el mejor de los casos, un romance de vacaciones. Quizá tenía que acelerar las cosas. Quizá deberían conocerse. Quizá ya estaba en casa, en cama, pensando lo mismo.

50

Podía sentir la forma de su verga. La antítesis del erotismo; la frotó contra la parte trasera de mi cuerpo cuando bailaba; su mano sobre mi vientre para jalarme hacia él. No intentaba excitarme, solamente quería hacerme saber que estaba ahí, que le gustaba cómo me veía y que estaba bastante seguro de su propia presencia. Fanfarroneaba un poco.

Yo estaba borracha. Cuando bajó la mano hasta mi entrepierna, yo seguí bailando. Mis amigas nos miraban y reían por lo que estaba pasando. Lo observaron sobre mi hombro y decidieron que su rostro era aceptable, su cabello limpio y oscuro; asintieron con aprobación al posible pretendiente. Estoy segura de que él sonrió ante lo obvio de la conducta de mis amigas, y agregó una ligera presión con la punta de su dedo medio.

Por supuesto, no me alejé. Aunque sabía que estaba mal, alguien quería estar conmigo. Y eso era suficiente. Volteé para ponerme frente a mi pareja potencial. Medía un poco menos de 1.80, pero aún era más alto que yo. Su cabello era muy oscuro, casi negro. Una ligera barba incipiente. Y ahora podía sentir su verga en el lugar en el que había estado su mano.

Nos besamos. Yo seguía bailando, aunque no tan de-senfrenada; sus dedos apretaban mi trasero como si escar-baran en arena. Mis dos amigas comprendieron qué estaba pasando; ya había pasado antes. Se alejaron y se pusieron a bailar entre ellas, más cerca del centro de la pista de baile.

Me retiré del beso, pero seguí bailando pegada a él. Después, bajé la mano derecha, entre nosotros, y lo apreté con fuerza.

Le murmuré al oído:

—Llevemos esto a casa.

51

Ant observaba desde la barra. Tenía un vodka tónic en la mano derecha y ahora ya había rebasado con mucho el límite para conducir. Vivía a muchos kilómetros de ahí, pero aun así conduciría su auto más tarde. Por comodidad. No le gustaban las manos de ese tipo encima de Hadley. Lo hacía enojar. Esperó a que ella se alejara. Le preocupaba. Era sucio.

Cuando se besaron, sujetó su vaso con más fuerza y sacudió la cabeza.

En cierto sentido, admiraba al tipo por ser tan descarado. Veía lo que quería, iba y lo tomaba. Ant la había estado observando, siguiendo, conociéndola sin siquiera hablarle. Pero no había actuado por impulso.

Cuatro minutos después, la estaba siguiendo de nuevo; esta vez de regreso a su departamento con un hombre que no conocía en absoluto, solo que su pito era mucho más grande que lo que podía sujetar con la mano.

Se detuvieron frente a una tienda de camino al sitio de taxis y Hadley bajó la mano por sus pantalones mientras se besaban. Ant podía verlo todo.

Lo agarró y lanzó un gemido para indicar que lo aprobaba. Ant podía escucharlo todo.

Se fueron en un taxi. Y Ant ya no pudo ver ni escuchar nada más. Se preguntó por qué había hecho tantos esfuerzos para confirmar que la mujer estaba segura. Si en realidad ella era esto, era tan mala como las llamadas de broma que le hacían perder tanto tiempo. Empezó a pensar que quizá esta chica, después de todo, no le caía bien. Que, quizá, no se merecía que la salvaran.

Un momento después, nos subimos a un taxi; nos besamos, nos tocamos y nos acariciamos todo el camino de regreso a mi departamento. Di vuelta a la llave y entramos. Cerramos la puerta detrás de nosotros. El hombre cuyo nombre ni siquiera conocía me empujó contra la puerta y me besó. Estaba oscuro. Y él estaba duro.

No lo conocía, pero lo deseaba desesperadamente.

Así soy con los hombres.

Volví a tomar su verga en mi mano y su mano estaba entre mis muslos, su dedo se movía suavemente en círculos. Me subió la blusa hasta los hombros y me besó los senos; con mi pezón en su boca, jugaba con él con la lengua y lo chupaba. Empujé mi pecho hacia adelante para indicarle que me chupara más fuerte.

Y le dije:

—Te quiero dentro de mí.

Ansiaba la cercanía. Sentirme indefensa ante esto.

Y no perdió tiempo en quitarme la ropa interior y luego se quitó la suya. Después, me tomó por el otro hombro y me volteó, con el pecho contra la puerta. Empujó todo su peso contra mi espalda; yo pasé la mano entre mis piernas, lo agarré y lo guíe a mi interior, pero era muy grande, aun cuando yo estaba excitada y húmeda, no pudo penetrarme.

—Despacio —le dije. Pero siguió empujando—. ¡Espera!

Lo agarré con fuerza y lo alejé. Le dije de nuevo que esperara, aunque yo lo ansiaba.

Moví las caderas, lentamente, de atrás hacia adelante. Centímetro a centímetro forcé mi cuerpo hacia el suyo hasta que sus muslos golpeaban mi trasero. Dolía un poco, pero bien. Empujé las manos contra la puerta, forzándolo a retroceder. Pero no se detuvo. Me incliné hacia adelante hasta que mis manos llegaron al suelo y abrí las piernas lo más que pude para asegurarme de que entrara en un ángulo que me ayudara. Para él era más estrecho; lo apretaba.

Apuesto a que le dolía un poco.

Pero bien.

Y los ruidos que yo hacía parecían excitarlo aún más, así que se inclinó al frente, puso su mano en mi cabello y lo enredó entre sus dedos, antes de jalarlo hacia él; mi espalda se arqueó y mi cabeza terminó junto a la suya. Volteé y nos besamos, mientras continuaba cogiéndome por detrás. Volvió a empujarme contra la puerta.

Extendió la otra mano y me tapó la boca; metió un dedo, tocó mi lengua y yo lo chupé un poco. Él seguía cogiéndome. Después, me tomó por ambas muñecas y las sujetó contra la puerta; esto me dio la oportunidad de empujarlo para obtener el ángulo que yo deseaba.

Mis manos volvieron a mi entrepierna. Me acaricié, formando pequeños círculos, mi excitación aumentaba. El pito sin nombre disminuyó la velocidad al ver lo que hacía. Quería que me viniera, que recordara que me lo estaba cogiendo.

—Dios mío —exhalé, acercándome al clímax.

—Así. Sigue —me exhortó—. Quiero sentir cómo te vienes en mi verga. Y entró con un poco más de fuerza para enfatizar sus palabras.

Me froté mientras él empujaba hacia adelante y hacia atrás, dentro y fuera. Le dije que me iba a venir, y respondió:

—Sí, así, bebé. Vamos.

Él también estaba cerca.

—Me vengo. Me vengo.

Mi vientre se tensó, tuvo un espasmo y palpitó a su alrededor. Él me siguió unos segundos después, saliéndose justo a tiempo para eyacular sobre mi espalda, antes de poner su glande contra mi ano, como si hubiera deseado echar algo ahí. Estoy segura. Escurrió hacia abajo, pero ambos estábamos sin aliento y nos incorporamos antes de que la situación se volviera incómoda, fea o vergonzosa.

Por un momento, permanecimos de pie, uno frente al otro. Me recargué en la puerta y junté las rodillas para esconder cualquier cosa que comenzara a gotear por mis piernas. Respirábamos con fuerza; él ya se subía los pantalones y se los acomodaba. Yo hice lo propio; me puse los calzones que estarían manchados con una mezcla de fluidos. Cuando ambos estuvimos vestidos, me besó de nuevo y sonrió. Se veía alterado, de manera sexy, pero varonil y hermoso a mis ojos embriagados. Me sentía ebria, estúpida y un poco adormecida.

Después, ambos nos sentimos un poco incómodos por estar ahí parados junto a la puerta.

—¿Quieres otro trago? —le pregunté—. ¿O café?

Inclinó la cabeza hacia un lado, medio disculpándose, medio condescendiente.

—No creo que sea necesario hacer eso, ¿o sí?

Pero no estaba formulando una pregunta. Se inclinó hacia mí y agarró la perilla de la puerta; yo entendí su intención y me quité del camino. Abrió la puerta, salió a la calle, se pasó los dedos por el cabello y comenzó a caminar hacia el club.

Me sentí mucho más estúpida, utilizada, sucia e impulsiva. Y sola. Me quité rápidamente los calzones y me limpié antes de arrojarlos al piso con fuerza; después cerré la puerta con la misma agresividad.

Esto es vivir.

53

Ant caminaba de regreso a su coche y pasó frente al departamento de Hadley en ese momento, pero del otro lado de
la calle. Vio al hombre del club pavonearse en dirección
opuesta y se dijo que no era de extrañar que esta mujer le
llamara, histérica, preguntando por Seth cuando ahí no
había ningún Seth. Estaba fuera de control.

Quería verla y hablar con ella de nuevo.

Pero sabía que no era el momento apropiado.

Siguió caminando, tratando de recordar dónde había
estacionado su coche. Se dijo que volvería a ver a Hadley
y que la próxima vez sería distinto. La ayudaría.

Mira un periódico a través de la vitrina de una tienda y
piensa en la chica muerta. Sabe que no puede salvarlos a
todos, pero podía intentarlo.

Y se dijo que ella no tenía que morir. Pero, por supuesto, en el fondo sabía que moriría. Todos morimos.

JUEVES

54

Finalmente, Seth se quedó dormido cuando sonó el despertador de Maeve por cuarta vez. Tuvo que empujarla para despertarla la primera ocasión en que comenzó el exasperante sonido de agua corriendo por un riachuelo. Supuestamente, esto la despertaba de manera «amable». No era así. El sonido era demasiado bajo. Sonaba, sonaba y sonaba hasta que Seth le daba un codazo en la espalda.

Ella lo dejaba sonar otras tres veces; presionaba el botón de repetición y se volvía a dormir mientras él esperaba, tenso e inquieto, el siguiente eructo digital de líquido sobre rocas y guijarros.

Tan pronto como ella se arrancó de las sábanas manchadas, Seth sintió cómo la rigidez de sus hombros se relajaba. Recogió su ropa del suelo y bajó las escaleras de puntitas para prepararse una taza de té.

Casi al instante, cayó en el más profundo de los sueños. La nada absoluta. Oscuridad. Sin pensamientos. La felicidad. No podía sentirse culpable por lo que había hecho. No pensó en Hadley. Era exactamente lo que necesitaba. Su rutina. Que después se interrumpió por el sonido de la puerta principal que Maeve azotó al irse al trabajo.

Toda la mañana, ella se deslizó por la casa como una bailarina; calentó avena, se secó el pelo y sacó la ropa del clóset. Sin ningún ruido. Pero en el momento en que se va, marca su salida azotando la puerta. Como si lo hiciera a propósito.

Seth funciona ahora en piloto automático. Se levanta de la cama, se rasca los huevos tratando de no abrir demasiado los ojos, porque así siente como si no se hubiera levantado. Se baña y deja que el agua hirviendo le golpee el rostro. No quiere masturbarse, pero lo hace. Luego se envuelve en dos toallas, una alrededor de la cintura y la otra sobre los hombros. La casa está siempre muy fría a esa hora. Probablemente Maeve ajusta los horarios de la calefacción para incomodarlo más, piensa.

Se acuesta en la cama y se queda dormido otros quince minutos. Al despertar, ya está seco. Se pone el mismo traje que usa todos los días, con una camisa limpia y una corbata que hace juego. Después hace café, se olvida del desayuno, entra a su coche y se encamina al trabajo. Tarde. Otra vez.

Y hoy, se odia un poco más.

El jefe está fuera, fumando. Cuando Seth se estaciona, su teléfono celular vibra en el bolsillo de su pantalón. Es un mensaje de texto de Maeve: «¡Anoche estuvo increíble!».

Lo lee y suspira. No es algo en lo que quiera pensar.

Pero envía una respuesta con tres besos.

Y el ciclo continúa.

Las cosas no pueden cambiar si se repiten los mismos errores.

Seth colecciona errores.

55

Las abrasiones están ahí. El forense confirma que se usó un cepillo de dientes para raspar las paredes vaginales de Teresa Palmer con cloro.

—¿Para ocultar un coito forzado? —pregunta Pace.

—No. No hay señales de actividad sexual, forzada o no.

El forense es tan pragmático, que es desconcertante. Está insensibilizado a consecuencia de las cosas que ha visto a lo largo de los años.

—Entonces, ¿qué?, ¿este tipo encuentra placer en eso? ¿Es minucioso? ¿Solo quiere asegurarse de que estas mujeres están limpias?

—Quizá considera que están sucias.

—Las investigué a las dos, no eran putas. No se podrían encontrar dos mujeres más insignificantes si se buscaran.

—Entonces, quizá él se considera sucio. O el mundo.

Ese pensamiento se ancla de manera inquietante en la mente de Pace. Si este asesino piensa que el mundo es sucio, entonces probablemente está tramando algo mayor, algún tipo de depuración. Quizá algo masivo. Una balacera. Una bomba casera. Otro idiota con una copia de *El recetario del Anticristo* debajo de su almohada.

El forense continúa:

—Quizá simplemente odia a las mujeres, ¿sabe? ¿Con cuánta frecuencia lo vemos? Un tipo con problemas con su mami. Quizá ella lo alimentó con cloro cuando era niño o lo obligaba a limpiar su recámara todos los días.

Su tono desembarazado inquieta a Pace. Este tipo de incidentes se están volviendo cada vez más frecuentes y aceptados. Pace está allá afuera todos los días, culpándose; es duro consigo mismo; trata de evitar que estas cosas sucedan; trata de encontrar a los criminales y sacarlos de las calles. Y este tipo habla de un ser humano como si fuera una mesita de salón.

—¿Hay algo más que debería saber? ¿Algo fuera de lo común, que sea diferente a la primera víctima?

—Encontré las mismas marcas alrededor del ano. Hechas también con un cepillo de dientes. No hubo penetración. También había bebido antes de morir y había comido muchos alimentos ricos en calorías. Quizá salió a cenar. La causa de muerte fue por estrangulación, igual que la otra. Nada anormal. Lo siento, no puedo darle más para continuar.

El detective sargento Pace está estancado.

Entiende que hay gente enferma o inestable, que hombres y mujeres cometen actos despreciables e ilegales en nombre del amor, el odio o la soledad. El hecho de que estas mujeres hayan sido golpeadas, blanqueadas y raspadas por dentro es repugnante, pero de algún modo comprensible. El problema es el motivo ulterior. ¿Por qué hacerlo? ¿Por qué estas mujeres? ¿Cuál sería la razón? Siente como si las conociera; conocía a sus familias y amigos. ¿Qué hacía que ellas dos fueran tan especiales? ¿O se trataba, más bien, de que no eran especiales?

Quedarse a mirar los cuerpos no ayudaría.

El detective sargento Pace toma una decisión.

Alguien debe estar mintiendo.

Todos mienten.

Debe abordar el asunto desde otro ángulo. En lugar de pensar en los motivos del asesino para arrebatarles la vida, tiene que verlo desde el punto de vista de las víctimas. ¿Qué necesitaban? ¿De qué carecían que las llevó a entrar en contacto con el asesino?

Necesita esos registros de teléfono.

56

Para mí era un día malo. Me bañé y froté mi cuerpo con fuerza en agua demasiado caliente. Me restregué la piel. Pero no pude llegar a mi mente. No pude limpiar lo obsceno en mi mente. Y me miré en el espejo mientras abofeteaba mi cara con suficiente maquillaje como para disfrazar quién era en realidad.

«Eres un fraude, Hadley. Una farsante».

Me alisé el pelo, lo agarré de las puntas y lo jalé fuerte para que doliera. Fue una pequeña liberación, pero pensé seriamente en cortármelo. Quería cambiar, no ser yo por un momento.

Pensé en el amigo desconocido con quien había hablado por teléfono y cómo me había aceptado por quien era yo. Sabía acerca de mis momentos oscuros; probablemente sería comprensivo con mi indiscreción de la noche anterior, imaginé. Así era Seth. El mejor amigo que había tenido.

Y deseaba no haber salido esa noche, haberme quedado en casa con mis amigas y el vino, y que esa hubiera sido nuestra velada. Porque estaba atrapada en un círculo. Y quizá debí haberlas enviado a casa y hablado con Seth, porque esa hubiera sido una noche perfecta: un poco de locura con la gente que me quería, a pesar del hecho de que fuera un perfecto fracaso, todo lo que les había hecho pasar, y luego un poco de honestidad embriagada con mi nuevo amigo. Quizá más. Quizá llevar la cosa más lejos. No sé por qué pienso así.

Seth me agradaba. Era bueno. Me ayudaba a no pensar en mi error.

Pero una parte de mí pensaba que no era un error. Me sentí bien. El tipo tenía un pito maravilloso. Tocó zonas en mi interior que ningún otro había tocado. Era excitante y obsceno, y justo lo que necesitaba en ese momento; pero vivir en el momento solo es bueno en el momento. «Carajo. Soy un caos».

Sentía la cabeza pesada por el alcohol y mi corazón más pesado aún por el remordimiento o, al menos, por pensar que debía lamentarme. Y aún podía sentirlo entre mis muslos. Justo en el momento, claro, pero sería un recordatorio constante para el resto del día, cada vez que me sentara. O me levantara. Sentiría su hermosa verga dentro de mí. Y pensaría en la siguiente manera en la que trataría de matarme.

Abrí la puerta principal contra la que me aplastaban unas horas antes, cuando la oscuridad estaba lista para cambiar y las luces de la calle ya no eran necesarias. Yo era la chica borracha con la que se pasa un buen rato, con amigas, donde nada importa más que la diversión y la frivolidad, y hacer que un desconocido, cuyo nombre nunca me molesté en preguntar, satisfaga mi zona más sensible.

Trataba de hacerme sentir repugnante. Porque pensé que debía hacerlo. Pero, en realidad, me había encantado. Incluso su manera de gotear sobre mi trasero, o sus huevos golpeando mi clítoris mientras se afanaba sobre mí, sin importarle, tampoco, mi nombre.

Miré la puerta y sonreí, respiré profundamente, giré el picaporte y salí al frío; el gris y brillante cielo inglés que me taladraba los ojos y me aporreaba el cerebro. Me lo merecía. Y aunque no me avergonzaba de mi espontaneidad sexual, me sentía triste. Sabía que ir a la oficina solo me haría sentir peor, pero en cierto sentido, eso quería.

Podía regodearme en mi autocompasión. Darle vueltas a ese sentimiento todo el día. Y después lidiar con él al regresar a casa. Más vino. Más pensamientos de muerte. Más justificación de un mundo que no tuviera a Hadley Serf y la manera en que nada cambiaría por ello. Yo era delicada, pero sentí que mi importancia era menor que el aleteo de una mariposa.

Mi muerte ni siquiera causaría olas, me decía.

Y así comencé mi día.

En espiral.

Sucedía de nuevo.

La única diferencia era que podía hablar con Seth.

57

Una camioneta llega alrededor de las once. Seth pasó la mañana tratando de limpiar la bandeja de entrada de su correo electrónico. Eso es algo que le da un poco de placer en su trabajo. Como si venciera al sistema al adelantarse y ser organizado.

Está aburrido y tiene sueño; su cuerpo traduce ese sentimiento en hambre que, en realidad, no siente. Cuando llega la camioneta, hace cola con el resto de los aficionados de la *baguette* de treinta centímetros con *brie* y tocino. También toma un paquete de papas y una barra de chocolate que quiere comerse con el café, pero que siempre se acaba antes de que la tetera termine de hervir.

Se siente gordo, enfermo y poco saludable, pero ya es costumbre, y ahora no tiene la energía para combatirlo. Y mira a sus colegas descerebrados hacer cola, aunque ya tienen su almuerzo hecho.

Glotones. Hacen fila afuera para no perdérselo. Escogen la conveniencia sobre el esfuerzo. Quieren todo ahora. Un mundo de abundancia y todos estamos hambrientos de nutrición y enfoque, de gratitud por el arte y los libros, y de otras personas a nuestro alrededor. Seth es uno de ellos, hasta cierto punto, pero al menos tiene la conciencia de serlo. Es lo que lo distingue de estos animales.

Lleva su basura de celofán a la cocina. Prende la palanca de la tetera y piensa en lo delicioso que será su chocolate con un sorbo de café negro. La mera sugerencia es suficiente para hacerlo salivar y para estimular los centros de placer de su mente confundida por el azúcar. Muerde la parte superior de la envoltura morada y la escupe sobre el suelo de la cocina antes de romper el resto con la mano y darle una mordida. Otro trozo glotón hasta que ya no queda nada más que el sonido del interruptor y el agua hirviendo. Y mira los rasguños en la punta de sus zapatos de trabajo.

El café echa vapor en su mano derecha. Lo lleva a su escritorio. Justo en el momento en el que alcanza la comodidad de su silla, el jefe sale de su cubo de vidrio y llama a una reunión con el molesto acento regional que Seth ha aprendido a odiar.

—La oficina central necesita mover tres mil laptops.

Así los saludó. A sus subalternos. Todos se quedaron ahí en silencio, esperando en línea frente a su escritorio. Podían haber estado con los ojos vendados y de rodillas, anticipando la bala en la cabeza, y su día no hubiera sido peor.

—Un proyecto escolar en Polonia se fue a la mierda. Se las arreglaron para mover una carga en Alemania, pero necesitamos deshacernos del resto. No importa lo que estén haciendo, ahora solo trabajen en las laptops. Hagan las llamadas. Les mandaré las especificaciones y el precio de fábrica. La persona que pueda colocar el mayor número, recibirá una laptop. Son buenas máquinas, así que manos a la obra.

No hicieron preguntas; asintieron y comenzaron a salir. Seth hubiera querido que todas las reuniones fueran tan breves. Un par de sus colegas estaban emocionados sobre la posibilidad de ganar una laptop gratis, pero no tenían las cuentas para hacer posible algo así.

—Seth, ¿puedes esperar?

Seth puso los ojos en blanco sin realmente moverlos. No podía pensar en lo que había hecho o no. Había logrado sus objetivos. Quizá era por su impuntualidad. Necesitaba encontrar algo para reprender a Seth.

—¿Todavía tienes tus contactos de venta en línea?

No era lo que Seth esperaba.

—Sí, claro. Todavía hablo con algunos de ellos.

—Oye, ¿puedes hablarles de estas laptops? Una promoción única. Puedes ofrecerlas con un margen del dos por ciento si quieres. Solo deshazte de ellas. Me harías un gran favor.

—¿Y eso no va a enfurecer a otros revendedores como la última vez?

—Te pagaré por ellas. Ya lograste tu objetivo. Puedes agregar esto a tu volumen de ventas y aumentar tu comisión. Que se jodan los otros revendedores. Sabes que solo venderán diez o veinte. Tú podrías moverlas todas a un solo lugar.

—Claro, veré qué puedo hacer. Voy a salir para hacer unas llamadas. No quiero que todos escuchen y se pongan locos como la vez anterior.

—Haz lo que tengas que hacer. Gracias, Seth.

Seth no estaba seguro de haber escuchado antes a su jefe darle las gracias. ¿Gracias, Seth? Debe de estar en un verdadero apuro. Quizá había hecho promesas y estaba entrando en pánico. No tenía razón para pensar que Seth no podía vender todos los malditos artículos, pero tal vez sería divertido hacerlo sudar un poco.

Seth regresó a su escritorio, todos lo miraban y se preguntaban por qué se había quedado atrás, algunos de ellos deseaban que estuviera en problemas, otros eran más cínicos. Se encaramó en el borde de su silla, abrió el correo electrónico con las especificaciones y el precio de las laptops, imprimió las hojas, apagó la computadora, tomó sus cosas, incluida la *baguette* que acababa de comprar, y se marchó, leyendo las páginas que tenía en la mano; sabía exactamente a quién debía llamar y lo que le diría.

Dejó que el café se enfriara sobre su escritorio. No lo necesitaba. Se sentaría en una cafetería las siguientes horas y no haría absolutamente nada. Elegiría un objeto para observarlo durante un par de horas en primer plano, hasta que su mente volara hacia un cómodo vacío.

Ant se levantó tarde. La noche anterior había bebido de más, pero aun así pudo regresar a su casa en coche sin siquiera rasparlo.

La luz se deslizaba a través del hueco de las cortinas y sus intestinos se acalambraban, pero hacía frío afuera de las cobijas.

Quizá pensar en Hadley le cambiaría las ideas.

Ya no podía más. Ant aventó las cobijas, tomó una camiseta del suelo y pasó brazos y cabeza, mientras caminaba hacia el baño, donde se sentó y, de inmediato, evacuó sus entrañas de alcohol y mala comida.

Apestaba. Se limpió. Jaló la cadena. Se lavó las manos y fue a la alacena de la cocina, debajo del fregadero. De ahí sacó una de las botellas de cloro. Se sirvió un vaso de agua y se lo bebió de un trago. Después regresó al baño, que olía peor cuando volvió.

Echó la mitad de la botella de cloro en el escusado y lo fregó con la escobilla durante un buen par de minutos. Jaló la cadena. Después vertió la otra mitad de la botella de la misma manera y la dejó remojar contra la porcelana. Era impresionante lo que el cloro podía hacer en la taza del escusado, en la ropa, en la piel.

De regreso a su recámara, abrió las cortinas e hizo la cama. Puso la botella vacía de cloro en el bote de reciclaje y lavó los platos que había usado cuando llegó, borracho.

Después, se preparó un café. Le dolió agarrar el asa de la taza. Sus manos estaban enrojecidas por la limpieza y los nudillos de la mano derecha estaban sensibles. Pensó en Hadley y sus amigas, y en la botella de *prosecco* y en el hombre al que vio que besó, a quien vio salir de su departamento. Y cualquiera que haya sido el sentimiento que tuvo, lo ayudó a agarrar esa taza de café.

Se sentó en el sofá de la sala y consultó los números de teléfono en su celular; se detuvo en el que decía «Jackie, prima». Así había guardado el número de Hadley. Era muy temprano para llamar. Podía esperar, asegurarse de que fuera el momento apropiado. Estas cosas con frecuencia requerían un toque delicado. No estaba seguro de lo que haría, pero sabía que necesitaba verla de nuevo.

59

Esto sucedía todos los días.

Para comenzar, el café era mucho mejor. Incluso si era más ruidoso —la gente que compraba en la tienda de al lado, la gente que pedía bebidas, los meseros que gritaban los pedidos desde el otro lado de la sala, mientras un colega los repetía, madres con bebés, niños jugando alrededor—, de algún modo parecía más sereno que la oficina de Seth, con doce personas sentadas de manera incómoda, esperando que los demás no escucharan sus conversaciones.

Un hombre obeso, cuarentón, estaba en una mesa junto a la de Seth; dogmatizaba a la mujer, que estaba sentada frente a él, sobre el ejercicio y la buena alimentación.

Se quejaba de su esposa y de la manera en que se atiborraba de comida. A Seth no le gustaba eso. Ni un poco. Ella no estaba ahí para defenderse y él difícilmente tenía el físico para dar sermones sobre el tema. Pero él, como todo lo demás, se convirtió en sonido de fondo.

El americano de Seth estaba demasiado caliente. Lo pidió negro, pero aun así le preguntaron si quería que le dejaran espacio para la leche. Estos pobres autómatas. Debían apegarse al guion: «Buenos días. ¿En qué le puedo servir? ¿Desea algo más? ¿Le gustaría probar nuestro café de granos de Sumatra? ¿A qué nombre?». Dos mujeres al final de la barra rieron cuando el pobre estudiante que puso la espuma de leche de soya, las llamó por sus nombres falsos.

Seth sacó su celular del bolsillo de su pantalón y casi se le cae al piso. En su torpe intento por evitarlo, al final logró evitarlo, con un oportuno movimiento del pie. No podía creer que la pantalla no se hiciera añicos.

Llamó a un antiguo colega, vendedor en línea, con el que había trabajado hacía un par de años. Si el precio era correcto, Seth sabía que él se quedaría con todas las laptops.

Tenía un margen del dos por ciento para trabajar. No tenía tiempo para juegos o para fomentar el ego de algunos compradores de material informático con negociaciones que debía ganar. Seth le dio el precio más bajo con un margen del cuatro por ciento, sabía que le pedirían un pequeño descuento más. Lo bajó al dos por ciento que ya había confirmado con su insoportable jefe.

—¿Y tenemos que hacer el *marketing*? —preguntó el comprador, sabiendo cuál sería la respuesta de Seth.

—A ese precio, volarán, lo sabes. Es una recuperación rápida, Lee.

—¡Ja! Eres un cabrón, Seth. Nunca me das nada. —Se rio—. ¿Voy a tener de nuevo a un montón de distribuidores llamándome enfurecidos?

—No, es absolutamente exclusivo —mintió Seth, pero las diez que probablemente se vendieron en la oficina nunca estarían registradas a su nombre—. No permanecerán en bodega ni siquiera una semana. Y están listas para su envío hoy.

—Ahora te mando la orden de compra por fax.

—Si puedes, mándala mejor por correo. No estoy en la oficina.

—Perfecto.

Colgó.

Seth puso los pies en la silla frente a él. El gordo que se quejaba de su gorda mujer miró a Seth como si fuera una mierda. A Seth no le importaba. Dejó caer la barbilla sobre el pecho, cerró los ojos y se quedó dormido mientras su delicioso café se enfriaba.

60

Maeve se sentó en la sala de juntas y no escuchó ni una sola palabra de lo que se dijo. La boca de Jenny se movía de arriba abajo, como el muñeco de un ventrílocuo.

«Gua, gua, gua». Algo acerca de las tendencias actuales.

«Bla, bla, bla». Algo más sobre los grupos de análisis y las pruebas.

«Zzz, pff, tss». Algo sobre una vieja tontería de productos y marcas que no le preocupaban en absoluto; mientras, se imaginaba a Seth sobre ella, su piel reluciente de sudor, sus caderas golpeando casi con odio contra su cuerpo; había sentido cada centímetro que él le ofrecía.

No pensaba en la última vez en que eso había sucedido. Y no se imaginaba las cosas que podía estar diciendo en el teléfono, tarde en la noche, a una desconocida; aunque su cabeza le decía que no le gustaría si supiera los detalles. Pensaba en lo cercana que se había sentido a él en ese momento.

Por suerte, Maeve contaba con el respeto suficiente en su campo como para que las personas se sintieran intimidadas con su sola presencia. Podía asentir. Podía sonreír. Podía ignorar todo lo que se decía y la gente no diría nada.

Era Maeve y lo sabía. Tenía un toque mágico y una lengua mordaz cuando era necesario.

Miró por la ventana; los dedos de su mano derecha descansaban sobre su mandíbula. Su mente deambuló y sus dedos bajaron hasta su cuello para acariciarlo. Dejó caer la mano sobre la mesa frente a ella. Tomó la pluma y la puso en su boca. No estaba escuchando la presentación, pero con el tiempo había entrenado su oído para absorber la información pertinente.

Carly, su asistente de veintitantos años, le dio un ligero puntapié y le pasó una nota a su jefa. Decía: «¿Quiere que tome notas?». Después: «Zzzzz». Cada z era más pequeña que la anterior.

El gesto hizo sonreír a Maeve. Era atrevido para un subalterno. Pero tenía razón. Otra reunión de actualización para garantizar que todos pudieran mostrar su compromiso con el proyecto en curso.

Maeve levantó el pulgar con sutileza, para indicarle a Carly su aprobación. Diligente, su asistente garabateó las palabras textuales y la información que consideraba importante. Y Maeve desvió su atención de nuevo a su marido y a su matrimonio; se preguntó qué habría hecho él la noche anterior, si eso lo calmaría o lo agravaría aún más.

La reunión terminó y todos salieron.

—Carly, ¿podrías pasar esas notas a la computadora, por favor? Mándamelas por correo cuando termines.

—Por supuesto. Ahora mismo lo hago.

—Si alguien me necesita, esta tarde trabajaré en casa.

Cerró su laptop, la metió en su mochila, se la colgó al hombro y caminó hacia el elevador sin mirar a nadie.

Se sentía tensa. Excitada y enojada al mismo tiempo. Tan conectada como aislada. Era un purgatorio emocional.

No era lo que necesitaba. No ese día.

Maeve necesitaba un plan.

61

Tomé mi laptop del escritorio. Tenía la costumbre de almorzar ahí mientras navegaba por internet para buscar ideas de recetas, consultar mis redes sociales y ver las noticias. Mi jefe decidió que, si bien le agradaba que trabajara durante el almuerzo, sentaba un mal precedente para los nuevos colegas si se daban cuenta de que «veía la tele» en lugar de trabajar, ya fuera durante mi hora de almuerzo o no.

Así que ahora, todos los días, subo mis pertenencias cuatro metros y medio, me siento en el sofá del área de descanso y hago lo mismo que siempre he hecho en mi escritorio, antes de que la corrección política invadiera la oficina con sus ridiculeces.

Mastiqué un triángulo del sándwich de langosta, arúgula y mayonesa de limón, que compré en el camino al trabajo, y revisé las últimas publicaciones de mis amigas. Ambas habían hecho comentarios sobre la increíble noche que tuvieron. Habían subido fotografías de todas nosotras tomando *prosecco* con popote. Habían hecho observaciones sobre los comentarios de cada una, en lugar de hablarse directamente; y a otros conocidos les habían gustado sus comentarios.

Después, pasé a mi cuenta personal de correo electrónico. Propaganda de varios vendedores en línea que había utilizado antes y que me confundieron con la marcación de sus casillas. «Haga clic aquí si desea recibir información». «Haga clic aquí si no desea recibir información». «Seleccioné todo». «Eliminé todo». «Cerré la página».

Después me topé con un video gracioso en el que una pareja se separa en medio camino en la montaña rusa. Era extraño, pero me reí y terminé la primera mitad de mi sándwich.

Bebí agua de coco en envase de cartón, mientras echaba un vistazo a una noticia local sobre un joven al que golpearon en su camino a un club la noche anterior. Leí su nombre, Charlie Sanders, pero no me sonaba de nada. El artículo describía que el asalto había sucedido frente a la farmacia de mi calle, y me pregunté si se trataba del hombre con el hermoso pene al que me había cogido y que me había dejado, y que nunca regresó al club porque alguien lo había golpeado de manera encarnizada en el rostro, unos minutos después de que salió de mi departamento. Mierda. ¿Y si me culpaba a mí? ¿Y si regresaba por mí?

En la noticia se solicitaba que toda persona que pudiera dar información compareciera. Yo podría presentarme para eliminar cualquier sospecha, decir a la policía lo que había sucedido, que yo había sido la última persona que lo vio esa noche.

Pero no lo hice. Probablemente era otra persona, aunque los horarios parecían corresponder. Cerré la página y regresé a mi perfil de redes sociales. Escribí: «Lo siento esta mañana. Cabeza de *prosecco*». Luego etiqueté a mis amigas, que sin duda se sentían igual. Cada una de ellas puso

«Me gusta» en menos de dos minutos, después de que lo publiqué.

Terminé mi sándwich y regresé al trabajo un poco más temprano. Mejor mantenerme ocupada. Sobrellevar el día. Yo no había golpeado al tipo, no tenía nada que ver conmigo. Acababa de leer su nombre y ya estaba tratando de olvidarlo.

Solo quería hablar con Seth. Seth me ayudaría.

Pero antes, tomé café y vi un video divertido de errores deportivos vergonzosos.

Solo quería un escape. Sabía lo que se sentía cuando mi mente comenzaba a fallar. Me decía que necesitaba a Seth, pero eso nunca había importado antes, cuando estaba con alguien, así que sabía que en realidad tampoco importaba ahora.

62

Las cosas eran diferentes. Maeve llegó temprano a casa. Seth podía oler la comida. Ella estaba de pie frente a la estufa, donde normalmente él estaría, y él se encontraba en el umbral de la puerta, desde donde, en general, ella lo miraba.

—Hola, querido —dijo, como si el saludo fuera normal.

—Hola… —dudó Seth.

Mezcló lo que fuera que tenía en la sartén. Seth supuso que se trataba de una combinación de pollo, verduras y fideos, la culminación de sus conocimientos culinarios.

Cocinar lo relajaba al final del día. Lo distraía de sus preocupaciones laborales y de la inminente monotonía de su vida casera. Miró el refrigerador y se preguntó si los papeles se habían invertido tanto que debería pensar en servirse una buena copa de vino.

Era un cambio.

—Sírvete algo —le dijo, como si leyera sus pensamientos.

A él le asustaba pensar en algo que fuera verdad, en caso de que sí pudiera hacerlo.

Seth abrió el refrigerador. Había media botella de *sauvignon* blanco en la puerta. Maeve empujó su copa vacía hacia él, sin mirar, pero él vio su sonrisa de supuesto aplomo.

Seth sacó una botella de *lager* del refrigerador que no estaba ahí en la mañana. Ella lo había planeado. ¿Estaba esperando que repitiera el mismo tipo de desempeño? No iba a suceder. Sintió que se cerraba. No quería esto. Era demasiado. Tenía que llamar a Hadley más tarde. No podía tener sexo con su esposa.

Llenó la copa de ella casi hasta el borde. Para cuando la terminara, ya habría vaciado tres cuartos de la botella. Seth se sentía más confiado de tener una noche tranquila.

—Ve. Siéntate. No tardaré mucho. También compré postre.

—¿Qué celebramos? ¿Una gran promoción en el trabajo?

—Oh, ja, ¡cómo no!, ja. ¿Qué? ¿No puedo preparar la cena de vez en cuando?

—No, no. Tú sigue. Voy a levantar los pies. Prender el televisor. Pero no las noticias, ¿eh? No puedo ver a esa familia llorando y suplicando de nuevo. Algo ligero.

—Sí, claro. Lo que escojas.

Estaba satisfecho. Era extraño observar la desesperación en los ojos de los padres y el novio. No incómodo, solo extraño. A Maeve le fascinaban ese tipo de cosas, pero Seth no tenía interés. Noventa por ciento del país observaba eso y le gritaba a la pantalla que el novio o el padre eran los culpables. Siempre es alguien cercano a la víctima. Nadie nunca sospecha de la madre.

Seth, sí.

No se puede subestimar a estas mujeres.

Se sentó en su sofá con la cerveza fría y presionó el botón del control remoto. Ya estaba en el canal de las noticias. Los padres y el novio no lloraban ni suplicaban. Hablaba un detective de policía; había un campo detrás de él. Una zona había sido acordonada con cinta de policía. El texto en la parte inferior de la pantalla decía: «Un cuerpo encontrado en Warwickshire». Subió el volumen y las palabras «decolorado y envuelto en plástico» resonaron en las bocinas. Escuchó cómo la cuchara de madera en la cocina se caía; Maeve estaba detrás de él.

—¿Entonces, la encontraron?

—Así parece.

Seth cambió el canal a un programa sobre una pareja de mediana edad que trataba de restaurar una vieja torre de agua para convertirla en casa.

Maeve regresó a revolver fideos y beber vino.

63

Está tan ensimismado, pensó Maeve. Miró hacia el otro sofá; Seth le daba un poco la espalda. No mucho, pero sí lo suficiente como para expresar su aparente desdén.

Nunca fueron el tipo de pareja que compartía un sofá, nunca había sido así, pero Maeve se preguntaba cuándo había cambiado a esto. Se devanó los sesos para encontrar el momento exacto en el que algo salió mal. Pero nada había pasado. Quizá nunca estuvo bien. Llevaban tanto tiempo juntos que era casi imposible recordar.

Y le dolía la cabeza tener que repasarlo sola otra noche. Así que bebió un poco más para adormecerse. Volvió a mirar a Seth. Parecía incómodo. Tenso. Encorvado. Y cansado. Siempre tan cansado.

Pero ella sabía que entre más cansado se sentía, más irritable se ponía y las cosas eran menos reales para él. Y entre menos dormía, más jodía las cosas —en el trabajo, con sus amigos, con lo que le quedaba de familia—. Cuando hacía eso, era cuando más necesitaba a Maeve.

Y a ella le encantaba.

Pero esa noche él seguía dándole la espalda ligeramente; no provocaba ninguna conversación, no se involucraba en nada con ella. Ella le contó lo aburrida que había sido su reunión, pero olvidó preguntarle cómo le había ido a él. Bebió un poco más y lo vio moverse nervioso en su asiento. Sabía que él solo quería que ella se fuera a la cama para poder torturarse con una taza de café nocturno y con lo que fuera que lo atormentaba tanto como para hacer esas llamadas a desconocidos. Sabía lo que planeaba. Lo conocía. Y él quería que ella se saliera del camino para poder concentrarse en su extraño pasatiempo. Su proyecto de insomnio.

Ella podía facilitarle las cosas, llevar su copa de vino al segundo piso, leer algunas páginas de su libro. Pero no lo hacía. Bebía en el sofá, su sofá, y se deslizaba hasta quedar recostada una vez que la última gota entraba por su boca. Observó su espalda una última vez, cerró los ojos y se durmió.

¿Por qué?

Que se joda. Por eso.

64

—¿Quieres que nos veamos?

Seth esperó hasta que Maeve arrastró su trasero escaleras arriba; se hizo un café y llamó a Hadley. Estaba emocionado. Se dio cuenta de que la había extrañado.

Durante un tiempo no hablaron de nada. Sus días en el trabajo, lo que habían hecho la noche anterior. Ninguno dio muchos detalles. Él quería esconder lo que había hecho. Y no quería saber si ella tenía algo que esconder.

Después, ella hizo la pregunta.

—¿Quieres que nos veamos?

—¿Perdón?

Ni siquiera estaba seguro de cómo las cosas habían avanzado tan rápidamente. Claro, habían comenzado en un nivel bastante íntimo, ella le había confesado sus demonios más profundos y él la había convencido de que se bajara de la cornisa. Había escuchado. Sin juzgar. Establecieron un vínculo intenso sobre la verdad más inocente de ella y la mentira egoísta más terrible de él.

En cualquier caso, algo había hecho clic, echado chispas, conectado.

Avanzaban rápido, pero no podía creer que ya hubieran llegado a ese punto.

—¿Quieres que nos veamos?

—¿Perdón?

—Vernos. ¿Sabes? Tomar un café o algo.

En un principio sonaba descarado. Lo excitaba. Era una mujer que quería algo y no tenía miedo de hacer lo necesario para obtenerlo. Pero ¿qué quería decir con el café? ¿En realidad significaba reunirse para tomar algo y hablar frente a frente, o se trataba de otra cosa? Todas estas preguntas saltaban en su mente y chocaban unas contra otras hasta explotar. Hablar con otra mujer por teléfono era una cosa; anhelarla, extrañarla, pensar en ella, era algo más de lo que podía abordar; pero encontrarse con ella en persona parecía demasiado apresurado. Ir demasiado lejos. Retorcido.

Ya lo había hecho antes, pero nunca lo había llevado por el camino correcto. Debió haberse quedado en algo puramente telefónico. Anónimo e inofensivo. Maeve y Seth tenían sus problemas, pero nunca la engañaría. No así. Ella no se merecía eso.

No podía hacerlo de nuevo. No podía encontrarse con Hadley.

—¿Quieres que nos veamos?

—¿Perdón?

—Vernos. ¿Sabes? Tomar un café o algo.

—¿Café?

—Es una bebida color marrón, caliente, con cafeína. Podemos vernos en algún lugar lleno de gente para que veas que no soy una psicópata. —Se rio.

Se había puesto una trampa. Se había acorralado. No podía echarse para atrás. Y en realidad no quería.

—Claro. Caliente, marrón, con cafeína, suena muy tentador.

Su propuesta parecía inocente. Incluso inofensiva. Y probablemente lo era. Pero siempre comenzaba así.

Anotó la información del lugar de la reunión. Sería al día siguiente.

Él quería que fuera en la mañana.

En toda su vida, Seth nunca había querido dormir tanto.

Por supuesto, no durmió. No hasta que Maeve salió de la casa con su acostumbrado azote de puerta.

—Que la jodan.

VIERNES

65

Ni siquiera pidió el día por enfermedad. Seth llamó a su jefe y le dijo que necesitaba el día libre.

—¿Qué pasa, Beauman? —preguntó, casi parecía francamente preocupado. Por supuesto que no lo estaba.

—Solo necesito un día, eso es todo. No sé qué es, pero no me siento bien.

—Bueno, qué carajos, eso todos lo sabemos. —Se rio.

Seth odiaba mentir y humillarse frente al cretino de su jefe. Recordó la última vez que tomó un día libre y había sido absolutamente necesario. Nada parecido a lo de ahora.

—Solo un día, ¿eh? ¿No más? ¿Sin certificado médico?

—Solo un día.

Seth no quería darle más que eso. Sabía que no estaba enfermo, simplemente lo estaba provocando, y divirtiéndose un poco.

—Mira, Seth, ya arrasaste con tu objetivo y te las arreglaste para colocar todas esas laptops problemáticas tú solo, así que tómate el resto del mes libre, para lo que me importa. Tengo una de esas laptops aquí, para ti, cuando estés listo. Solo avísame cuando regreses y puedas recogerla. ¿Está bien?

—Claro. Gracias. —Odiaba demostrar gratitud—. Pero no será más que mañana. Solo un día, como dije.

Su jefe terminó la conversación sin decir adiós. Eso no le molestaba a Seth. Estaba solo en casa y tenía algunas horas para ponerse decente y presentable para el almuerzo con Hadley, la mujer que había conocido por teléfono. Que pensaba que él era alguien que no era.

Seth estaba emocionado y aterrado. Y excitado.

En realidad, no era una cita para comer, lo había exagerado en su mente. Era únicamente un café. Tal vez pudo ausentarse solo un par de horas de la oficina y decir que tenía una reunión. Cualquier cosa. Pero sentía que necesitaba prepararse. Tranquilizarse.

Iba a reunirse con una mujer que no era su esposa. Una amistad femenina. Sí, era para un café. Sí, parecía inocente. Pero todo estaba basado en una mentira. Ella pensaba que él era alguien que no era. Se conocieron en circunstancias que no eran normales. Tal vez Seth no era completamente feliz con Maeve, por la razón que fuera, pero ella lo conoce, ella sabe quién es. Quién es en verdad.

Eso cuenta para algo. Para mucho.

Aun así, esta otra mujer lo intrigaba. Lo excitaba de una manera en que su esposa no lo había hecho durante años. Aire puro. Y quizá es el daño que provoca el tiempo y la familiaridad, pero es algo que quería sentir.

Necesitaba estar preparado. Tenía que encarnar la personalidad que había creado para Hadley. Este tipo despreocupado, divertido y atento. Seth era sensible y abierto. Estaba dispuesto a ser vulnerable. Era seguro de sí mismo.

Era una especie de loca cita a ciegas. Salvo que conocía

el aspecto físico de Hadley. Era lo contrario a Maeve. Joven, fresca y rubia.

Tenía que estar preparado.

Escribió la contraseña de su teléfono para desbloquearlo y abrió el perfil en línea de Hadley para ver la fotografía en la que aparecía con el cabello húmedo. Se bajó los pantalones hasta los muslos. Miró su rostro y la luz del sol al fondo. Estiró y apretó. Estaba dura. Fue rápido.

Tenía que estar preparado para ella.

Se verían en tres horas y media.

Gruñó al venirse sobre su estómago. Luego se acostó en el sofá en el que había dormido la noche anterior, cerró los ojos y durmió dos horas desagradables.

Charlie Sanders sabía dónde vivía Hadley.

Podía regresar en el momento que quisiera, esperando repetir la misma representación. Por supuesto, no había dejado las cosas en los mejores términos, pero era tan fanfarrón. Eso era parte de su atractivo. La emoción de la caza. Ser acribillado solo para imponerse al final.

Lo había disfrutado. Lo recuerda.

Pero también recuerda lo que sintió cuando lo golpearon por detrás. Y recuerda cómo un pie chocaba contra su rostro. Una parte de él estaba un poco enojada con Hadley. Y el hecho de que tuviera que cancelar todas sus tarjetas bancarias porque se llevaron su cartera.

Podía rememorar la escena del primer crimen de esa noche, su infidelidad con una desconocida que conoció en un club.

Pero él era Charlie Sanders, solo hacía lo que en realidad quería hacer, lo que lo beneficiaba.

Y en periódicos o revistas se puede leer sobre cáncer, obesidad o picaduras de mosquito, pero nunca se llevan a cabo investigaciones sobre cuántos muertos provoca la apatía y el egoísmo.

Las mujeres en la vida de Seth continuaban su día de manera habitual, ambas con cafeína para darse ánimos y sobrellevar otra semana difícil.

Maeve se encerró en su oficina y le gritaba a cualquiera que se acercara a tres metros de su computadora. Pero pensaba en su esposo. Había escuchado de nuevo los murmullos en el teléfono, desde lo que se estaba convirtiendo en su recámara, y no le gustaba. Ni un poco. Sabía que estaba a punto de cometer un error, incluso antes de que lo hiciera.

Hadley mantenía la cabeza baja en esa oficina en plano abierto. Las voces se mezclaban y superponían a su alrededor, antes de desaparecer. Esa mañana, el tiempo hacía todo lo posible por detenerse. Había decidido marcar cada media hora hasta que llegara la hora del almuerzo y se reuniera con su amigo telefónico. Tachó de diez a diez treinta. Durante dos minutos miró el reloj en la esquina del monitor de su computadora, con un lápiz para garabatear los últimos treinta minutos. Era un ejercicio que se suponía ayudaba a que el tiempo pasara más rápido. No estaba funcionando.

Ella también pensaba en Seth, sin conocer su aspecto físico, su complexión, el nacimiento de su pelo. No le importaba. Ni siquiera se había imaginado un rostro, ninguno que pudiera recordar. Pero sentía que conocía sus ojos. Por su voz, solamente, y por la manera en que le hablaba y la escuchaba. Eran oscuros y amables. Sin haber visto a Seth Beauman, Hadley sentía que sabía eso.

Quizá él podría salvarla.

Seth se las arreglaba con mucha facilidad para conservar una mirada cariñosa y comprensiva; incluso a través de esos ojos perpetuamente cansados que se habían convertido en su distintivo. Hadley tenía razón en eso. Sin embargo, no tenía idea de que, al ser tan extrovertida, se estaba convirtiendo en el último error de Seth.

A las 11:45, ambas mujeres se prepararon otra taza de café, la última antes del almuerzo. Tres minutos después, Seth se despertó sintiéndose más cansado que cuando cerró sus ojos amables y cariñosos. Antes de aterrarse y perder el aliento.

68

Otro síntoma de la fatiga crónica de Seth es la asfixia, el ahogo. Eso es lo que siente. Se despierta enojado y sin aliento. Al principio era aterrador. Supone que se trata de su propia versión de apnea nocturna. Pero no ronca, habla o ríe en su sueño; abre los ojos y el aire entra en sus pulmones. Lucha por llevarlo de nuevo hacia adentro, pero el pánico se apodera de él.

Sigue sucediendo, aún ahora. Y ha aprendido a tranquilizarse hasta recuperar la compostura. Para respirar. Pero siempre existe ese momento en el que piensa que puede morir. Se calma al aceptarlo.

Esta vez le tomó más tiempo porque no lo aceptó; no quería morir. Quería ir por café, aclarar las cosas. Sintió pánico. Sus ojos se abrían como platos conforme jadeaba. Y deseó. Deseó que terminara como siempre lo hacía. Probablemente solo duró medio segundo más que lo normal, pero el tiempo puede jugarnos trucos y ese medio segundo lo sintió como si fueran cinco. Trató de meter aire a sus pulmones, mas nunca pasó de la garganta. Su mano se dirigió a su pecho. Maeve salió de su mente. Eso significaba algo.

Un poco de aire reptó hasta sus pulmones. Luego más. Y más. Y más. Se incorporó en el sofá. Sentía como si le hubieran arañado la garganta. Parpadeó. Había arruinado el sueño que pudo robarle al día.

Después de recuperar el aliento, se secó la frente con el dorso del brazo y revisó rápidamente la pantalla de su teléfono. Todavía tenía más de una hora antes de su cita con Hadley. No había llamadas perdidas de su trabajo. No había mensajes de texto de Maeve. Estar aquí, haciendo lo que hacía, no afectaba el día de nadie.

Era invisible. Justo como quería ser.

69

Después de un momento de observar fijamente la lista de números de teléfono, todo se transforma en código binario o Morse. Solo son líneas y puntos y paréntesis. Pace piensa que solo debe pasar el dedo por la lista y dejarlo a la suerte. Pero ninguno de sus casos se ha resuelto con matemáticas. Ninguno que pueda recordar.

El detective sargento Pace se debilita.

El detective sargento Pace se hunde en su propia sombra.

Le vendría bien un respiro. O algo de suerte.

La madre de Teresa Palmer trató de comunicarse con ella todos los días, durante una semana. Dejó tres mensajes de voz cada día, esparcidos de manera uniforme durante la mañana, tarde y noche. Después, el día anterior a su muerte estimada, no hubo nada. Ninguna. Ninguna llamada.

La mente de Pace se precipita a lo peor, porque así es como ve a la gente. ¿Y si la madre, de alguna manera, sabía que su hija había muerto? Quizá dejó de llamar porque ya no necesitaba hacerlo, sabía dónde estaba Teresa.

Quizá fue un accidente y ella se asustó.

Quizá estaba protegiendo a alguien más. A su hijo. A su amante.

Quizá por eso Pace no puede encontrar ninguna relación con Daisy Pickersgill. Los Palmer estaban aterrados y trataron de ocultar las cosas copiando un asesinato anterior. Limpiaron a Teresa, la llevaron a un parque diferente en Warwickshire —aún en los alrededores—, y dejaron sus restos para que los encontraran y los atribuyeran al mismo asesino.

El detective sargento Pace se va a los extremos.

No encuentra evidencia de que el asesinato de estas mujeres esté relacionado, así que trata de encontrar una manera en la que no lo esté. Está forzando las cosas. Quiere una respuesta.

Es todo lo que tiene. Planea hacer unas llamadas y hablar de nuevo con la familia de Teresa Palmer.

Hadley tachó la última media hora. Cada una había alargado el tiempo de manera progresiva y solo ella lo había notado. Miró alrededor de su oficina y todo estaba como siempre. Nadie, salvo ella, sabía que hoy era especial. Algo diferente. Sus días habían transcurrido con ese ritmo constante y laborioso que indicaba que era un día de la semana.

Presionó los botones *Ctrl*, *Alt* y *Supr* en el teclado y cerró la sesión. Había aprendido a no dejarla abierta porque siempre había algún bromista por ahí que cambiaba el fondo de pantalla por uno inapropiado o enviaba un correo electrónico en su nombre a otra persona, donde confesaba su supuesta debilidad por ellos. Idiotas inmaduros.

Mientras Hadley se ponía de pie, Maeve giraba en círculos interminables en la silla de su oficina, rememorando los acontecimientos. El increíble sexo que tuvieron esa semana. ¿De dónde venía? Incluso en sus peores momentos, el sexo era excelente. Tenían esa pasión, la unión que, sencillamente, no se puede fingir, incluso si la emoción subyacente era muy distinta.

Y mientras Maeve giraba en su silla, Ant estaba ocupado limpiando su departamento, frotando a mano el piso laminado de la sala, en lugar de usar un trapeador. Llegaba a cada rincón; movía cada mueble para que no quedara ningún centímetro cuadrado sin limpiar. Se odiaba porque sudaba y eso significaba que tenía que bañarse para evitar contaminar las áreas que ya había limpiado.

Todavía le dolían los nudillos por la noche anterior, y necesitaba dormir antes de su turno esa noche, pero, de todas formas, continuó sacudiendo, limpiando y desinfectando con cloro.

Mientras Ant purificaba su casa, Maeve giraba sobre su silla y Hadley caminaba hacia la salida de su oficina; Seth Beauman estaba sentado en la cafetería, esperando a la chica con la que solo había hablado por teléfono. Estaba emocionado. Pero la taza de café sobre la mesa frente a él era todo lo que podía ver. Estaba más cansado que nunca, y esperó que eso no lo arruinara todo de nuevo.

71

Esperó. Seth había llegado temprano para verla entrar.

Le dijo cómo iría vestido, como en una anticuada cita a ciegas. Eso lo había hecho sentir un poco incómodo con el encuentro. Era la primera vez que en verdad consideraba cómo se sentiría Maeve si se enterara. Pero ese pensamiento no llegó hasta la culpa.

Por supuesto, Seth sabía cómo era Hadley, la reconoció en el momento en que entró. Pero tenía que fingir lo contrario. Se contuvo, aunque su corazón latía a toda prisa.

Parecía que ella no había hecho ningún esfuerzo. Estaba vestida con la misma ropa que normalmente usaba para el trabajo. Sus jeans eran azul marino, y se pegaban a la piel de sus piernas como si de eso dependiera su vida. Y llevaba una camiseta negra, sin mangas, como si fuera una empleada de GAP. Pero su movimiento era fluido y su cuello largo, mientras buscaba en la cafetería a su nuevo amigo desconocido, quien también vestía jeans y una camiseta bermellón de The Ramones, que no era de su talla, a pesar de que solo había escuchado una de sus canciones.

Caminaba con cuidado, recorriendo la sala. Su mirada pasó dos veces sobre Seth, antes de fijarse en él. Se acercó cada vez más. Seth inclinó la cabeza hacia un lado y entrecerró los ojos ligeramente, como diciendo: «¿Eres…?».

—¿Seth? —preguntó ella. Su voz sonaba diferente a la del teléfono.

—¿Hadley?

Ella esbozó una gran sonrisa mostrando sus dientes grandes y blancos. En su rostro se formaron unas patas de gallo que, Seth estaba seguro de que ella odiaba y pensaba que la envejecían; pero él creía que era una hermosa peculiaridad.

Ese pensamiento le indicó que estaba tomando un camino sin retorno.

Se levantó para saludarla. No sabía si un abrazo sería demasiado y terminó moviendo las manos de un lado a otro, incómodo. Finalmente, extendió la mano derecha y estrechó la de ella. Como si la saludara para una entrevista de trabajo.

—Perdón, ya llevo aquí un rato, así que ya tomé un café. Voy por otro, ¿a ti qué te gustaría?

—Está bien, puedo ir por un café.

—No, no, no —insistió Seth, indicándole que se sentara en la silla frente a la suya—. Déjame ir por ellos. ¿Quieres comer algo?

De inmediato se arrepintió de la frase, sonaba como un imbécil.

—¿Comida?

—Sí. Algo de comer.

—¿Por qué no te acompaño y escojo algo? Tú puedes pagar, si así te sientes mejor.

Volvió a sonreír. Estaba seguro de que la sonrisa que había adivinado y sentido por teléfono, se había convertido en algo real que podía observar. Y era exactamente como se la había imaginado. Esta chica era especial.

Seth pidió un café negro, un sándwich con pan integral de tocino, lechuga y jitomate y una barra de chocolate con leche. Hadley se decidió por un capuchino, un burrito de verduras asadas y una magdalena de arándano. Se sentaron a la mesa y platicaron.

Era tan natural. Pocas veces tuvieron momentos de silencio, e incluso cuando esto sucedía, se sintieron cómodos. Hablaron brevemente de la forma tan extraña en la que se habían conocido y Seth sintió cómo las mentiras resbalaban por su lengua tan fácilmente como las verdades. Pero el resto del tiempo, descubrieron la vida del otro.

—Nunca había hecho esto —mintió.

La primera hora pasó volando. Seth sintió que habían hablado de todo, pero también que habían tocado muy poco el tema que él deseaba.

Después, ella miró su teléfono y dijo:

—Bueno, tengo que regresar a la oficina.

Hizo una cara tonta y suspiró de manera exagerada.

—¡Qué mal!

—Muy mal. Este almuerzo será el rayo de luz de mi día.

Seth sonrió. Ella sentía lo que él estaba sintiendo, estaba seguro.

—Oye, podemos hablar esta noche.

—Ah, sí. Terminar el día con algo positivo. Una excelente propuesta.

Hadley se levantó y Seth hizo lo mismo. Sentía que podía abrazarla para despedirse y que no lo malinterpretaría pero, de cualquier forma, se contuvo.

—Entonces, hasta que hablemos de nuevo, señor Beauman.

Se alejó y se despidió haciendo un ligero movimiento con la mano.

—Te llamo.

Seth se volvió a sentar para verla marcharse. Ella era todo lo que veía, era todo lo que podía ver.

La emoción se disipó. El cansancio permaneció. La culpa jamás llegó.

Nunca.

72

Las personas más amables que conoces, las que siempre están ahí cuando las necesitas, las que son fuertes, te apoyan totalmente y te dan buenos consejos, no son fuertes. Y no se sienten amables. No saben por qué nunca les preguntan cómo se sienten. Comienzan a pensar que la gente es un poco egoísta y ensimismada. Se preguntan con quién tendrían que hablar.

Tú crees que son grandes amigos y ellos se preguntan a dónde fueron todos sus amigos.

Y esa mamá o papá en el parque —que siempre se presentan inmaculados y a tiempo con sus hijos, que se ven felices, limpios y compatibles, que te preguntas cómo hacen todo aquello, conservan un empleo, son voluntarios en las fiestas escolares y llevan a sus hijos al ballet, la gimnasia o los scouts— son un desastre. Apenas son capaces de conservar la cordura.

Les gritan a sus hijos y se odian por ello. Están constantemente cansados y la cafeína les hace poco efecto. Beben demasiado y comen muy poco, sobornan a sus hijos con comida chatarra, y también se odian por ello. Y hablan contigo en el parque, pero no es su verdadera voz, es la voz que pretende-que-todo-está-bien. Y, lentamente, se derrumban.

Ahí está ese tipo rico que no puede comprar amor. Y ahí está el tipo pobre que está muy enamorado, pero que no puede pagar la renta.

Y esa pareja feliz que se conoció en la adolescencia y que ha estado junta desde entonces —a la que admiras y que anhelas ser como ella, te brinda la esperanza de que en el mundo existe el verdadero amor y te gusta estar cerca porque te hace sentir bien—, pero donde ambos cogen con otras personas y tienen problemas para lidiar con sus vidas secretas.

O la mujer exitosa que tiene un trabajo magnífico y empleados que la respetan. En las noches, permanece despierta en la cama, escuchando el murmullo de su esposo que habla por teléfono con desconocidos. Sabe que es un buen hombre, sabe que no pasa nada, sabe que es un proyecto o un pasatiempo extraño, pero quisiera que, de vez en cuando, esa energía se dirigiera a ella.

¿Con quién hablan estas personas? ¿En quién confían?

En algún momento, todos necesitamos a ese Buen Samaritano. Para distraernos de las simples batallas y las agotadoras adversidades.

Incluso esa chica en la que no piensas con frecuencia, porque es bastante promedio. No es mala, siempre amable, hace su trabajo. Tiene novio y parece que todo está estable. Tiene una relación cercana con su madre y su padrastro. Y su hermano menor es como un amigo. En realidad, no piensas en ella porque pasa inadvertida, pero eso no significa que no necesite a alguien con quien hablar. Alguien nuevo.

Teresa Palmer necesitaba a alguien.

Y alguien la encontró, la vio y se apiadó de ella.

Maeve llegó a casa, donde olía a algo delicioso; no tenía la menor idea de que su esposo se había tomado el día libre. Estaba preocupado de que esta fuera la primera vez que ella le preguntara cómo había estado su día y tendría que mentir.

Pero, por supuesto, no lo hizo. Entró en la casa, saludó, tomó un poco de vino del refrigerador y le platicó a Seth cómo había pasado las últimas ocho horas en estupideces monótonas en blanco y negro, que se vio tarareando una tonada que había inventado y que, definitivamente, estaba en tono menor. Y se tragó el *chardonnay*.

—Entonces, ¿cuál es el menú de esta noche?

Se paró junto a él y miró sobre su hombro, juguetona. Su mano tocó la parte baja de su espalda, afectuosamente. Seth no se resistió.

—Guisado de garbanzo con berenjena, con un poco de jitomate y unas especias exquisitas, y cuscús de limón, perejil y azafrán.

—Suena delicioso. ¿Nada de carne?

—Esta noche no.

—Y esas especias casan bien con el *chardonnay*, ¿cierto?

Sintió su sonrisa detrás de él.

—¿Importa?

Abrió la puerta del refrigerador sin mirar, para mostrar la botella de vino y que ella llenara su copa.

Se sentaron a la mesa, para variar, porque la salsa amenazaba con manchar todo sobre lo que goteaba. El televisor seguía prendido. Directo en el noticiero.

La policía de Warwick convocaba a toda persona que pudiera proporcionar información sobre el cuerpo de una joven encontrada esta semana por una persona que paseaba a su perro. Recientemente se le había identificado como Teresa Palmer, una enfermera de treinta y dos años que había desaparecido seis semanas antes.

—Maeve, ¿podemos cenar una vez sin tener que ver esta basura? Por favor.

—No es basura. Es la vida real. Quiero ver qué dicen.

Seth puso los ojos en blanco. Era como si sacara de eso algún tipo de emoción. Igual que todos esos libros en su buró. Se metió otra cucharada de cuscús en la boca.

La sombra oscura de un hombre apareció en la pantalla. El letrero en la parte inferior informaba a los televidentes que su nombre era detective inspector Pace.

—Para ser policía, se ve un poco cansado y de apariencia malvada —dijo Maeve.

—Sus ojos son más oscuros que los míos.

«Hasta ahora, la evidencia sugiere un posible vínculo a un caso anterior, pero exhortamos a cualquiera que tenga información sobre la noche en que desapareció Teresa, a que se presente y ayude en nuestra investigación». Un anuncio muy común. Un llamado al público británico a ayudar a la familia sobreviviente de una pobre joven en su duelo, así como a obtener justicia. Infundía miedo en los televidentes al decir que esto podía ser una serie de asesinatos, que quizá no estuvieran ellos mismos a salvo.

—Eso lo hace mucho más interesante.

Los ojos de Maeve brillaron.

—Toma tu vino, detective.

Ella se bebió el vino. Y se acostó en el sofá. Vieron otra cosa mucho más ligera en el televisor. Ella se quedó dormida. Finalmente, se fue a la cama, donde permaneció despierta durante un tiempo. Solo escuchando.

Oyó un chirrido cuando Seth se levantó del sofá. Escuchó el clic de la tetera y el crujido de la puerta de la sala al cerrarse. Y el murmullo de una conversación nocturna. Pero no escuchó claramente las palabras. No escuchó de qué se reía Seth. No lo escuchó concertar una cita con su nueva amiga secreta, de nuevo, al día siguiente.

Se estaba cansando de este proyecto. Del trabajo. Se desentendió y, esa noche, se fue a dormir pensando en la pobre Teresa Palmer.

SÁBADO

74

Era el artículo principal del noticiero matutino del fin de semana.

«En las primeras horas de esta mañana, el padrastro de Teresa Palmer, asesinada recientemente, ha sido detenido para un interrogatorio adicional. Aún no se ha confirmado si el hombre fue arrestado o si acudió libremente. El hombre de cincuenta y nueve años de edad, Martin Creed, carpintero en Bermonsdey, conocía a la víctima desde su temprana adolescencia».

Después, la noticia se corta con imágenes del detective sargento Pace, que entra por las puertas principales de la estación de policía. El cielo está oscuro, pero él es más oscuro aún. Su rostro muestra una barba de varios días, su abrigo es de piel y todo lo que toca parece ennegrecerse.

«La policía dice que está dando seguimiento a un interrogatorio anterior y que desea hablar con el novio, Jacob Flynn, de treinta y cuatro años de edad, a quien no se le ha visto en casi dos días».

Y aparece una fotografía de Jacob, malhumorado, junto al rostro sonriente de su novia muerta.

Medio país observa y comenta que huyó porque es culpable.

El resto dice: «Siempre es el padrastro».

El detective sargento Pace se sienta en su escritorio, frente a Martin Creed, y le dice que es hora de empezar con la entrevista y que se va a grabar.

El detective sargento Pace ladra.

El detective sargento Pace es un sabueso del infierno.

Maeve azotó la puerta, no para ir al trabajo, solo a clase de pilates. Pero no despertó a Seth. Él ya estaba despierto. Había estado despierto casi toda la noche. Su insomnio empeoraba cada vez más. Ella estaba preocupada por su marido. Sus ojos estaban hundidos, como si hubiera pasado días llorando. Estaban más pequeños y más oscuros, con la piel como papel crepé. Perdidos en la sombra.

Esperaba que fuera consecuencia de la culpa que sentía por perseguir a otra mujer. Ya lo había hecho un par de veces antes. Él se lo había contado en ambas ocasiones. Tenía que hacerlo. Y ponía la mano en el fuego de que no había nada físico. Ella se lo había dicho: «Solo porque no estés cogiendo, no significa que no seas infiel». Él estuvo de acuerdo y se disculpó; ella lo tenía bien amarrado y le había ayudado a arreglar su lío.

Sin embargo, él continuó. Quizá pensaba que era discreto y lo hacía en secreto, pero en realidad era descarado, irrespetuoso y lo hacía en su cara. Ella se dijo que era el cansancio. Que se pierde en él. Él cree que piensa cosas, pero que las dice en voz alta. Actúa de manera diferente. Ella lo disculpa, diciéndose que no puede evitarlo. Que tiene una enfermedad. Que para él es difícil con tan poco descanso. ¿No sabe lo que es real? Quizá ni siquiera está haciendo todo lo que él piensa que hace.

Pero a pesar de las justificaciones y la tolerancia, sigue doliendo. Y esta vez era peor, porque había una familiaridad que nunca antes había existido. Se sentía diferente. Más importante.

Y sabía que su falta de sueño no tenía nada que ver con la culpa. Porque era incapaz de sentir esa emoción. Así que azotaba la puerta cada mañana, aunque Seth estuviera o no dormido, o ella fuera o no al trabajo. No se trataba de hacerle saber que estaba enojada, era para jugar con él, para molestarlo, igual que él parecía gozar al jugar y molestarla a ella.

76

Esta vez, se encontraron más tarde ese día para tomar una copa. Después de que Hadley terminó su clase en el gimnasio, al final del día, por supuesto, porque ella era más joven y aún tenía el lujo de levantarse tarde. Seth también hubiera podido hacer ejercicio. Hadley era su motivación, no los monitores de computadora ni los bonos ni la liquidación de su hipoteca, ni siquiera hacer un poco de cardio o levantar pesas. Su jefe había cometido el error de decir que Seth podía descansar con los pies sobre el escritorio el resto del mes si cumplía con su objetivo, y Seth lo usaría en su contra; el gimnasio seguiría recibiendo sus treinta y cinco libras al mes, a pesar de no haberlo visto durante casi un año.

El cabello de Hadley estaba enredado porque se lo amarró después de bañarse. Su evidente falta de cuidado por su apariencia solo aumentaba su seducción. Seth estaba fascinado. De nuevo, llegó temprano y tomó un par de pintas de cerveza.

Esta vez no tenía que fingir que no la conocía, que no la había buscado en sus redes sociales, que no se había masturbado con su foto de perfil. Solo la saludó con la mano. Ella lo abrazó al llegar a la mesa. Lo besó, afectuosa, en ambas mejillas.

—Tú invitaste el café, ahora me toca a mí —dijo, con falsa seriedad.

Seth levantó las manos para rendirse.

—¿Lo mismo?

—Sí, por favor.

La miró caminar hacia la barra. Ella no volteó.

La visión de Seth empeoraba cada día. No podía recordar un momento en el que hubiera estado tan mal. Era muy frustrante, porque sabía lo cansado que estaba; sabía qué lo mantenía despierto, pero no podía hacer nada al respecto. Nada funcionaba. Pero incluso sin ello, sabía que ella sería todo lo que vería esa noche. Era como si proviniera de otro tiempo, de otro lugar. No advirtió a nadie más en el bar.

Platicaron y bebieron. Ella coqueteaba con él; su mano no dejaba de tocar su pierna cada vez que reía. Seth descubrió que estaba más divertido de lo que había estado en años. No estaba seguro de a dónde se había ido su humor. Solo murió en algún momento del camino. Se había vuelto aburrido, quizá. Estancado de algún modo. Huraño. Ya no veía a ninguno de sus antiguos amigos. Todo lo que tenía era a Maeve. Y eso estuvo bien durante mucho tiempo, porque era todo lo que quería.

Ahora tiene una nueva amiga Hadley. Ella le dice que es agradable, considerado y muy bueno escuchando. Le dice: «Oh, Seth, me matas de risa». Bebe mucho vino, pero no de la manera en la que Maeve acostumbra. No quiere compararlas, pero eso es evidente.

Ella está desesperada; incluso en el estado de fuga disociativa que Seth padece, advierte que es real.

Todo el parloteo y el tumulto alrededor de su mesa se

desvanece en un zumbido. Seth observa la boca de Hadley. Todo lo que puede ver son sus labios, sus dientes y el movimiento de su lengua, conforme lo entretiene con una de sus aventuras de viaje al terminar la universidad o sus tardes desperdiciadas con amigas, avivadas con alcohol y malas decisiones. Se pregunta si en realidad está sucediendo o si todo está en su cabeza.

«¿Por qué quiere estar aquí conmigo? ¿Es demasiado rápido?».

—¿Crees que ya bebiste de más, Seth? —dice con una risita y da un sorbo a los dos popotes de su coctel. Frunce los labios por el cítrico.

—No. Solo estoy cansado. No duermo mucho.

Era bueno decir algo que fuera verdad.

Un hombre pasó junto a ellos y chocó contra el codo de Hadley. Se disculpó y siguió caminando. Ni Seth ni Hadley vieron su rostro.

—Un poco grosero —dijo ella, medio seria.

—Se disculpó, supongo.

Ella asintió y bebió.

—Pues, almorzamos y tuvimos una cena líquida. ¿Se te antoja que mañana en la noche hagamos algo más?

Para Seth, era la confianza animada por el alcohol.

—Vas rápido.

—Supongo que eso es un sí.

Ella asintió de nuevo.

—La vida es muy corta para perder el tiempo, ¿no?

Seth levantó su vaso y Hadley brindó con el suyo.

—Por una larga vida —sugirió.

—Por una larga vida —repitió Seth.

Y bebieron.

Después, solo se miraron uno al otro. Era como si no hubiera nadie más ahí. Solo ellos dos. Invisibles. Como si se enamoraran, pero ambos sabían que no se trataba de eso. Nadie sabía lo que esa noche significaba. Nadie más podía verlos.

77

Ant podía verlos.

Los había observado toda la noche.

Y no estaba contento.

La había seguido desde el gimnasio, pensando que podría llamarla de nuevo cuando llegara a casa, pero no había ido a su casa. Terminó en un bar, viendo a Hadley con otro hombre. Por segunda vez esa semana.

Se miró los nudillos de la mano derecha.

Seguían lastimados.

Se paró frente a la barra, como había hecho la noche en que ella salió con sus amigas. Bebió una cerveza y observó.

La vio coquetear con otro hombre, ponerle la mano sobre el brazo, reírse de todos sus chistes, sonreír, lamerse los labios. ¿Por qué llamó esa noche a los Samaritanos? ¿Por qué su voz había entrado a su oído? ¿Por qué no le tocó alguien a quien no le importara lo que le sucedía?

Él, simplemente, no podía detenerse.

Ese era su problema.

El hombre que estaba con ella tenía una risa fuerte y molesta. Pero Ant advirtió cómo ella se volvía cercana a él. Quería ver qué hacía que el tipo fuera tan seductor, lo que, sin duda, conquistaría su corazón y le permitiría llegar hasta su entrepierna, igual que ese imbécil de camiseta apretada lo había hecho al inicio de la semana.

Ant tenía que ver su rostro y esconder el suyo.

Vio que el brazo de ella colgaba ligeramente sobre el borde de la mesa, mientras colocaba su mano sobre el brazo de su supuesto pretendiente por decimoquinta vez. Y caminó hacia ella. Rápido, para que no lo viera venir. Ella no se lo esperaba. Deliberadamente, tropezó con su cintura contra el codo de ella, para obligarla a moverse.

Ella estaba muy preocupada por no derramar su bebida como para mirarlo a la cara, pero él pudo echar un vistazo al hombre que estaba con ella. Ant se disculpó y siguió caminando hasta el baño, donde se volvió a lavar el rostro; tiró su bebida y salió sin que lo vieran para esperar frente al departamento de Hadley a que esta regresara a casa.

Llegó treinta y cinco minutos más tarde. Sola. Ant sonrió. Ese idiota debió pasarse de la raya.

Esperó unos minutos antes de llamarla al teléfono de su casa.

—No pudiste esperar, ¿eh?

Descolgó el teléfono pensando que era Seth. Habían quedado de acuerdo para hablar por teléfono esa noche. Se había convertido en algo entre ellos. Era poco convencional y romántico; algo particular de su relación.

—¿Perdón? —preguntó Ant.

—¿Seth?

Y lo entendió. Había estado con Seth. El hombre que había visto era Seth, por quien ella preguntó cuando llamó y se entrometió en la vida y los pensamientos cotidianos de Ant.

—Lo siento, señorita Serf, no soy Seth. Hablo de los Samaritanos.

—¿En serio? Ustedes van mucho más allá de sus obligaciones.

Estaba ebria.

—Es una llamada de seguimiento. Le aseguro que es la política cuando una persona en situación difícil termina la conversación de manera abrupta.

—Bueno, pues ya no hay necesidad de hacerlo otra vez. Lo siento, esa noche estaba histérica, pero ya estoy bien. Encontré a Seth. Soy feliz.

Ant no estaba convencido. Debía vigilarla. Y saber más sobre este Seth. Para mantener las cosas en su lugar.

DOMINGO

78

Pace no tiene sospechosos.

La coartada de Martin Creed se había verificado. O la madre de la víctima estaba protegiendo a su compañero o el pobre tipo era inocente y solo había perdido a una hijastra que conoció cuando era niña y ayudó a criar hasta convertirse en un amable cadáver promedio. Pace se inclinaba a pensar eso también.

Pero el segundo periodo de interrogatorios significó que la reputación de Martin Creed se había dañado a los ojos del público. Y no lo superaría hasta que encontraran al verdadero asesino.

Jacob, el novio de Teresa, no había huido. Se había tomado algunos días para alejarse de la situación, porque estaba muy alterado. Se fue a quedar con su familia en Manchester para evitar a todos los medios de comunicación y todas las preguntas con que lo acribillaban.

En el fondo, Pace sabe que ninguno de ellos es culpable, pero tiene que seguir alguna línea de investigación. Estos dos asesinatos están relacionados. No hay nada que vincule a Martin o a Jacob a la primera víctima. Este interrogatorio solo servía para descartarlos de toda sospecha.

Hay dos chicas muertas. Sus muertes están separadas por varios meses. Nadie usa todavía el término «asesino en serie», pero Pace lo siente. Lo sabe.

El detective sargento Pace lo sabe.

Así como Ted Bundy solo había matado a dos personas. Y Peter Sutcliffe. Y Nilsen. Gacy. Shipman.

La cuestión es que, cuando desaparecen quince prostitutas o un montón de hombres homosexuales del mismo pueblo aparecen muertos, o cuando se eutanasia a todas las abuelas de las personas que viven en tu calle, eso le da a la policía un lugar donde buscar, donde dirigir su investigación.

El detective sargento Pace está en el purgatorio.

¿En qué debía centrarse? ¿En mujeres que pasan inadvertidas? ¿En mujeres amables y bien educadas? Quizá no solo se trataba de mujeres.

El detective sargento Pace comienza a odiar la ciudad.

Quiere regresar a casa.

Pero no puede. No con esto colgado al cuello.

No con esto que lo sigue todos los días.

No puede llevarse esta oscuridad de regreso a Hinton Hollow.

79

Le dijo a Maeve que era una salida del trabajo.

—¿Después de las copas de trabajo de ayer?

—A esa solo fuimos algunos de los que cumplimos con el objetivo del mes. Solo fueron unos cuantos tragos. Esta es una cena y tragos. Quizá en un club. ¿Quién sabe? Es como un incentivo. Mientras yo no pague.

Seth sonrió con su mentira. Y ella le creyó, pensó.

Esa noche, se llevó el coche. Dijo que quizá no sería mucho, después de haber bebido la noche anterior, pero que, si al final sí bebía varias copas de vino, dejaría el coche y lo recogería a la mañana siguiente.

La verdad era que vivía muy lejos de casa de Hadley. Y no sabía adónde lo llevaría la velada; quizá necesitara el coche.

Había pensado todo el día en eso. Estaba más radiante que de costumbre; parecía disfrutar el paseo en el supermercado con Maeve, para comprar algunas cosas: lechuga, humus, vino —por supuesto— y el periódico del domingo con todos sus suplementos. Maeve solo estaba interesada en la historia de la primera plana. Consumía su atención.

Era la chica, envuelta y aventada sobre la tierra para que cualquiera la encontrara.

Era el detective, enigmático, misterioso y de algún modo atractivo.

Era fascinación mórbida y curiosidad, y la obsesión que la mayoría de los seres vivos tienen con la muerte.

Seth no había dormido la noche anterior, así que conducir era un gran error. Los nombres de lugares saltaban de las señales de tráfico conforme aceleraba en la autopista: Beaconsfield, Thame, Didcot. Después entró al periférico alrededor de Oxford. Podía ver los viejos edificios que pertenecieron a los distintos institutos, pero parecía que el camino de un solo sentido lo alejaba de estos. Eso lo frustraba. Estaba emocionado por ver a Hadley y ansioso de llegar ahí. Comenzó a sudar. Encendió el aire acondicionado. Esto no lo secó, solo hizo que sudara frío.

Finalmente, encontró un estacionamiento. Parecía que comenzaba a vaciarse. Se habían reservado algunos lugares para una grúa podadora de árboles. Los espacios a ambos lados estaban libres. Pensó que a la gente le preocupaba que sus automóviles se dañaran mientras cortaban algunas ramas o algo parecido. A Seth no le importaba su vehículo. También lo hacía sentir como si ocultara un poco el coche. Estaba paranoico de que lo viera algún conocido; aunque estaba a kilómetros de su casa, siempre cabía la posibilidad.

Hadley le había pedido que se vieran en un lugar llamado Beerd para tomar un trago primero. Lo escribió en su teléfono y siguió el mapa en la pantalla. Le tomó cuatro minutos caminar desde su coche hasta ahí. Trató de no ver mucho la pantalla, porque no quería hacerse notar y parecer un turista.

Vio el letrero. La imagen de una barba anaranjada con la palabra «Beerd» debajo.* Era un lugar pequeño y moderno; se enorgullecían de contar con una amplia selección de cervezas artesanales, que estaba muy en boga.

Hadley ya estaba ahí, sentada en la barra, bebiendo un líquido rubio. Sonreía, con esa sonrisa suya, al hombre que hablaba con ella. Una gran parte de Seth estaba emocionada con esa noche. La otra parte estaba inquieta; esta era la primera cita, ¿cierto? Hacía casi dos décadas que no tenía una primera cita.

Y también había una parte de enojo. ¿Quién era ese tipo? ¿Y por qué estaba hablando con su primera cita? Si era el típico barman atento, ¿Seth sería necesario?

¿Solo lo estaban usando? Estaba ahí, eso era suficiente.

—Seth.

Saltó de su banco y lanzó los brazos alrededor de su cuello. Seth miró al hombre detrás de ella. Él miró a Seth. Sabía lo que Seth estaba pensando.

Soltó el cuello de Seth y volteó hacia el hombre con quien había estado hablando.

—Bueno, buenas noches —dijo él.

Luego asintió hacia Seth y regresó a su mesa, con su ronda de cuatro cervezas de nombres cómicos.

—Ya me tomé un par. ¡Ups! —Se rio de sí misma y puso una de sus pequeñas y delicadas manos sobre el pecho de Seth.

—¿Qué tomaste?

—Una pinta de Bounders. Y una pinta de Cubic… y un poco de palomitas de maíz.

---

* Juego de palabras: *beard*, barba; *beer*, cerveza, que tienen la misma pronunciación [N. del T.].

Seth advirtió la máquina de palomitas de maíz detrás de la barra.

—La botana de los campeones.

—Exacto.

Vació el resto de su pinta y regresó a la barra. Había un barman trabajando y se veía exhausto. Tenía el cabello corto, rubio ceniza, y sudaba, pero su rostro era amable y hacía su mejor esfuerzo para complacer a las masas. Parecía que también era el mesero y desaparecía en la cocina —donde Seth supuso que solo había otra persona—, antes de surgir de nuevo detrás de la barra para servir pintas de Darkside y de Animal.

El barman se dirigió a Hadley antes del grupo de hombres que esperaba con paciencia antes que ella.

—Dos pintas de Punk, por favor. Y una para ti.

—Muchas gracias —respondió, sin realmente mirar a ninguno de los dos.

Seth no sabía si Hadley estaba coqueteando o si se aseguraba de que siempre la atendiera primero cuando había cola. No importaba. Sirvió las bebidas y se apuntó una para él, para cuando el bar estuviera cerrado. Se sentaron en una de las mesas pegadas a la pared frente a la barra. La música estaba a un volumen suficiente como para escucharla, pero lo suficientemente baja como para no saber de qué canción se trataba.

Seth se bebió la primera pinta muy rápido. La necesitaba. La plática no era tan fácil para él. Ella ya estaba bien engrasada y con muchas ganas de comenzar. Seth la miraba y sentía cosas que no debería sentir. Necesitaba sentirse así, pero, al mismo tiempo, sabía que no debía. Pero no sabía si podía evitarlo, cómo detenerlo o si eludirlo ayudaría en algo.

A Hadley todavía le quedaban tres cuartos de su bebida. Seth fue a la barra solo. Al voltear, ella escribía en su teléfono, probablemente les decía a sus amigas que había salido con él. Él hubiera preferido que lo mantuviera en secreto, pero no podía controlar todo. Era imprudente, eso es lo que Maeve diría. Así se comportaba siempre que estaba tan cansado.

Se miró en el espejo detrás del estante de las botellas. Se veía viejo. Lo sentía. No estaba seguro de qué era lo que una chica tan joven y vivaz encontraba de interesante en él. Quizá solo eran amigos. Quizá eso era mejor. Quizá esto no era real. Otra idea en su mente que pronunciaba en voz alta para sí mismo.

El espejo mostró sus hombros encogidos al pensar en esto. Y Maeve saltó dentro de su cabeza. Se preguntó lo que estaría haciendo esa noche, mientras él pretendía estar con colegas del trabajo. Fingiendo ante Hadley ser alguien que no era.

80

Maeve estaba sola.

Solitaria.

Son cosas distintas.

Ella era ambas.

Sabía que Seth no estaba con sus colegas. Odiaba a esos tipos. Siempre evitaba esos eventos, si podía.

Su mente tropezó con esas conversaciones nocturnas. Sabía que antes ya había hecho amistad con hombres. Otros que tenían dificultad para apagar la luz en la noche y gozaban de la compañía hasta que las cosas comenzaban a ser menos normales. Pero esta era, definitivamente, una mujer. Había una tonada en el murmullo que escuchaba desde la comodidad de su cama. La hacía sentir incómoda. Comenzaba a dar vueltas, pensando en quién sería esa chica, su nombre, su apariencia física, por qué era tan atractiva. ¿Sería lo contrario de Maeve? ¿Era lo que antes era ella?

Se sentó en el sofá; la casa estaba en silencio. Tomó vino, como siempre hacía. Vio las noticias, como siempre hacía. La atención de la prensa nacional seguía en la chica que encontraron en Warwickshire. El detective a cargo estaba de nuevo en la pantalla. Él la excitaba. Claramente atraída por ese tipo de rostro. Desgastado. Ojos oscuros.

Misterio. Algo al acecho debajo de la superficie, que raramente surge pero que es primario y animal.

Despertaba algo en ella que la hacía sentir ansiosa y excitada.

Extrañaba esa parte de Seth. Su espontaneidad. Los instintos naturales que se apoderaban de él. Miró su sofá, pero él no estaba ahí. De hecho, desde hacía algún tiempo, incluso cuando estaba sentado en el mismo salón que ella, no estaba ahí en verdad.

Porque estaba fuera con Hadley. Estaban bebiendo mucho. Conducir de regreso a casa implicaría hacerlo por encima del límite legal y aún faltaban más tragos antes de que se pusiera al volante.

Decidieron quedarse en el pub y comer. Se estaban divirtiendo juntos. Tenían una mesa y dos asientos. En el lugar servían una buena pizza, según Hadley, y un postre de *gnochetti* —buñuelos con azúcar, cubiertos de miel, chocolate o canela—. «Para morirse», se regocijó.

La cerveza le quitaba los nervios a Seth y ahogaba esos pensamientos fugaces sobre su esposa. Ahora, esta mujer parecía perfecta para él. Había llegado justo en el momento correcto. La necesitaba.

No estaba seguro de por qué estaba ahí, qué veía en él; pero él siguió mostrando sus mejores atractivos. Como lo haría cualquiera en la primera cita.

Hadley deseaba a Seth esa noche. Para ella esta era la tercera cita. Con alguien que conocía bien, que estaba consciente de su lado más oscuro, todos esos intentos fallidos, y la aceptaba con ello. No como el idiota del otro día, que solo quería mojarse el pito.

No. Esto era diferente. Él era diferente.

Hadley deseaba a Seth esa noche. Y Ant podía verlo.

Estaba sentado en un rincón del Beerd. En la mesa redonda cerca de la puerta de los baños. Debajo del letrero «Cerveza artesanal» y de las luces de neón de «Pizza». Podía verlos a través del cristal. Podía ver el rostro de Seth. Y no le gustaba. Ni un poco. La chica era frágil. No podía ver cómo un idiota que acababa de conocer hacía cinco minutos la empujaba al límite.

Los observó. Los acechó. Y cuando se fueron, los siguió hasta el estacionamiento. Ahí también los vigiló. Observó todo.

81

—¿Nos vamos de aquí? —preguntó, con una picardía en la expresión que Seth no podía resistir.

Estaba saturado de pizza, cerveza y pensamientos impuros. Una caminata en el aire fresco de Oxford podía ser justo lo que necesitaba. Ella lo hacía sentir ligero. Se divertían. Se permitían ser irracionales, no se tomaban muy en serio. Los empleos, las hipotecas, las rentas de coches y los pagos de tarjetas de crédito tendían a succionar esa irracionalidad, para reemplazarla con responsabilidad y obligación. La verdad es que no es necesario que haya un reemplazo, ambos pueden coexistir.

Hadley arrastró su banco hacia atrás y se puso de pie. Tenía la misma altura que cuando estaba sentada. A Seth le pareció adorable. Cada uno de sus gestos le parecía igual. Adorable. Encantador. Atractivo. Ella era magia.

El barman se despidió de ellos con un gesto con la mano y salieron a la calle. De inmediato, ella volteó hacia la izquierda, por donde Seth había llegado, pero que no recordaba porque había estado muy ocupado consultando su teléfono. Esta vez, memorizó todos los detalles. No estaba tan paranoico de que lo vieran.

Miró todo lo que estaba frente a él y nada detrás.

El cine Odeón estaba a su derecha y pensó en la última película que había visto con Maeve. Ya no salían para nada. Nunca se divertían. Raramente hacían cosas juntos. Entre el lugar donde se encontraban y el bar Cuatro Velas, advirtió a tres indigentes. Uno pedía limosna con un vaso de papel, otro acariciaba a su perro y el tercero descansaba sobre lo que parecía una andadera con asiento.

—¿Qué hay allá? ¿Otro bar? ¿Un club? —preguntó Seth, sin saber adónde ir.

El aire tenía un efecto sobre el alcohol de su cuerpo y su visión, ya en primer plano, se borraba lo suficiente como para que tratara de alejarla parpadeando.

—Aquí está tu coche, ¿no?

Se detuvieron en la esquina y vio el letrero de la calle Worcester.

—Mmm, sí. Está ahí. No se puede ver. Detrás de esas barreras —señaló—. ¿Ya terminamos? ¿No quieres que vayamos a otro lado?

—Pensé que quizá, primero, podías llevarme a casa.

Seth no supo qué responder; ella cruzó la calle.

Cuando entraron al estacionamiento casi vacío, Hadley tomó la mano derecha de Seth con su mano izquierda, entrelazando los dedos. Se sentía extraño, pero no inadecuado. «No estás haciendo nada malo», pensó él.

«Esto no es infidelidad».

«Nunca podría hacerle eso a Maeve».

Miró alrededor del estacionamiento, pero no miró hacia atrás, sobre su hombro. Parecía que no había nadie. Sintió que comenzaba a sudar de nuevo. Obediente, aceptó su solicitud. A eso estaba acostumbrado, a hacer lo que la mujer decía.

Seth buscó las llaves del coche en su bolsillo y apretó el botón para abrir las puertas. Olvidó rodear el automóvil y abrirle la puerta a Hadley; poco caballeroso, dejó que ella se las arreglara sola. Su cabeza zumbaba. Era evidente que ella no solo quería que él la dejara en su casa. La velada había sido extraordinaria, ¿pero era ese el siguiente paso lógico? Maeve lo había hecho esperar semanas antes de dejar que la viera desnuda. Fue hace mucho tiempo, pero lo recordaba.

Al cerrar la puerta del conductor, las luces interiores se atenuaron.

—Okey, señora, ¿adónde? —dijo, tratando de imitar la voz de un taxista—. Espero que no sea muy lejos, porque bebí mucho.

Ambos rieron.

Hadley se inclinó hacia él y lo besó en la boca. La mano con la que había tomado la de él descansaba ahora sobre su mejilla. No metió la lengua. Solo algunos besos suaves en los labios. Pero fue suficiente para que a Seth se le comenzara a parar.

Y a confundirse.

Cerró los ojos mientras ella lo besaba de nuevo, pero se mareó, así que volvió a abrirlos. No ayudó. Sus ojos estaban muy cerca de los suyos y se esforzó en enfocarlos.

Después, abrieron la boca y ella empujó su lengua para tocar la de Seth. Aún suave. Aún delicado. Él no sabía dónde poner las manos, así que dejó la izquierda sobre el asiento de ella y la derecha en el tablero. De esta manera, deliberadamente no la tocaba. Reaccionaba. Eso era todo.

Ella movió la mano hacia sus pantalones y advirtió que estaba excitado. Era sobre la ropa. Eso no era ser infiel, seguro. Pero la mano se metió en sus pantalones. Era terreno peligroso. Seth estaba excitado, pero también sentía otra cosa que no podía interpretar con exactitud.

Se besaron mientras ella lo tocaba. Bajó la cabeza y metió la punta de su verga en la boca.

—Espera, espera, espera —dijo, subiéndole la cabeza.

—¿Qué pasa? ¿No te gusta?

—Claro que me gusta. Es solo que… solo que necesito decirte algo.

Su mano siguió trabajando mientras lo miraba, atenta.

—Me puedes decir cualquier cosa, Seth.

Le ofreció esa sonrisa que era solo para él.

—Estoy casado.

Y, sin pensarlo mucho, respondió:

—No me molesta si no te molesta a ti.

Siguió sujetándolo.

—¿Qué? ¿Esa es tu respuesta?

Sonaba como si estuviera asombrado, pero sabía que estaba enojado con ella.

—Mira, Seth, no estarías aquí conmigo si en casa todo estuviera perfecto con tu esposa, ¿o sí?

Seth lo pensó un segundo y dijo:

—No. Supongo que no.

No quería serle infiel a Maeve, pero parte de Seth se alegraba de que Hadley se sintiera así.

82

Él se inclinó sobre mí y jaló la palanca para reclinar el respaldo del asiento. Quedé recostada y se puso encima. Estaba sucediendo.

Alcé la mirada para verlo.

—Ese rostro. Tan puro. Tan suave.

Me acarició con el dorso del dedo. En ese momento, trataba de ser seductora. Para nada pura.

Me acomodé para bajarme los calzones y patearlos a mis pies.

Mis piernas se abrieron ligeramente, como para invitarlo a entrar.

Lo miré, cómplice. Segura de lo que iba a pasar, de lo que quería que pasara esa noche. Las barreras oscurecían el interior del coche.

Pero no estaba excitado. Estaba enojado. Por lo que dije de su esposa.

Dejó caer su peso sobre mí.

—¿Estás bien, querido? —pregunté.

Levantó el pecho para mirarme a los ojos. Busqué en esos oscuros círculos para saber si sentía lo mismo que yo.

Después, empujó su antebrazo contra mi garganta. Al principio, me gustó. Por supuesto. Soy una puta asquerosa, ¿cierto? Los hombres siempre querían que fuera más obscena o querían purificarme. Creo que malinterpreté a Seth.

—Estoy casado —repitió, separando las palabras a propósito. Presionó aún más contra mi garganta—. Nunca vuelvas a faltarle al respeto a mi esposa.

Ahora, estaba forcejeando. Arqueé la espalda para tratar de levantarme, pero era demasiado débil. O él era muy fuerte. Traté de gritar. Jadee. Rechinaba los dientes. Podía ver que el ruido lo molestaba. Desesperada, avancé las piernas hacia la guantera. Quería romper el parabrisas, provocar un escándalo. Él lo sabía. Pero también sabía que estábamos ocultos.

Me golpeó el rostro.

—Es mi esposa.

Volvió a golpearme para hacerme callar, pero yo seguí retorciéndome. Me dio un puñetazo en la nariz y la mano se le llenó de sangre. Mis ojos se inundaron.

Siguió golpeando en el mismo lugar, una y otra vez, apretando mi cuello cada vez más fuerte. Me dio un cabezazo en la cara y restregó la suya sobre la sangre que había provocado.

—Tú no hablas así de ella, carajo. Tú no eres nadie.

Movió ambas manos alrededor de mi cuello y empujó los pulgares tan profundo que podía sentir que estaba dentro de la garganta. Mi delicada garganta.

Podía verlo a través de la sangre y las lágrimas. Veía cómo la luz aumentaba en sus ojos. Luego sentí que me ahogaba.

Luego un zumbido en los oídos.

Luego nada.

Seth observó cómo la vida se escapaba por sus ojos. Era una sensación incomparable. En ese momento, era Dios. Tenía el control.

Terminó gritándole una vez más y escupiendo en su rostro. Luego giró y se sentó en el asiento del conductor para recuperar el aliento.

—Carajo.

Hablaba para sí mismo. Miró el cuerpo de ella. No tenía que asegurarse, definitivamente estaba muerta. Pasó la mano debajo del volante y jaló la palanca para abrir la cajuela.

Salió y rodeó el coche hasta la puerta del copiloto, la abrió, tomó a Hadley Serf por el tobillo izquierdo y la tiró sobre el concreto. La parte posterior de su cabeza se estrelló contra el piso.

Retorció su hermoso cabello alrededor de su mano y la arrastró hasta la cajuela, la metió debajo de su colección de bolsas de supermercado y de uno de los abrigos de Maeve.

No quiso mirar alrededor. No quería parecer sospechoso. Solo tenía que actuar como si todo fuera normal. Así que se subió al coche y encendió el motor. Después salió del estacionamiento y dio vuelta a la izquierda, donde esperó en un alto durante treinta segundos.

Le dio tiempo para estirarse debajo de la guantera, donde estaban los calzones de Hadley. Los recogió y se limpió del rostro tanta sangre como pudo. No había mucho material con que hacerlo. Era evidente que ella lo había dado todo por hecho.

El semáforo pasó al verde.

Seth siguió manejando. Sin rebasar el límite de velocidad. Solo miraba hacia adelante. Era todo lo que tenía. Todo lo que estaba detrás era pasado. Era un lío. Pasó frente al teatro y vio que presentaban *El libro de la selva*. Se preguntó cómo harían para ponerlo en escena.

Izquierda en el siguiente semáforo.

Dos chicas asiáticas, probablemente borrachas, caminaban cerca del borde de la banqueta, en la parada del autobús, tratando de conseguir un aventón de alguien que las aceptara. Seth se imaginó que las atropellaba, pero siguió su camino.

Seth estaba exaltado; su visión parecía recuperarse bien y la adrenalina dominaba los efectos del alcohol. Conducía en piloto automático. No muy despacio. No muy rápido. Nada que llamara la atención. Vio unas luces en el espejo retrovisor. Todavía tenía sangre en la cara. No podía permitir que lo detuvieran.

Finalmente, la señal que esperaba.

Londres. A40. M40.

Un camino largo y directo a casa.

Poco después, la agitación disminuyó. Su ritmo cardiaco se desaceleró y todo volvió a estar en primer plano. Cabeceó unas veces y tuvo que abofetearse para permanecer alerta. Durante casi veinte minutos, olvidó que Hadley estaba en la cajuela.

Seth dio vuelta en su calle. Era tarde. El alumbrado público estaba encendido, pero muy pocas casas mostraban signos de vida. Se estacionó lentamente en la entrada, apagó el motor, jaló el freno de mano y salió del coche. La luz azulada de la pantalla del televisor bailaba a través de la ventana junto a la puerta de entrada. Sin duda, Maeve estaba dormida en el sofá.

El aire nocturno le provocó algo. Volvió a sentirse ebrio. Deprimido. Comenzó a hiperventilar. Cuando llegó al umbral, estaba llorando y no sabía por qué.

Palpó sus bolsillos para buscar las llaves, pero las había olvidado en el coche. Eso le provocó un estrés excesivo y tocó la puerta. Miró por la ventana. Podía ver los pies de Maeve en el extremo del sofá. No se movían.

Volvió a tocar, esta vez más fuerte, y ella se sobresaltó.

Se puso de pie y miró hacia la ventana, hasta que reconoció el rostro de su marido. Eso la hizo sonreír. Una sonrisa profunda, gloriosa y agradecida que hacía meses él no veía. Pero Seth seguía llorando. Y la sangre aún manchaba su rostro.

Maeve se acercó. Se acercó más. Finalmente, dio vuelta a la cerradura y abrió la puerta.

Las lágrimas de Seth formaban surcos sobre la sangre de Hadley que había ensuciado sus mejillas.

Maeve lo miró de frente.

—Oh, Seth. ¿Otra vez? —preguntó, impávida.

—Esta realmente me gustaba, Maeve. Esta vez no quería matarla.

Seguía llorando.

—¿Dónde está?

—En la cajuela.

—Métela. Límpiate. Voy por el cloro.

Seth hizo exactamente lo que ella ordenó.

Maeve cerró la puerta, besó a Seth y sonrió.

No podía dejar de sonreír.

ESA NOCHE

Sé que sonrío. Ya he estado antes en esta situación. Sé lo que hay que hacer y cómo actuará Seth, cómo cambiará durante un tiempo una vez que limpiemos el cuerpo y nos deshagamos de él. Me necesita.

Lo tengo a él.

Sin embargo, fue menos tiempo que la última vez. Quizá ahora será aún menos.

Pienso en lo agradecido que estará conmigo, lo servil que será. Y pienso en más adelante, en la botella de vino tinto que compartiremos mientras vemos por televisión cómo la policía hace sus investigaciones a tientas. Seth se pondrá nervioso y querrá cambiar el canal, como siempre hace, mientras yo cruzo las piernas con un poco más de fuerza al ver la oscura sombra del detective decir al resto del país que no tiene de qué preocuparse, con su equipo detrás de él, haciendo más cagadas que descubrimientos.

Siempre me aseguro de que no haya nada que descubrir.

Limpio. Corto. Recorto. Secciono.

Y Seth llora. Tiembla. Gime. Se disculpa.

Empiezo a recordar. Pienso en sus largas noches, solo en la sala, y los murmullos que vibran por la opaca alfombra gris neutro de las escaleras cada que tiene otra conversación a media noche. Recuerdo la manera en la que me cogió la semana pasada y lo pongo en duda. Me pregunto cómo será la apariencia de esta y si se la cogió igual. Quizá aprendió de ella algunos movimientos.

Después me pregunto si sería más que solo eso. Quizá le hizo el amor. Quizá yo era su putita, y no al revés.

Ant no sabía qué hacer. Podía ver la entrada del garage de la casa de Seth. Se quedó ahí sentado, inmóvil y aterrado por lo que se desarrollaba frente a él. En realidad, no sabía dónde estaba. Londres, en algún lugar. Las afueras. Un vecindario más o menos rico, si el tamaño de las casas servía de referencia. El último lugar en el que hubiera esperado encontrarse, mirando a un hombre sacar un cadáver de la cajuela de su coche.

Pensó en llamar a la policía. ¿Pero, qué diría? ¿Que estaba acosando a una mujer con la que había tenido un malentendido por teléfono? ¿Que la había estado siguiendo? Querrían saber cuánto tiempo llevaba haciendo eso. Y seguramente eso levantaría sospechas sobre el ataque al hombre que había salido de su edificio tarde por la noche esa semana. No quería exponerse así.

Seth salió de la casa.

Ant sabía qué estaba pasando. Iba por Hadley Serf. Seth iba a sacar a la dulce joven loca de la cajuela de su coche y la metería a su casa.

Ant sabía lo que él debía hacer. Debía llamar a la policía de inmediato. Quizá podía hacerlo de manera anónima. Tal vez podría hacer la llamada y nunca más usar ese teléfono. No pretendía obtener ningún tipo de premio o reconocimiento.

Con cuidado, deslizó la mano al interior del bolsillo de sus jeans, con un movimiento que no hiciera que el coche se sacudiera. Estaba hundido en el asiento y solo sobresalía la parte superior de su cabeza. No es que Seth estuviera viendo. Tenía preocupaciones más graves.

«Debería llamar a la policía», pensó Ant. Miró la pantalla vacía y oscura de su teléfono; después, se incorporó lentamente mientras Seth pateaba con torpeza las piedras de la entrada en su camino al automóvil.

Ant presionó el botón de su teléfono para encenderlo. La luz ocultaba las huellas en toda la pantalla. Hacía el menor ruido posible. El teléfono reconoció su huella y cobró vida con un brillo.

Debió llamar a la policía allá, en ese momento. Terminar con todo. Aliviar el sufrimiento de tres familias. Pero Ant no hizo eso. En su lugar, activó la cámara y fotografió todo.

Observo cuando la saca de la cajuela. Es torpe e indiscreto. Sé que está a punto de echarse a llorar de nuevo.

La mece en sus brazos; se ve fuerte y patético al mismo tiempo. Un hombre y un niño.

Ella, quienquiera que sea, parece pesada en sus brazos. Pero más ligera de lo que yo parezco. Y no puedo mirar ni hacia atrás ni hacia adelante, ni siquiera este momento, ahora. Solo puedo ver lo que está en mi mente. Cosas que tal vez nunca sucedieron. Lo peor. Una felicidad que no había visto en la mirada de mi esposo hace tanto tiempo que no puedo recordarlo. La cercanía que nos involucra.

Ya no sonrío.

Seth está parado en el umbral con otro flirteo muerto. Enredo un buen mechón de su cabello con la mano derecha y la arrastro, alejándola de él, jalándola hacia la entrada de nuestra casa; su cuerpo empezaba a ponerse rígido y se golpeaba contra el suelo de madera.

—Quítate de la puerta, Seth.

Está ahí parado, mirándola. Veo cómo sus ojos se vuelven a llenar de lágrimas. Mira sus manos, luego a mí, después de regreso a la hermosa cosita muerta en el vestíbulo.

—Ven acá. Todo el jodido mundo puede vernos.

Lo jalo por el saco y entra a la casa. Miro por la ventana hacia nuestra pintoresca calle. Hay un coche que no reconozco, estacionado del otro lado de la calle, pero pienso que es paranoia. Es solo la situación.

—Lo siento —dice Seth en un murmullo.

—¿Me lo dices a mí o a ella?

Tarda mucho tiempo en contestar, empieza a molestarme.

Quiero disfrutar este momento, pero no me deja. Ella no me deja.

—Sube, Seth. Ve al baño. Lávate y cámbiate de ropa. Tenemos mucho que hacer y necesito que salgas. ¿Okey?

Nada.

—¡Seth! —alzó la voz—. No tengo suficiente cloro. Tienes que salir y conseguir más cloro.

Soy directa. Fría.

Él solo la ve a ella.

—Seth —repito—. Seth.

Esta vez, lo jalo por el hombro de su saco.

—Seth.

Le doy una bofetada fuerte y lo regreso a nuestra realidad. Está recargado contra la pared, sus ojos ahora están fijos en mí.

Me acerco a mi marido y pongo la mano suavemente sobre el lugar donde acabo de golpearlo, frustrada.

—Escucha, querido, todo va a estar bien. Pero tenemos que arreglar esto.

Me acerco a él. La sangre de ella le mancha todo el rostro.

—Sube y échala en la tina. Luego lávate toda la sangre y cámbiate de ropa. La quemaremos. Después, necesito que

266

salgas y compres algunas cosas. Para poder limpiar otra vez tu jodido lío.

Tomé su cara y la acerqué a la mía para besarnos. Un momento de pasión, lleno de deseo, de odio, de miedo y de excitación. Sangre y lágrimas y saliva.

Puedo sentirlo todo.

Y ese frío y hermoso error en el suelo junto a nosotros, tirado ahí, ajeno, es una suerte que nunca volverá a sentir nada más. Porque sé lo que estoy a punto de hacer.

Su cansancio exacerbó todo. Su placer aumentó cuando bloqueó el flujo de oxígeno al cerebro de Hadley Serf en el asiento reclinado de su coche. Su pánico se intensificó cuando se detuvo en el primer semáforo, con la sangre en su piel y un cadáver en la cajuela; ese semáforo tardó una hora en cambiar de rojo a verde. Y su tristeza empeoró conforme sus zapatos se arrastraban sobre la grava de la entrada del garage de su propia casa. Su decepción se profundizó al darse cuenta que había olvidado las llaves. Y su miedo se exacerbó cuando su esposa caminó hacia la ventana, consciente de la situación. Seth no estaba seguro de cuánto más podría soportar ella.

Pero su alivio aumentó al ver su reacción ante su último error. Sintió el cuerpo más ligero al entrar a la casa. Entonces, cuando Maeve le quitó a la chica muerta de las manos, jalándola por el cabello y haciendo que golpeara el suelo con un ruido perturbador, se entumeció. Como un soldado estupefacto en la guerra; no oía nada, o un pitido monótono conforme las balas silbaban junto a su cabeza y las explosiones detonaban a su alrededor. Seth estaba ahí. Pero no estaba.

No fuera de control. Pero sin tenerlo tampoco.

Maeve hablaba, podía ver cómo se movían sus labios, pero no la oía. Lo único que tenía sentido era el rostro pálido y ensangrentado de la chica en el vestíbulo. Un cable cruzado. Una amarga casualidad.

Luego, Maeve lo abofeteó con fuerza.

Y de nuevo recordó el placer del asesinato. Sintió la sangre precipitarse hacia su verga al sentir su peso sobre él y lo besó con vigor; sus labios húmedos hurgaban la sangre de la chica a la que había matado y que permanecía sobre su piel alrededor de la boca.

Sabía lo que tenía que hacer. Ya lo habían hecho antes.

Seth se agachó y pasó una mano por la nuca muerta de Hadley y la otra por debajo de sus rodillas muertas. Usó la fuerza de sus piernas para levantarla. Otra vez estaba pesada. Y subió con ella las escaleras; su cabeza muerta golpeó dos veces el barandal, en su intento por pasar por ese pequeño espacio.

La aventó a la tina del baño de visitas, cayó rodando de sus brazos. Golpeó el acero con la cara y el resto de su cuerpo torcido lo siguió. Seth echó un último vistazo a la chica que lo había enamorado por teléfono, que había acariciado su ego en el café y el bar, y su pito en el coche. Sacudió la cabeza. Un poco con compasión, un poco con repugnancia.

Se desvistió frente a ella e hizo un bulto con la ropa y lo dejó sobre las baldosas para quemarlo más tarde. Todo en esa habitación se limpiaría y se tiraría. Sus pantalones y la ropa interior desaparecerían al día siguiente. La chica en la tina tomaría un poco más de tiempo.

Maeve hacía ruido en la cocina. Abría alacenas y sacaba cosas. Seth creyó escuchar cómo hervía la tetera. Muy británico, pensar en el té durante una crisis.

Cuando cruzó el rellano, desnudo, pudo ver a Maeve al pie de las escaleras; limpiaba las pequeñas manchas de sangre en el piso del vestíbulo, donde habían tirado a Hadley. Por ahora, solo un trapo y un poco de limpiador doméstico, pero más tarde lo pasaría por cloro. Pasaría todo por cloro.

Seth abrió la llave de la regadera en la temperatura más caliente. El baño de su recámara era mejor que el de las visitas, que solo tenía una regadera de mano. Se puso debajo del chorro; aunque le dolía, quería eliminar cualquier residuo de esa noche que quedara sobre su piel. Se lavó el cabello dos veces, presionó las uñas contra el cuero cabelludo para que se lavaran por debajo. Salió de la regadera, se secó el cabello, el pecho, las piernas y se envolvió la toalla alrededor de la cintura. Se cortó las uñas lo más al ras que pudo, sin sacarse sangre, y se rasuró.

Después volvió a bañarse. Esta vez con agua fría. Se secó. Se vistió y bajó las escaleras, donde Maeve lo esperaba con una taza de café y otra sonrisa.

Se veía tan guapo. Eso estaba pensando cuando entró a la habitación. Sabía que la había dejado en la tina. Ella estaba ahí, esperando que llegara a limpiarla. Retorcida, ensangrentada y completamente vestida. Sabía qué había pasado con Seth cuando apareció en el umbral, llorando otra vez, enjuto, con los hombros caídos. Supe lo que teníamos que hacer. Lo que yo tenía que hacer.

Pero cuando apareció en el rellano de la escalera, todo lo que podía pensar era lo guapo que se veía mi marido.

Claro, sus ojos seguían sombríos por la falta de sueño, pero su rostro estaba rasurado y su cabello estaba limpio y peinado; de nuevo era mío. En ese momento, lo miré y él me miró. No el televisor, o su cena o la pantalla de su teléfono. A mí. Su esposa. Con todo lo que estaba pasando a nuestro alrededor, con la chica muerta en la tina y la sangre en la cajuela de su automóvil, supe que estaba exactamente en donde debía estar, donde necesitaba estar.

Conmigo.

—Te preparé un café —le dije. Llegó al pie de las escaleras y se lo di—. Vamos a estar despiertos un rato más.

—Gracias. Lo sé.

Tomó un sorbo, pero estaba muy caliente.

—¿Ya limpiaste esto? —preguntó, señalando el piso del vestíbulo que se había manchado de sangre.

—No era mucho. Una limpieza superficial, por ahora. Más tarde lo haré correctamente.

Por correctamente quería decir con cloro. Esa era mi arma de elección. Nuestra arma.

Entró a la cocina. Yo me había preparado un té verde. Seth y yo nos recargamos en la barra. Tomamos nuestras bebidas calientes y hablamos sobre lo que pasaría después.

—Seth, necesito que salgas. ¿Tienes efectivo?

—Claro, me sobró algo. Quizá treinta o cuarenta…

—Toma, llévate otros veinte.

Saqué un billete arrugado de mi bolsa y se lo di; después, le expliqué lo que tenía que hacer.

Tenía que llevarse mi coche y comprar mi cloro. Seis botellas. Todas en diferentes lugares. No quería que apareciera en la cámara de algún lugar y comprara todo eso, sería sospechoso. Tenía que ir a una gasolinera y llenar el tanque; luego, entrar a la tienda y comprar un par de botellas de cloro, papel de baño, pan y leche, y meterlos en una bolsa. Después, tomaría la autopista y entraría a la gasolinera más cercana para hacer lo mismo. Daría vueltas en el coche hasta que abriera un supermercado, un expendio o una tienda de conveniencia, no importaba. Necesitaba mucho cloro para la chica.

—En el estante, debajo del fregadero, hay suficiente para limpiar la casa, pero necesito más.

Asintió, incluso sonrió un poco. Creo que le gustaba la manera en la que yo tomaba el control.

Seth terminó su café y, con la boca aún tibia, me besó, apretando su cuerpo contra el mío. Su mano sobre la parte inferior de mi espalda me jalaba hacia él. Era fuerte. Y se veía guapo. Lo deseé en ese momento. Pero tenía que irse. No quería que lo hiciera y me di cuenta que él sentía lo mismo. Pero teníamos que arreglar este lío.

Juntos.

—¿Dónde están las llaves?

—En el bolsillo de mi abrigo, en el vestíbulo.

—Okey. Tengo que irme, hacer esto. ¿Estarás bien aquí, sola?

Quise decirle que no estaría sola porque había una jodida chica muerta en el baño de visitas. Quise decirle que había estado sola durante meses, mientras él se alejaba poco a poco de nuestra relación, por elegir la comodidad de desconocidos en lugar de a su propia mujer. Quise decirle que se pusiera los pantalones y consiguiera lo que necesitábamos para hacer que esto desapareciera otra vez.

Pero no lo dije, porque su mano seguía en la parte baja de mi espalda y su rostro estaba muy cerca del mío; yo también quería envolverlo entre mis piernas.

—Vete. Estaré bien. Ya he hecho esto antes.

Le sonreí y él me sonrió. Volvió a besarme antes de ir al vestíbulo y tomar las llaves de mi abrigo.

—Seth —lo llamé cuando abrió la puerta para irse. Volteó y me miró, su mano sobre el picaporte de la puerta entornada—, aquí estoy, ¿okey? Yo me encargo de todo.

Ant seguía fuera. No sabía por qué. La cabeza le zumbaba. Imágenes de su amigo suspendido de la puerta del baño, de la chica que le cuelga el teléfono, ese tipo al que siguió, golpeó y abandonó, y el recuerdo reciente de lo que había sucedido en ese estacionamiento en Oxford. No sabía lo que iba a hacer. Llevaba cuarenta y dos minutos ahí sentado. Sin hacer nada.

Así que solo se había quedado ahí, en su coche. Pensando. Rumiando.

Repasaba algunas imágenes granulosas y agrandadas del hombre que él creía que era Seth, que no trabajaba con él en los Samaritanos, que sacaba el cuerpo de la chica de la cajuela de su coche y la llevaba a la casa. La policía hubiera podido llegar hace treinta minutos, pero ¿cómo hubiera explicado su intervención? ¿Por qué estaba ahí?

Pero ahí estaba. Y, por más confundido que se sintiera, con la adrenalina que se negaba a apoderarse de él, no estaba dispuesto a abandonar.

La puerta principal se abrió de nuevo. Vio a Seth. Una versión más pulcra y arreglada de Seth, pero era él. Ant volvió a hundirse en el asiento y tomó otra fotografía del hombre que subía a su coche. Un coche distinto. La foto registraría automáticamente la hora y el lugar en la que se tomó. Estaba recolectando evidencia.

El automóvil casi no hizo ruido al arrancar, uno de esos híbridos. Avanzó y dio vuelta a la izquierda, en dirección opuesta a la que llegaron. Ant se preguntó si debía seguirlo, pero Seth ya no se veía tan nervioso como antes. Estaba más tranquilo. Ant podía notarlo en la manera en que se movía y actuaba; y Ant no era detective, no estaba calificado para jugar este juego en el que se encontraba atrapado.

Así que se quedó. Esperó hasta que el silencioso coche híbrido de Seth se perdiera de vista para incorporarse. Miró hacia la casa; las luces seguían encendidas. Tenía frío y estaba inquieto; sabía que se quedaría ahí, en el auto, a esperar el regreso de Seth. Podrían ser diez minutos o dos horas.

Ant sabía que tenía opciones. Podía quedarse ahí, en el frío, con su teléfono que perdía batería con cada segundo que pasaba, y vigilar la casa. O podía llamar a la policía y dejar que ellos se encargaran de todo. Quizá podía hacerlo de manera anónima. ¿En realidad les importaría que él acosara a Hadley, si encontraban al asesino?

Lo que también sabía era que, bajo ninguna circunstancia, debía salir del coche, acercarse a la casa y tratar de ver al interior.

Debió llamar a la policía.

Debió alejarse y ver los resultados de su llamada en las noticias a la mañana siguiente.

Debió haberse quedado dentro del coche.

Quince libras de gasolina, dos paquetes de papas con sal y vinagre que estaban en oferta, un frasco de humus bajo en calorías, dos botellas de cloro, papel de baño, una tarjeta de rasca y gana de tres libras y chicles de menta. Esa era la lista de compras de Seth para su primera parada.

El cloro sobresalía. Era incongruente. Debió comprar otros artículos de limpieza o trapos y estropajos.

Seth escogió una gasolinera que estaba a ocho kilómetros de su casa. Debió haber ido más lejos. El empleado detrás de la caja estaba aburrido, pero era platicador.

—¿Cómo está, señor?

Era profesional. Amistoso. Era entre la medianoche y el inicio de la mañana.

—Bien. Gracias.

Seth quería ser lo más anodino posible. El cajero pareció confundido mientras empacaba los artículos que había comprado Seth. Era una variedad extraña de productos para comprarlos al mismo tiempo.

Seth veía cómo examinaba cada artículo, después de escanearlo. Trató de desviar su atención.

—¿Me puede dar una tarjeta rasca y gana con terminación siete, por favor?

—¿Siete?

—Sí, por favor.

—¿Solo una?

Siempre preguntan lo mismo. Como si estuvieran programados.

—Solo una.

Seth estaba nervioso. Solo quería salir de ahí. Le faltaba comprar cuatro botellas más de cloro para Maeve. Tenía que borrar a Hadley y la noche que habían pasado juntos en su automóvil. Y se fue a un lugar en su mente en donde el pequeño y afable hombre indio que estaba al otro lado del mostrador recibía una golpiza en la cara, le sacaba los ojos y le mordía el cuello. Seth se imaginaba cómo se deshacía de su debilidad, de esta posible complicación. Y su nerviosismo cambió a excitación.

De un sobresalto, regresó a la realidad con el sonido de otro conductor nocturno, que apretó la bomba de gasolina para llenar el tanque.

El cajero le regresaba unas monedas a Seth. Puso las monedas en la mano del asesino y fue a presionar el botón que apaga el pitido y libera el combustible en el automóvil de otro cliente. Volteó para hablar con el comprador de cloro, pero ya se había ido. Y muy pronto lo olvidó.

03:36

No me gustaba estar sola con ella. Hacía apenas veinte minutos que Seth se había ido y la casa se sentía, de algún modo, más fría. La intriga humana es un veneno sencillo y seductor.

No la había visto bien cuando la subió. Era pequeña. *Petite.* No como yo. Pero no podía saberlo cuando le llamó. No buscaba a alguien que no fuera su esposa. En realidad, no creo que sepa lo que está buscando cuando hace lo que hace. Quizá es la emoción de lo desconocido. Lo que sea que lo motive, su deseo por ese sentimiento está aumentando. Lo de esta chica sucedió muy poco tiempo después de la anterior.

El té verde no me hizo ningún efecto. Vuelvo a encender la tetera y sirvo ocho cucharadas generosas de café colombiano en la cafetera. Mientras hierve el agua, voy a la puerta principal y miro por la ventana. No espero que Seth llegue pronto, pero es hacer algo. Afuera está tranquilo. Todos aún duermen. Nadie está al tanto.

En este momento, solo los animales están despiertos. Los depredadores.

Escucho el clic de la tetera y regreso a la cocina. Desde el vestíbulo, oigo movimiento en el segundo piso. Puede ser el sonido que hacen las casas cuando el aire pasa por las tuberías o el agua cae por el drenaje. O también puede ser mi imaginación. Porque así lo quiero.

No deseo andar por ahí sin hacer nada mientras el café está listo, así que subo las escaleras. Me convenzo de que algo pasa en el baño, el sonido de un ligero golpeteo contra la tina, el chasquido de la cortina de baño. Subo la escalera sin detenerme. El penúltimo escalón cruje y me detengo. Todo está en silencio. Quizá todo ya estaba en silencio. Cierro el puño derecho y llego al rellano. El baño está a varios pasos hacia la derecha.

No puede estar viva.

Miro sobre mi hombro, escaleras abajo y a través de la ventana. Me parece ver una sombra moviéndose afuera. Mi corazón se acelera. No porque tenga miedo, sino porque estoy excitada, supongo. Quizá ambas cosas. Tal vez quiero entrar en esa habitación y encontrar a la chica desorientada, pequeña y asustada que se quiso coger a mi marido, para poder ser yo quien le quite lo poco que le queda de vida. Pero yo no soy así. No es mi papel. Es el miedo.

Me detengo a un lado de la puerta y la empujo lo suficiente como para ver el fondo de la tina. Creo que la veo ahí. Hadley. No sabía su nombre, pero muy pronto, todos lo sabrían. Quizá sí trató de salirse. Quizá se regresó al escuchar el crujido del escalón. Quizá se está haciendo la muerta, esperando tomarme desprevenida.

Mi puño izquierdo está apretado y empujo más la puerta con el derecho.

Tengo que calmarme. Puedo escuchar mi propia respiración; hay tanto silencio en el caos.

Tal vez estoy cubriendo el sonido de su respiración.

Me acerco lentamente, soy prudente. Ahí está. Yace en la tina. No sé en qué posición la dejó Seth. Y él no está aquí. Yo sí. Limpiando sus tonterías. De nuevo.

Estoy junto a la tina. No sé si quiero mirarla o no, pero definitivamente, no quiero mirar a otro lado. Parece que no se mueve. Acerco mi rostro más al de ella.

Le quito el cabello de la cara. Los mechones están pegados y tengo que presionar fuerte su cabeza para que no se mueva. Más tarde le quitaré la sangre. Puedo ver que era bonita. No extraordinaria, pero sí algo interesante y poco convencional. Entiendo por qué le gustó a Seth.

A mí no me gusta.

La observo un momento, esperando que mi respiración se tranquilice. Está pálida y fría, y no huele bien. Por supuesto. No puedo evitar tocar la piel de su mejilla. Está suave. Sin arrugas. Regordeta y llena. Con cada segundo, se ve cada vez más hermosa. Sus labios están secos, pero incluso dan ganas de besar esa mueca apagada. No sé si estoy tentada.

Miro más abajo y veo las marcas sobre su cuello. Las trazo suavemente con el dedo índice.

—No te muevas, niña muerta —digo—. Por favor.

Y contengo el aliento. Todo está en silencio. Todo, inmóvil.

Espero. Aguanto la respiración. Observo a la chica.

Espero.

Luego, lanzo un alarido.

Solo los animales están despiertos a esta hora de la noche y Ant es uno de ellos.

Poco a poco, la curiosidad se apoderó de él en el asiento de su coche. Sintió que ya había esperado unos buenos veinte minutos para actuar, pero el tiempo puede engañarnos. No habían pasado ni cinco minutos y estaba agobiado por las ansias de mirar dentro de la casa.

Se irguió en su asiento y revisó su teléfono. La batería estaba a treinta y ocho por ciento. Suficiente, pensó. Bajó el brillo de la pantalla para conservar la pila. No había nada en esa calle de Londres. Las luces de los postes seguían encendidas, pero la luz del día amenazaba a distancia.

Ant abrió la puerta lo más silenciosamente posible y giró sobre el asiento para bajar ambas piernas al mismo tiempo. Hacía frío. El frío de la mañana de Inglaterra a las 4:00 a. m., sin importar la estación del año. Miró hacia ambos extremos de la calle, varias veces. Escuchó el sonido esporádico de tránsito varias calles más abajo, pero ese paraíso londinense estaba tranquilo. Muerto.

No cerró por completo la puerta del coche. Solo iba a atravesar la calle. No había nadie alrededor. Nadie lo robaría, ni robaría nada en su interior.

¿Cómo era la casa de un asesino? Se preguntó Ant. ¿Sería como su departamento? Inmaculada. Ordenada. ¿Son todas iguales? No todos los asesinos son iguales. Su cabeza zumbaba.

La entrada de la cochera tenía grava; eso lo hizo detenerse un segundo y sentir un poco de miedo. Quería acercarse. Había solo un poco de pasto a lo largo del costado del coche de Seth. Ant avanzó con cuidado, de puntitas, a lo largo del jardín, para no marcar su peso y dejar huellas. Se movió rápido hacia la puerta principal y después hacia la ventana de la izquierda, que daba a la entrada. Podía ver las escaleras que llevaban al segundo piso —en donde alguien observaba atentamente a una mujer muerta—, y una luz estaba encendida en el rincón extremo derecho, que parecía ser la cocina.

¿Por qué Seth había dejado las luces prendidas? ¿Quizá pensaba regresar a casa pronto?

Tomó tres fotos a través de la ventana, pero sus manos estaban frías y comenzaron a temblar. O eran sus nervios. El teléfono se resbaló. Con la otra mano, lo levantó y golpeó la ventana. Y el alféizar. Después se cayó. Al tratar de atraparlo, Ant tropezó hacia adelante y pateó una maceta.

En cuestión de segundos, cruzó el jardín y llegó a la calle. No quería hacer más ruido, llamar la atención, así que corrió hasta su coche y se escondió detrás de él a esperar.

Un ruido asustado mientras mis pulmones se vacían. No es un grito. Solo estoy sorprendida.

Escucho un ruido en la planta baja. Algo se rompe. Me sobresalto y vuelvo a la realidad.

Me alejo de la tina y corro al rellano. No sé de dónde proviene el sonido y no espero que Seth esté de regreso.

—¿Hola? —digo, en caso de que sea él.

En caso de que haya ignorado mis instrucciones y solo haya comprado seis botellas de cloro en la primera tienda que encontró.

—¿Seth? —pregunto.

Nada.

Bajo las escaleras con cuidado. Una sombra que no puedo descifrar pasa sobre la entrada de la cochera. Se dirige hacia la calle. Corro al primer piso y miro por la ventana. No hay nada.

Abro la puerta y saco un poco la cabeza, hacia la calle. Un automóvil estacionado. Miro hacia la izquierda y todo parece normal. A la derecha, una maceta está volcada. No se rompió, pero uno de sus bordes está descascarado.

Quizá la sombra solo fue un animal, pienso.

Cierro la puerta y presiono el émbolo de la cafetera.

La puerta nunca se abrió. «Debe vivir solo», pensó Ant.

Por supuesto.

Ant decidió que no había razón para quedarse ahí más tiempo. Vio lo que vio. Necesitaba regresar a su casa inmaculada y ordenada. Ahí decidiría qué hacer.

Hadley estaba muerta; no podía morir más. Él no podía salvarla.

Pero Seth se la había llevado.

Y Ant podía asegurarse de que no se saliera con la suya.

Que pagara por lo que hizo.

Ganó ocho libras con la tarjeta rasca y gana. Su noche de suerte, pensó.

Estaba a casi veinticinco kilómetros fuera de Londres cuando se paró a raspar el papel plateado con una moneda y descubrir los tres arcoíris que le ayudarían a pagar las siguientes dos botellas de cloro.

La gasolinera de Heston tenía mucha gente alrededor, estos lugares siempre son así. Choferes de camiones que se estacionaban para dormir un poco o para comprar comida chatarra, que contiene muy pocos nutrientes, pero proporciona un golpe de energía a corto plazo y una sensación de saciedad que los impulsa en el siguiente trayecto de su camino.

Hay hombres y mujeres vestidos de traje y blusas, que compran café y pastelillos antes de manejar hacia el norte para llegar a la reunión de las nueve. Hablan de la organización, quién presentará qué. Hablan en cifras y acrónimos.

Y hay un asesino aseado y afeitado con una tarjeta ganadora, deambulando por el supermercado 24 horas junto al área de comida, buscando un producto que lavará y eliminará cualquier evidencia de su implicación en el asesinato de una joven ingenua que pensó que por fin había encontrado a alguien que la escuchara, que se interesara en ella. Que quisiera que ella aventara sus calzones debajo de la guantera del coche. Que quisiera que sus labios suaves rodearan su verga dura.

Seth vio a los camioneros, a la gente de negocios y a los viajeros porque los buscaba, se buscaba a sí mismo. Pero ellos no lo vieron a él. Nadie buscaba a un asesino. Buscaban cafeína, papas y comida chatarra. Fue por eso que Maeve lo envió aquí.

Pero no encontró cloro. El supermercado solo vendía comida. Pudo haber comprado el último *bestseller* de bolsillo o una revista, pero todo lo que ofrecía ese lugar eran ocho libras a cambio de su tarjeta rasca y gana.

Salió del edificio principal al frío y regresó a su coche. Tenía la opción de manejar hasta la gasolinera de camino a la salida, pero esas no habían sido las instrucciones de Maeve y no quería desviarse demasiado de lo que ella había dicho. La última vez que actuó por iniciativa propia e hizo las cosas solo, apareció en el umbral con la tercera chica muerta.

Seth pensó en enviarle a Maeve un mensaje de texto para tenerla al tanto, pero era estúpido dejar cualquier tipo de rastro. Miró su teléfono y pensó en sus directorios telefónicos que estaban en la sala. Se preguntó si podría marcar un teléfono y esperar tener comunicación.

Se tranquilizó, puso su celular entre las piernas, salió del estacionamiento y entró a la autopista.

Podía manejar para hacer las compras nocturnas. Podía comprar cloro. Podía limpiar la casa de arriba abajo. Pero aún tenía que deshacerse de un cadáver. Aún tenía que quemar un montón de evidencia. Él era quien era. Él era lo que era.

Era Seth.

No podía dormir.

Quería hablar.

Lo necesitaba.

Bebí el café y no volví a pensar en la maceta rota de la entrada.

Pero no podía posponerlo más. Perdía tiempo.

La cafeína me brindó el estímulo que necesitaba conforme la adrenalina se disipaba y me arrastraba. Tomé una botella de cloro y unos guantes de hule de la alacena debajo del fregadero y volví a subir para ponerme a trabajar.

Primero, tenía que desvestirla. Esto es más difícil de lo que parece. Era un adulto (técnicamente, sigue siendo un adulto, pero digo «era» porque está muerta). Es peso muerto y eso hace que incluso una constitución tan pequeña como la suya pese casi el doble.

De las dos primeras, aprendí que lo más sencillo es cortar la ropa. Tengo las tijeras en el cajón de ese baño. Comienzo por las piernas; desde la cintura de su falda, corto hacia abajo hasta el dobladillo. No tiene ropa interior. Arrojo la ropa al suelo.

Empiezo de nuevo desde la cintura y las tijeras afiladas suben por su blusa hasta la garganta. Ni siquiera miro lo que corto. Observo su rostro fijamente. Observo su vagina, perfectamente suave, color blanco cremoso y apretada de juventud. Quiero clavar ahí las tijeras, pero no lo hago. Ya llegará su momento.

Doy un tijeretazo en el centro de su brasier negro; como era de esperar, sus pechos están erguidos. Los pezones eran aterciopelados y rosados sobre la piel lechosa. Distintos a los míos. Más viejos, oscuros y anchos. Con pequeños vellos.

Su ropa está amontonada en un rincón del baño y ella está completamente desnuda en la tina. Abro la llave y mezclo el agua fría con la caliente para tener una temperatura que no me queme las manos. La mojo con la regadera de mano para quitarle la sangre de la piel. Se junta entre sus piernas antes de desaparecer por el desagüe. Tengo que subir el agua caliente y acercar la regadera para lavar el desastre que Seth hizo en su rostro.

Después, vuelvo a bajar la temperatura y me meto a la tina. La siento y me pongo detrás de ella. Aparto su cabello mojado de su rostro golpeado y lo enjuago, pasando los dedos sobre él de arriba abajo. En el estante hay una botella nueva de champú. Vierto una buena cantidad sobre su cabello y lo tallo con cuidado hasta hacer espuma; presiono su cuero cabelludo con la yema de los dedos y le doy un masaje vigoroso.

Lo vuelvo a enjuagar. Mi ropa está mojada. No me importa.

Hay una botella llena de acondicionador. Repito el proceso. Su cabello ya no tiene sangre, está suave y brillante. Esta etapa del proceso está completa. Me inclino hacia adelante, cierro la llave y dejo el cabezal en su lugar. Muevo su cabeza hacia un lado y me pongo de pie.

Salgo del baño.

Ella está recostada sobre la espalda en la tina.

Me quito la ropa empapada y la aviento junto con su ropa. Lo quemaré todo.

Un minuto después, también estoy desnuda, salvo por los guantes de hule.

Mis ojos no dejan de mirar su rostro, mi mano izquierda levanta la tapa de la botella de cloro para abrirla. Solo queda la mitad de líquido, por eso envié a Seth a comprar más. Vierto hasta la última gota sobre su cara y froto sus cortadas, sus heridas, los ojos y la boca.

Me gusta. En verdad me gusta.

Pero el sentimiento no dura mucho. Aviento los guantes sobre la ropa y voy al lavabo. Hay una caja de madera en el armario, a la izquierda. Ahí guardo algunos artículos de tocador y cepillos. Y un cortaúñas.

Por lo que puedo ver, clavó sus uñas en la espalda de Seth mientras él la golpeaba en un maldito cuarto de hotel de mala muerte. O le metió el dedo por el culo. Quizá solo lo arañó mientras él la mataba a golpes. Como fuera, tengo que cortarle las uñas lo más al ras posible antes de limpiar toda traza de ADN adúltero.

Empiezo por los pies. Por supuesto, es un poco más difícil, pero es buena práctica y no importa mucho si cometo un error.

No cometo ningún error. Corto todas sus uñas sin hacerle una sola herida. Vuelvo a abrir la llave para que los fragmentos se vayan por el desagüe. Puedo oler el cloro en su cara.

Después, salgo y cierro la puerta detrás de mí. Me pongo unos pants grises cómodos y una camiseta negra. No necesito bañarme. No siento la necesidad de quitármela de la piel. Solo necesito que Seth regrese.

Para poder limpiarla.

Y sacarla de mi casa.

La adrenalina desapareció después de cuatro intersecciones en la autopista. A partir de ese momento, Ant solo estaba cansado. Lo que presenció esa noche y en las primeras
horas de la mañana, lo que hizo, donde había estado, apar-
tó todo eso de su mente, lo suficiente como para cerrar los
ojos.

Despertó, de pronto, con el ruido que hacían las llantas
al rodar sobre la franja de vibradores de seguridad, que está
diseñada para despertarte justo en una situación como esa.
Sujetó el volante y giró bruscamente a la derecha; por for-
tuna había bajado la velocidad lo suficiente para que ese
movimiento no fuera demasiado violento y el camino estaba relativamente despejado, así que no puso a nadie en peligro. Ant aceleró, pero permaneció en el carril izquierdo.

El símbolo de la batería en la pantalla de su teléfono
indicaba que todavía tenía diecinueve por ciento, y sonrió
al pensar en las fotografías que había tomado y que la policía podría usar como evidencia.

Pasó otras dos intersecciones sin incidente, pero Ant
sintió que divagaba de nuevo; su cabeza se inclinó despacio hacia su pecho y despertó de pronto dando un cabeza-

zo. Encendió la radio a todo volumen, pero muy pronto se acostumbró y sus ojos comenzaron a cerrarse. Abrió la ventanilla del lado del conductor para que el aire entrara y le golpeara el rostro. Hacía frío, pero esperaba que eso lo ayudara a seguir manejando.

Incluso esto empezó a no tener efecto. Ant sacó ligeramente la cabeza por la ventanilla para que el viento golpeara su rostro con fuerza, pero después de un momento, tampoco sirvió. Nada funcionaba.

Apareció el letrero que indicaba su salida. Una vez que se acabó la monotonía de la larga autopista en línea recta para entrar en las curvas, los semáforos y las vueltas de las calles regulares, le pareció más fácil conservar el buen juicio.

Nunca había estado tan contento de llegar a casa. Olía a limpio y todo estaba en orden. La horizontalidad del mobiliario, la suavidad de los cojines del sofá, la lisura de la cobija de la cama, todo ayudaba a calmarlo. Quería quitarse la ropa y guardarla. Bañarse para limpiarse del día. Pero estaba exhausto, la experiencia lo había agotado.

Ant se quitó los zapatos junto a la puerta y los colocó con cuidado junto al rodapié. Se metió a la cama, aún vestido —seguía con frío por haber manejado con la ventana abierta por tanto tiempo— y subió el edredón hasta sus hombros. Su rostro cayó sobre la almohada y sonrió; el celular en su mano derecha. Permanecería en esa posición hasta la mañana.

Entonces lidiaría con lo que había visto.

Aprovecharía bien esas fotografías.

Seth regresó a casa antes de las seis de la mañana. No advirtió que el automóvil de Ant ya no estaba estacionado afuera de su casa, porque no había notado que estaba ahí cuando se fue. Sacó tres bolsas de compras de la cajuela del coche de Maeve. Cada una con el logotipo de la tienda o la gasolinera a la que había ido. Consiguió las seis botellas de cloro que le pidió su esposa y el frasco de humus. Junto con otros artículos que no le pidió, pero que esperaba que redujeran el interés de su necesidad de biocidas a esa hora de la mañana.

Se dio cuenta de inmediato de que Maeve se había cambiado de ropa.

—¿Ya empezaste?

—La lavé y le corté las uñas. Le lavé el pelo y limpié su cara con cloro. Era bonita.

Maeve pronunció la última frase con tanta naturalidad que, de alguna manera, daba la sensación de ser un poco mordaz.

Seth no supo qué responder y eso era exactamente lo que ella quería.

Por supuesto, estaba contenta de que hubiera regresado, de que la necesitara, de volver a tener un vínculo. Pero también estaba a punto de enojarse con él por lo que estaba pasando.

Maeve rompió el silencio incómodo.

—¿Tienes todo?

—Exactamente como lo pediste.

Comenzó a acercarse a ella con las bolsas.

—¿Y el humus?

—Sí. Sí, tengo el humus.

Esta era la primera vez que Maeve miraba a Seth desde que había entrado. Dejó la taza de café sobre la barra de la cocina y se levantó del banco.

—Muy bien. Tengo hambre.

Era como si nada de esto la perturbara.

Maeve tomó un cuchillo afilado del soporte magnético y Seth se detuvo abruptamente. Ella lo miró. Quería sonreír, pero se contuvo. Después, le dio la espalda por un momento y sacó dos panes pita de una de las alacenas, los cortó a la mitad con el cuchillo y los puso en el tostador. Se acercó a Seth, lo besó en los labios durante más de un segundo y metió la mano en la bolsa para sacar el humus.

Seth se quedó ahí parado como un niño pequeño, asustado de que lo regañaran, y como un hombre que disfrutara sentirse como niño. Vio cómo se movía su cuerpo dentro de los pants flojos y se dio cuenta de que no estaba usando ropa interior. Había olvidado cuánto le gustaba la forma de sus brazos. Se quedó quieto, las bolsas de provisiones no deseadas se hundían en sus manos por el peso. De pie. Esperando.

Seth ya se había olvidado de Hadley. Supuso que se saldría con la suya, igual que antes. Quería cogerse a su esposa otra vez. Quería subirla a la barra de la cocina. Quería bajar los tirantes de su camiseta y tomarla de los brazos para impedirle moverse, para que ella se defendiera y lo golpeara.

Quería sentirse en control.

El pan saltó en el tostador y el sonido hizo que Seth se sobresaltara y volviera a la realidad de su situación. Maeve volteó, partió un pedazo del pan caliente y lo metió en el humus.

—¿Por qué no acomodas las compras y dejas aquí solo lo que necesito?

Maeve señaló una parte de la barra de la cocina y le dio una mordida a su pan.

—¿Puedo hacer algo más?

—No sé, querido. Quizá solo quítate de en medio hasta que sea buen momento de quemar su ropa.

La dominación que estaba experimentando, que generalmente lo forzaba a desconectarse, no era un afrodisíaco. Pero sabía que no se cogería a su esposa hasta que ella hubiera exorcizado sus demonios.

—Okey. Bien, estoy despierto, así que solo avísame.

Seth fue a la sala y se sentó en su sofá. Encendió la televisión y pasó algunos canales sin observar nada en verdad. Miró sus directorios telefónicos y dudó. Incluso puso la mano sobre su celular que tenía en el bolsillo.

Después, hizo algo que no había hecho desde hacía tanto tiempo que ya no recordaba. Simplemente se quedó dormido.

No te limpia, no tanto cloro. Cierto que existen cremas faciales de venta al público que ayudan a la piel seca o eliminan las manchas que se forman por la sobreexposición a la luz del sol y su eficacia está clínicamente comprobada. Pero es mínima.

Para quienes padecen eczema, un baño de cloro podría ser recomendable. Tu dermatólogo te dirá que el cloro puede disminuir de manera significativa la infección del estafilococo dorado, una bacteria predominante en las personas que sufren de esta afección de la piel. Sin embargo, se recomienda no usar más de media taza de cloro en una tina llena hasta la mitad.

Porque no hará que tu piel brille como lo hace con el escusado. Se quemará. Se ampollará. Sangrarás. Te dolerá hasta el alma.

A menos que ya estés muerta.

A menos que seas lo suficientemente estúpida como para contestar el teléfono a un completo desconocido e inicies algún tipo de conversación.

A menos que encuentres algún tipo de interés común con un don nadie, que estés contenta porque en realidad alguien te escucha. Que te excites porque te dijeron las cosas exactas que querías oír sobre las personas que estuvieron en tu vida, que conociste, quienes pensabas que te conocían. Pero que no te daban lo que necesitabas.

A menos que decidieras tomar el riesgo de una cita a ciegas y te sintieras atraída por un poco de encanto y atención. Y que eso los llevara a tragos, comida, una mamada y estrangulación, y golpes constantes en tu carita que alguna vez fue bella.

Eso es lo que dolerá. La traición. La pérdida. Los pensamientos de aquellos a quienes amamos y en quienes no pudimos confiar ni de quien pudimos despedirnos. Lo mucho que queda por hacer en la lista de cosas que hacer antes de morir y lo poco en la lista de tareas pendientes. Son cosas que dolerán.

Y el zumbido en los oídos y la súbita sensación de vértigo, que nunca has sentido antes, mientras luchas por inhalar un poco de aire. Y el terrible peso sobre tu cuello y los pulmones que arden; su rodilla entre tus piernas y la idea de que su verga está aún más dura que cuando pusiste tus sucios labios a su alrededor. Eso dolerá.

Pero no el cloro.

No las seis botellas de cloro que vierto ahora sobre tu cuerpo mientras dejo correr agua lo más caliente que se puede. No yo, Maeve Beauman, con mi apariencia de cuerpo-desnudo-y-guantes-amarillos-de-hule. No te lastimo yo, Hadley. Yo no lastimo a nadie. No lastimé a ninguna de ellas.

Yo solo soy la esposa.

La que limpia.

No he hecho nada malo.

Sumerjo la mano enguantada en la tina y revuelvo el

agua, mezclando el cloro al final, donde está su cabeza. El cabello y las cejas empezarán a decolorarse.

La dejaré ahí unas horas a que se remoje antes de volver para limpiar el área alrededor de las uñas que ya le corté. Para cepillarle los dientes, la lengua y los globos oculares. Antes de pasar el cepillo por cada orificio y limpiarla de todas las bacterias.

Arrojo los guantes de hule al montón que se va a quemar. Cierro la puerta detrás de mí. Mis pants y mi camisa negra están afuera, en el suelo. No quiero arriesgarme a que algunas fibras contaminen mi trabajo.

Pero no me los vuelvo a poner. Bajo las escaleras sin nada encima. El televisor sigue murmurando en la sala y Seth está dormido en su silla. Está sentado, pero su cabeza está inclinada hacia atrás.

Con delicadeza, me monto a horcajadas sobre él. No se mueve. Le beso el cuello, que se me presenta como un lobo sumiso. Lo muerdo. No fuerte, pero lo suficiente para forzar una reacción.

Seth se despierta y me mira.

Solo puede verme a mí. Lo sé. Era lo que quería.

Es la razón por la cual lo mantuve cansado. Y cuando terminemos, ya será mañana.

Y empezaremos todo otra vez.

ESTA SEMANA
LUNES

El detective sargento Pace no tiene idea de lo que se avecina.

En él hay un vacío del que no se puede deshacer. Está cansado. Despierto hasta tarde y trabajando solo en el caso. No quiere que nadie más esté con él. No quiere a otro agente cerca, en caso de que se infecten.

El detective sargento Pace es paranoia.

Pero es más que eso. Hay engaño.

En los momentos más oscuros, cuando está solo en ese agujero suyo, tratando de encontrar algo que lo ayude a dilucidar esto, las ve. Llamas.

Llamas negras.

Al principio, se esparcen desde su sombra como agua oscura que fluye. Se extienden por la habitación. Siente su calor. Oleada tras oleada. Y se siente como si fuera el mal. O un conducto del mal. O un portador.

El detective sargento Pace es un detonador.

Y no quiere que un agente joven y hambriento se contamine con lo que sea que alimenta el miedo de Pace. Esta cosa, lo que sea que es, real o no, lo hace actuar de manera diferente. No es él mismo. Hace que la gente a su alrededor actúe distinto a lo que lo hace normalmente.

Todo lo que toca se vuelve mierda.

Así está empezando a pensar sobre este caso. Se culpa a sí mismo. Está sucio. Está arruinando todo. Hay gente muriendo por su culpa. Por su incompetencia. Por esa siniestra presencia que siente, que sabe que otras personas sienten cuando están cerca de él.

Y está empeorando

Habrá otro cuerpo.

Quedaba solo cuatro por ciento de batería en el teléfono cuando Ant despertó, pero seguía, seguro, en su mano. Abrió su álbum de fotos para confirmar que no había sido un sueño.

Conectó el teléfono al enchufe para darle tiempo de cargar, mientras metía su ropa en la lavadora y se bañaba para limpiarse de una noche de domingo de inesperadas calamidades, que repasó cronológicamente conforme el agua caliente le caía en el rostro.

Se secó, se vistió y echó un vistazo a las fotografías que había tomado. Después, las subió a su computadora para tener un respaldo. Ahí tenía suficiente para, al menos, implicar a este tipo Seth con la policía. Si decidía compartir esta información con ellos.

«Te la llevaste», repetía en su mente.

Te la llevaste.

De mí.

Era James de nuevo. No era Seth quien debía decidir.

Ant encontró el cable de la impresora y lo conectó a la entrada de USB de su laptop. Cambió la configuración para darle la calidad más alta posible e imprimió una copia de cada una de las fotografías que había tomado esa noche.

Volvió a mirarlas. Se veía todo: Seth arrastrando a Hadley del interior del coche a la cajuela; Seth sacándola de la cajuela frente a su casa de Londres; Seth manejando un coche distinto que con el que había llegado y el interior de la casa del asesino.

Hizo tres copias de cada foto. Colocó cada juego cuidadosamente sobre el escritorio, a lo largo de cada borde, de tal manera que estaban alineados a la perfección y sujetos con clips en las esquinas opuestas para pegarlos unos a otros. Ant selló un sobre con una esponja húmeda, en lugar de hacerlo con la lengua. Había lamido el primer sobre y luego pensó en el ADN y lo tiró.

Dejó los otros dos abiertos. Uno sobre su escritorio a plena vista. Podría verlas en el momento que quisiera. Y el otro estaba escondido debajo de la alfombra de la mesita de la sala. Un lugar obvio para buscar, pero de eso se trataba. No sabía a dónde lo llevaría esto; si alguien venía tras él para quitarle las copias, probablemente lo dejarían después de encontrar el sobre del escritorio; no desearían quedarse ahí por mucho tiempo una vez que obtuvieran lo que habían venido a buscar. Y estaban junto a la computadora, si esa persona no se olvida de borrar las copias digitales.

Estaba increíblemente lúcido y descansado para alguien que había presenciado un ataque brutal menos de veinticuatro horas antes.

Aunque ya había visto la muerte antes.

Y lidiaba con esta posibilidad cada noche en el trabajo.

Cada uno tenía su propio nivel de ansiedad. Cada uno tenía su propio nivel de placer. Cada vez, una fuerza diferente.

Había ocho llamadas perdidas en su teléfono cuando Ant presionó el botón para ver la hora. Era el final de la tarde. Había faltado al trabajo. Probablemente eran ellos. No le importaba. Las únicas personas que pensaban que su trabajo era importante eran las que estaban por encima de él y eso era solo cuando necesitaban echarle la culpa por algo que habían hecho mal. Sabía que era una automatización sin significado. ¿Cómo se atrevían a decirle lo contrario?

Tenía que borrar las fotos de su celular. Ant deslizó el dedo sobre la pantalla para hacerlo y se cortó al tercer intento. Una inspección más detallada mostró una esquirla diminuta en la pantalla.

—Carajo —dijo en voz alta, para nadie, cuando se golpeó contra el alféizar—. Carajo.

Era minúsculo. Una muesca en forma de diamante, apenas visible a simple vista. Pero Ant sabía que la pieza de vidrio, con tan solo unos átomos de longitud, lo implicaba en la escena del crimen.

Se vería involucrado.

Las fotografías debajo de la mesita de la sala también lo hacían, pero se suponía que solo las descubrirían cuando estuviera muerto y esperaba que eso no formara parte de la agenda.

Esas eran las copias para la policía.

No las que estaban sobre el escritorio.

Y no las que había sellado con amor y una esponja que ya había tirado.

En cinco horas, Ant tendría los audífonos en la cabeza y escucharía a un montón de bebés llorones quejarse sobre lo difícil que es la vida.

Él pensaba diferente. Él era diferente.

Aunque seguía sucio.

Tan sucio.

102

No sé en qué momento nos volvimos tan temerarios. Al principio, cuando el amor era solo amor y no un pariente canceroso o una amante estrangulada, hacía que Seth se pusiera condón cuando teníamos relaciones. Incluso cuando los anticonceptivos me engordaban.

Ahora únicamente lo dejo que se vacíe por completo dentro de mí. Lo siento todavía ahí cuando me despierto. Como si se moviera al interior, tratando de cambiar mi cuerpo.

Hago que Seth suba conmigo. Cogimos un poco en el sofá, yo encima de él; sostenía con fuerza su cabello en mi mano. Yo tenía el control. Me daba cuenta de que el idiota estaba distraído con esos jodidos directorios telefónicos. Se moría de ganas de hojearlos y marcar un teléfono. Ya hambriento.

—Sube —le dije. No era una pregunta.

Lo llevé, agarrándolo por el pito, sujeto con firmeza en mi mano izquierda; la mano derecha sobre el barandal, para no perder el equilibrio.

Lo monté con furia y emití todos los ruidos que sabía que le gustaban; fui más ruidosa de lo necesario porque deseaba que el sonido viajara a través de las paredes y llegara hasta debajo del agua de la tina. Quería que ella escuchara qué se sentía que mi marido te cogiera.

Y cuando se vació en mi interior, bramé como ganado; apreté el vientre unos minutos, me empujé contra él y grité su nombre conforme fingía llegar al clímax, antes de caer sobre su pecho y girar para tenderme sobre la espalda, una vez que su pito se había ablandado un poco.

Ahora estoy despierta. Afuera hay luz y el día ya está avanzado. Ella se ha estado remojando durante horas y Seth sigue descansando. Su sueño es profundo. Intenso. Tranquilo. Como si fuera él quien hiciera todo el trabajo.

Todo lo que él hacía era golpear a alguien más pequeño y débil que él y después salir a hacer unas compras. La parte más difícil de su día consistía en bañarse y afeitarse la barba incipiente.

Yo quiero bañarme. Quitarme un poco de todo esto. Pero parece que no tiene sentido. Tengo que pensar en eliminar a mi esposo de la vagina de otra mujer, más de lo que hago con la mía. Tengo que entrar ahí más tarde. Y en su ano. Y su boca. También le lavaré los dientes.

Por él.

Por nosotros.

Necesito lavarme la boca. Todavía tengo el sabor de su pito. Y el del humus.

Salgo de la cama y él sigue sin moverse. Se dice insomne. Puedo verme en el espejo. Volteo sobre un costado y pongo una mano sobre mi vientre. Sigo observándome, compruebo el peso de mis senos. No entiendo por qué preferiría su cuerpo al mío. Quizá su piel es un poco más tensa. Sus pechos más firmes. Pero no mejores. No me llegaba a los talones.

Respira en silencio. Hacía mucho tiempo que no lo veía tan en paz. Años, quizá. No puedo decidir si lo amo hasta la muerte o si odio que, en este momento, esté vivo. Una parte de mí lo quiere besar sin interrumpir su sueño. Otra parte desea destrozarle la cara con un objeto pesado, por cogerse todo de manera tan drástica, de nuevo. No elijo ninguno.

El baño es perfecto. Justo lo que necesitaba. Distanciarme de la vida un momento. Cierro la puerta con llave, en caso de que Seth despierte, pero dudo que lo haga.

El agua golpea suavemente mi cabeza; con la yema de los dedos, me cepillo el cabello hacia atrás. El champú gotea entre mis senos mientras lo lavo y la puerta de vidrio está completamente empañada.

No estoy aquí. No estoy en ningún lado. Solo estoy caliente, húmeda y cómoda.

Doy un paso hacia atrás dentro de la regadera y la fuerza del agua se extiende sobre mi vientre; cae en cascada entre mis muslos. Me muevo un poco y las gotitas me golpean donde lo deseo, caen sobre mí. Quiero perderme por completo.

El dedo medio de mi mano derecha. Entre los muslos. Al principio, lento, suave, círculos húmedos. Solo rozando. Pienso en Seth, anoche, dentro de mí y en cómo me hubiera gustado que fuera. Estaba un poco flácido, un poco flojo. Cómo quería que me abrazara con fuerza, que clavara sus dedos en mi piel con más saña. Que me cogiera como si no estuviera seguro de amarme u odiarme. Quería que estuviera donde yo estaba. Que me amara, pero que me cogiera como si no.

Quería montar su cara de la misma manera en la que me cogía la boca. Quería que hiciera más ruido, que dijera mi nombre para que ella lo escuchara. Quería sentirme apretada a su alrededor en el momento en que se iba a venir. Quería que esas embestidas fueran tan reales como las que comenzaba a sentir en la regadera.

Todo se puso negro. Exhalé mi orgasmo y, cuando abrí los ojos, mi mano izquierda descansaba contra la pared de la regadera y la derecha seguía entre mis muslos.

Vuelvo a la realidad, agradecida por ese momento fugaz de vacío. Y placer. Y evasión.

Me envuelvo el cabello en una toalla blanca pequeña, el cuerpo en una más grande y suave, y regreso a la recámara. La cama está vacía. Seth se ha ido.

103

En todo el país, miles de personas decidieron taparse hasta la cabeza con el edredón cuando sonó el despertador del lunes en la mañana. O por error presionaron el botón de repetición. Sucedió. O sus celebraciones del fin de semana se extendieron hasta el domingo en la mañana y decidieron revivir su aventura comiendo en un *pub*, y eso se alargó hasta la noche, cuando el lunes parecía tan lejano que no valía la pena considerarlo.

Hadley, Ant, Maeve y Seth podían estar vinculados como cuatro personas que faltaron al trabajo al inicio de la semana, que no avisaron a sus empleadores que no se presentarían ese día; pero formaban parte de un grupo más grande de flojos distinguidos y despreocupados. Vivían a varios kilómetros unos de otros. La mejor mente criminal nunca hubiera podido establecer comparaciones que relacionaran a los cuatro.

Y, en ese momento, era todo con lo que contaba la policía. Un montón de nada. Un baño tibio, en el mejor de los casos.

El nombre de la segunda chica ya había salido a la luz. Seth ni siquiera pensaba en la ley. Se había salido con la suya una vez. Y luego otra. No había hecho nada diferente esta tercera ocasión. Había conocido a Hadley por teléfono y después en persona, y acabó por quitarle la vida, la confianza. Se desharía de ella como lo había hecho con las otras dos. Con la ayuda de Maeve, esperaba absolutamente salirse con la suya de nuevo. Quería hacerlo. No quería provocar a la policía o a los detectives.

No era que quisiera otra cosa. No quería violar a la siguiente o matarla de manera distinta, más creativa. No era ese tipo que caza la siguiente oferta o busca emociones más estimulantes que la anterior. Para arrancarle el cuello a su próxima víctima. Seth ni siquiera las consideraba víctimas. No estaba buscando a alguien a quien matar. Buscaba a alguien con quien conectarse. Eso se decía. Como solo un asesino delirante lo haría.

No quería más; quería lo mismo. Únicamente lo quería más temprano.

Seth había dormido y había dormido bien. Podía verla por completo. Las imágenes ya no estaban en primer plano. Estaban las baldosas y un montón de ropa, la tina blanca reluciente, y la chica en el agua fría que se decoloraba; su piel, que alguna vez fue clara, ahora se vuelve rosada, quemada, enrojecida.

Está de pie junto a la tina, con los brazos cruzados y el pito colgando entre las piernas. Su cabeza está inclinada hacia un lado, como si se preguntara qué había visto en Hadley Serf.

El ruido de la regadera se apaga y escucha el cerrojo de la puerta; después, la voz de su esposa que lo llama desde la recámara, preguntándose adónde fue.

Su mente vuela al momento en que ella le jala el cabello con fuerza y siente la sangre precipitarse hacia su pito. No quiere que ella entre y lo vea mirando a la chica muerta con el pene erecto, pero ahora es lo único en lo que puede pensar.

Maeve lo vuelve a llamar, pero todo lo que él escucha son los ruidos que hizo ella la noche anterior. Está clavado en el sitio en el que se encuentra. Cada vez más duro. Mira a Hadley, recuerda sus labios acariciando su verga y se pregunta si tendrá tiempo de venirse antes de que Maeve lo encuentre.

El travesaño inferior de la puerta de la recámara frota contra la alfombra y Seth sabe que no tiene tiempo.

Pero lo intenta.

No puede ver más que a la chica muerta que nunca se cogió. Él continúa. Cierra los ojos y piensa en su esposa, los músculos de sus muslos.

Hadley se desliza en su imaginación. Se une a ellos.

Lo que sea necesario.

Seth respira con fuerza, jadea.

En el fondo, lejos de la depravación, existe la realidad de que Maeve pronto entrará al baño.

Ya está ahí.

Maeve se detiene a un metro de la puerta del baño que su marido dejó entreabierta. Hay espacio suficiente para que ella lo vea ahí, de pie, desnudo, dándole la espalda; la mujer que asesinó sumergida en cloro a unos cuantos centímetros debajo de él, y el discreto, pero inconfundible sonido de masturbación masculina.

No quiere ver, pero lo hace. Por curiosidad. Desesperanza. Están bajo mucha presión, se dice. Como la esposa golpeada o la persona que se hace la desentendida sobre algún tipo de abuso.

Está atrapada en un círculo. En la situación que ella sigue permitiendo. En el pasillo en el que un extremo contiene placer y otro lleva a la antítesis del orgasmo.

Es otra cosa que tendrá que perdonar.

Maeve cierra los ojos y da media vuelta; al bajar las escaleras, se para deliberadamente sobre el escalón que cruje; conserva el control. Tiene un papel.

Seth escucha el sonido de la pisada de su esposa al golpear la madera que se queja y sabe que no va a entrar.

Sin Maeve, Seth no sabría cuándo detenerse.

104

Es mi día de mierda. Lo que nos acercó a Seth y a mí. Lo que encendió de nuevo nuestra pasión y deseo por el otro.

Comienza con un baño caliente y el orgasmo que nunca tuve anoche.

Después, comemos algo que no es ni desayuno ni comida ni cena, porque nos quedamos dormidos hasta esa hora extraña. Y bebemos café y jugo fresco de naranja, como si no hubiera pasado lo que pasó o como si fuera *de rigueur* en nuestro hogar.

Limpia la casa tan mal que, en algún momento, tendré que volver a hacerlo yo, pero al menos eso lo mantiene ocupado y lejos del directorio telefónico, mientras yo uso un cepillo de baño suave para lavar la piel de Hadley Serf.

Tres cepillos de dientes. Uno para los dientes, por supuesto. Otro que introduzco en su vagina. Y el último, con el que restriego perfectamente su culo blanqueado, antes de introducirlo unos centímetros para estar segura.

Después uso el mismo cepillo para lavar sus dientes de nuevo. Una pequeña venganza mía, aunque algo me dice que probablemente no era de las que evitara lamer culos.

Ya se está quemando bien.

Abro la llave de la regadera, la enjuago con agua fría y vuelvo a llenar la tina con más agua fría. Puede permanecer ahí durante la noche. Ya casi es hora de envolverla y tirarla.

Cuando bajo las escaleras ya es de noche; en la cocina, el horno está encendido. Algo huele delicioso. Es muy tarde para cenar, pero lo necesito. Por la ventana de la cocina, puedo ver a Seth en la parte trasera, quemando la ropa junto con algunas ramas y hojas que recogió del jardín.

Abro la puerta del refrigerador, saco una botella de vino y lleno una copa. Me es familiar. ¿Ya volvimos? Le doy dos tragos y la vuelvo a llenar, antes de regresar la botella a su sitio.

Después, nos sentamos en la sala y vemos el noticiero de la madrugada; informan al país el nombre de la chica que encontraron en el bosque y muestran una imagen de ella en la pantalla, de cuando estaba viva y no era tan bonita. La recuerdo. No era Hadley Serf. No tenía los senos firmes y la piel regordeta. Es obvio que Seth no tiene ningún tipo.

Solo las solitarias. Gente que le hable. Que escuche o quiera que la escuchen. Ese es su tipo.

Ambos estamos cansados, aunque dormimos casi todo el día. No quiero dejarlo aquí solo, me preocupa que empiece a hacer llamadas otra vez.

Uso todos mis recursos para que suba conmigo.

Él me besa en el vestíbulo y me empuja contra la misma pared contra la que yo lo empujé anoche. Ahora es él quien me guía.

Ahí es cuando lo veo. Colgado del buzón por una esquina.

No sé cuándo sucedió, porque ninguno de los dos escuchó cuando lo introducían. Era evidente que lo habían entregado en persona, porque es un sobre manila, sencillo, con las palabras «Para Seth» escritas al anverso.

Este es el inicio de mi noche de mierda.

105

Escribe «¿Cuándo te diste cuenta? ¿Dónde sucedió? / ¿Qué sucedió? ¿Cómo te sentiste?», sobre un post-it rosa y lo pega en la esquina de su monitor. Prefiere los amarillos. Ahora también hay verdes y azules. ¿Quién los pidió? ¿Pensaron que eso alegraría la habitación?

Ant trata de mantener las cosas lo más normal posible. Y ahora tiene que lidiar con un jodido post-it rosa.

No llama ningún suicida. Una llamada de un tipo que parecía joven —al final de la adolescencia o unos veintitantos años— que se empezaba a sentir cada vez más atraído hacia otros hombres. Dijo que ya le había explicado a su madre que no era gay cuando ella se lo preguntó hace algunos años y que no sabía con quién hablar. Se sentía mal por mentirle a su madre. Ant no se sintió conmovido.

Seis llamadas entrantes y él sigue con la misma camiseta con la que llegó. Quizá todo lo que había visto lo había cambiado. Se había endurecido. Insensibilizado. No sabe.

Está distraído por la nota rosa en su pantalla. Y por el sobre manila en su mochila.

La habitación está llena de una forzada falta de juicio y un tono de hipócrita comprensión. No todos los que contestan las llamadas de estas personas están aquí porque les importe o porque quieran retribuir algo. En la mayoría de los casos se trata de equilibrio. La gente hace cosas que no debería: son malos con alguien, se portan mal, ridiculizan, fornican, putean y acosan, y piensan que mostrar un poco de compasión equilibrará de alguna manera sus canalladas. Como si eso compensara el hecho de que son unos seres humanos de mierda.

El altruismo es un concepto inventado por los ricos y frívolos, que valoran demasiado su propio tiempo. Les hablan a sus hijos sobre eso, como cuando hablan de Santa Claus o de Dios. Saben que son puras sandeces.

Por supuesto, Ant sabe que también hay personas que se interesan sinceramente. Gente que se siente afortunada y no puede soportar que otros se sientan menos que lo que merecen. Es gente que sufre cuando ve o escucha a otros sufrir.

Y está Ant. Ahora es algo distinto. Mueve la pierna, nervioso, debajo del escritorio, cuando alguien le habla al oído de soledad y tiempo lejos de sus hijos. Y sabe que esta es su última llamada.

Después, está en su coche y maneja por la autopista a Londres. Solo ha ido una vez a la casa de los Beauman, pero es como la memoria muscular, parece que conduce en piloto automático.

Se estaciona al otro lado de la calle, como la vez anterior, saca el sobre de su mochila y escribe: «Para Seth» con plumón negro en el anverso. Repasa un poco cada una de las letras. No es su caligrafía.

Las luces de la casa están encendidas y puede sentir cómo su corazón golpea con fuerza la caja torácica, casi le abre la chamarra cuando se baja del automóvil.

Esto es. No puede arruinarlo. No puede dejarse atrapar.

Ant repite los mismos pasos que la noche anterior; camina sobre el pasto para no alterar la grava de la entrada ni hacer ruido.

Ahora está sudando.

Ahora necesita una nueva camiseta.

Abre la tapa del buzón y puede escuchar voces al interior. Puede ser la televisión. Podría ser el sonido de un asesino de la vida real. Su mano tiembla. Quizá esto es un error. «¿Esto es demasiado para mí? ¿Está hablando con Hadley? ¿Es una locura?».

Ant no quiere que el sobre se caiga al piso, porque podría alertarlo y él tendría que apresurarse y ser torpe. Por ahora, aterrado y tembloroso, siente que él es quien tiene el control.

Pasa el sobre por la ranura, deja una de sus esquinas del lado de su puerta y cierra la pesada tapa del buzón. Se queda colgando, sin riesgo. Quieto y desconocido. Por ahora.

Después, cruza el jardín de puntitas, como un villano de caricatura, y regresa a su coche. Se aleja. Está confundido. Está aterrado. Y está más emocionado de lo que nunca había estado en su vida.

106

Está tan blanco como la que decoloré.

—¿Qué? Seth, ¿qué pasa?

Su boca está entreabierta, como la de un idiota. El rostro pálido. Frota el dorso de la mano contra su frente.

—¿Me vas a contestar?

—Mierda.

No me habla a mí, le habla a lo que sea que está dentro del sobre. Puedo ver la rotulación. Lo entregaron personalmente para él. Debe de tener algo que ver con lo de esta noche, porque yo recogí hoy el correo.

—Seth. Seth —alzo la voz para regresarlo a la realidad—. Seth, ¿qué pasa? Te ves pésimo.

—Alguien nos vio.

—¿Qué quieres decir?

—Saben lo que hicimos.

Con esas palabras, me muestra una fotografía granulada de la fachada de nuestra casa, la luz sale por las ventanas del vestíbulo, una figura larga que se parece a un Seth poco iluminado y pixelado carga un cuerpo desde la cajuela del coche hasta nuestra puerta.

«Lo que TÚ hiciste», pienso. «TÚ, Seth».

—¿Qué carajos, Seth?

—No vi a nadie, lo juro. No había nadie alrededor. Nunca dejé de asegurarme.

Esa frase me hace pensar. ¿Se aseguró toda la noche? ¿Salió con la intención deliberada de matar a esa chica? Un crimen pasional es muy distinto a la premeditación.

Elimino ese pensamiento de mi mente.

Ahora ya no importa. He tomado una decisión.

—¿Hay algo más ahí, aparte de las fotografías? ¿Una nota?

Voltea cada una.

—No hay nada. Nada escrito. Ninguna nota. Nada. ¿Qué tipo de psicópata haría algo así?

Lo observo un momento. No tiene ni idea.

Se acerca a la puerta y la abre. Antes de que me dé cuenta, ya está afuera y mira frenéticamente de un lado a otro. Hasta espero que empiece a gritarle a nadie.

—Seth —lo llamo entre dientes. Él mira de izquierda a derecha, de izquierda a derecha—. Seeeeth.

Entra a la casa. Más pálido. Paranoico.

—¿Qué quiere este tipo?

—¿Cómo sabes que es un tipo? —pregunto, levantando la cabeza.

—Oh, Maeve, siempre es un jodido tipo.

—Entra. Te estás agitando.

Toco su brazo para guiarlo al interior. Cualquier posible pasión se ha evaporado. Esto es grave. No es parte del plan.

Aparta su brazo de mi mano, como si no pudiera soportar el contacto.

Duele.

Nos sentamos en la sala y le digo:

—Si esta persona quisiera ir a la policía, ya estarían tocando la puerta.

Él no dice nada.

—Es evidente que tiene otros planes. Todavía no sé cuáles, quizá quiere dinero, chantajearnos.

Nada.

—¿Estás seguro que no hay nada más ahí?

Me arroja el sobre, se recarga en la silla y pasa sus dedos por el cabello. Parece que está pensando en algo, pero supongo que sencillamente se desespera con mis preguntas.

Como si fuera yo quien lo irrita.

Aun así, abro el sobre y registro las imágenes. No las había visto todas. Debió haberse quedado fuera de la casa un buen tiempo, porque hay una fotografía de Seth llegando a casa esa noche y otra de él saliendo en mi coche. No hay ninguna mía.

Carajo. Seth ha hecho que ahora piense que esta persona es un hombre. Y es estúpido. Podría ser cualquiera.

Rompo el sobre y lo abro por completo, en caso de que haya algo escrito al interior. Pero no hay nada. Seth tenía razón. Solo las fotografías. Ningún mensaje. Ninguna manera de comunicarse con quienquiera que las dejó aquí.

—¿Qué piensas?

Tengo que preguntarle, porque no me da nada.

Cierra los ojos y respira profundamente. Como si de alguna manera esta fuera mi culpa. Como si yo hubiera jodido nuestra vida.

—Bueno, tú siéntate ahí y piénsalo. Cuando estés listo, avísame. Porque tenemos que deshacernos de ese puto cadáver.

Salgo de la sala. Lo dejo rumiar su autocompasión, con las manos en la cabeza y sus queridos directorios telefónicos.

Se suponía que esto debía acercarnos, pero ya nos está separando.

Una noche, tu novio cambia de parecer en el último momento y no se presenta.

Así conoció Teresa a Seth.

Ella se esforzó: se bañó, se rasuró las piernas y el vello púbico para formar un rectángulo perfecto. Se puso ropa interior que combinaba; no siempre lo hacía, no era algo particularmente importante para ella. Se lavó el cabello, lo secó y lo alació. Se maquilló y perfumó.

Esperaba.

Preparada.

Dispuesta.

Y él canceló.

La cena para dos que había preparado se convirtió en cena para uno. Ella siempre recurría a la comida para sentirse bien. La botella de vino que había abierto, porque el empleado le dijo que necesitaba tiempo para respirar, se había vertido en una sola copa y estaba por completo vacía. Estas dos cosas la hicieron sentir tan culpable, que también terminó comiéndose los dos postres que había comprado.

El teléfono sonó cuando pasaba canales en el televisor. Esperó que fuera su novio, que llamaba para disculparse y humillarse. Así podría decirle dónde ir y colgar. Pero no era él, así que de inmediato se sintió peor.

Era Seth. Y quería hablar. Ella también.

Y lo hizo otra vez.

Estaba ahí. Escuchaba en lugar de esperar que fuera su turno para hablar. Estaba atento. Y ahora, salpicaba todos los noticieros porque la tiraron en un campo en Warwickshire.

Hubiera odiado la fotografía que proporcionaron sus padres, porque pensaba que en ella se veía gorda. Tenía razón. No sabía que eso hacía que el público sintiera menos compasión por ella. Les importaba más cuando morías y eras bonita.

Quizá estaba mejor fuera de este mundo. Su único crimen era la soledad. Su falta era la ingenuidad y el optimismo. La glotonería y la culpa habitual.

El detective sargento Pace viajó desde Londres porque sabe que la encontraron. Más cloro. Más plástico. Ha investigado en los alrededores de Londres y Teresa estaba tres condados más lejos. La está perdiendo.

Maeve lo ha observado en la televisión y piensa que puede verlo, está perdiendo. Pero se equivoca con Pace, así se ve siempre. Sus ojos son sombríos por todo lo que ha visto. Por lo que no puede dejar de ver. Lo mantiene despierto. Escapó de sus orígenes en un pueblo pequeño, pero cualquiera que fuera la causa que lo hizo escaparse, lo siguió hasta Londres y lo alcanzó en Warwickshire.

Esta vez, está pálida con manchas rojas y cabello blanco. Tiene sobrepeso, es triste y está envuelta en plástico. Pero es lo mismo que había visto antes.

Es el mal.

Está en todas partes.

109

Seth Beauman parece preocupado. Pero eso es todo: una apariencia.

Sabe que así debería sentirse. Deprimido. Pensativo. Asustado. Lo que sea.

No siente nada de eso.

Ni siquiera sabe si está dormido o despierto.

Observa a Maeve beber hasta quedarse dormida, calmarse de la mejor manera que conoce. La única manera. Cambia los canales. Los que tienen mayor popularidad en la guía de televisión, que son variaciones del mismo tema: gente que cocina la cena para otros y a quien juzgan; gente que canta y a quien juzgan; gente que sale en una primera cita y a quien juzgan; gente que se quita tatuajes o que permite que su suegra escoja el vestido de novia, o la que confecciona sus propias fundas de cojines a partir de ropa que encontraron en el ático; gente que vende cosas para pagar otras cosas que en realidad no desea, gente que vive en cierta zona postal que tiene dinero que no ganó y no tiene la más mínima idea de qué hacer con sus días.

Hay personas y cosas y jueces y materiales y paneles de expertos y lágrimas y falta de talento y mala gramática.

Seth no entiende por qué Maeve lo disfruta tanto, pero lo hace. Y por eso, ella no le gusta mucho.

Todavía no ha pasado un día completo y ya está esperando que ella se quede dormida para que se vaya a la cama y él pueda continuar con su pequeño pasatiempo. Su escape. Impaciente por regresar a su proyecto.

Es su «Esposas aburridas, calientes y adictas de los suburbios».

Su «No le digas a la novia histérica que su papá escogió el horrible vestido».

Su «Tres millonarios se burlan de unos idiotas sordos».

Es lo mismo. El mismo razonamiento. La misma motivación.

Pero él mata gente inocente.

Así que es un poquito peor.

Pero no tan malo como esos adolescentes analfabetos hijos de papi que viven en esa zona postal.

MARTES

El vino era muy barato. Todos esos conservadores que le ponen.

Las impurezas.

Por eso me siento completamente exhausta después de dormir. Y por eso me siento mal. Me duele la cabeza. Y las flatulencias. La luz del día me taladra los ojos, me quema las retinas y patea mi cerebro deshidratado, haciendo que se sacuda en mi cráneo cuando un millón de pensamientos rebotan unos contra otros y explotan.

Todo está tan sucio.

Puedes padecer una cruda con una sola copa si es lo suficientemente impura.

Creo que bebí dos botellas.

Ni siquiera recuerdo haber ido a la cama. Sé que, definitivamente, me quedé dormida en el sofá, así que, o yo subí y ya lo olvidé, o Seth me cargó.

Está junto a mí; duerme como si nada hubiera pasado. Un día más en la vida de la familia Beauman.

Y así es como debemos considerarlo. Tiene razón. Pero no entiendo cómo lo hace tan bien.

—Seth.

Lo empujo con el codo derecho. Se mueve. Necesito agua. Y unos huevos. En algún lugar leí que contienen cistina que ayuda a aliviar el dolor. El ejercicio también puede ayudar, pero en este momento no puedo siquiera imaginar ganarle a un flojo en una carrera al baño.

Me pregunto si el sexo es suficiente ejercicio para acelerar las cosas y así poder cambiar el empujón para levantarme por un impulso de acercamiento.

Me doy cuenta de que es muy tarde para eso cuando Seth dice:

—¿Qué?

Como si le hubiera fastidiado por completo el día.

—Son casi las siete y media.

—¿Y?

—Que no podemos quedarnos acostados todo el día. Tengo reuniones, asuntos que atender para recuperar el día de ayer.

Más pensamientos entran en la cáscara de mi cráneo. Duele.

Seth voltea y me mira. Me encanta cuando hace eso.

—¿Trabajar? ¿Hoy? Nos despertamos a tiempo; por lo menos podemos llamar y decir que estamos enfermos.

—Así no se hace, Seth.

—Tú mandas.

Se rinde y se sienta.

—Regresa. No digo eso. No soy el jefe.

Me queda un poco de espacio en el cerebro para preguntarme por qué carajos tolero esto, por qué no llamo yo a la policía. ¿Con qué me estoy comprometiendo?

Se acuesta junto a mí y le acaricio el rostro.

—Mira, claro que no te estoy diciendo qué hacer, solo

336

digo que tenemos que evitar llamar la atención. Tenemos que seguir como si esto no estuviera pasando.

—¿Y esa mujer? ¿Y las fotografías?

—Aquí seguirán cuando regresemos. Esta noche la sacaremos, no podemos hacerlo a plena luz del día.

—Tienes razón. Eso tiene sentido. No sé cómo haces para pensar tan claramente en esta situación.

Me mira fijamente. Parece sincero. O es lo que quiero ver.

Me sonrojo. Orgullosa de mí misma porque puedo blanquear el cadáver y deshacerme de él.

Me besa.

Y olvido que quizá puedo odiarlo.

—Todavía no son las siete y media, ¿o sí? No tenemos que levantarnos ahora mismo.

Seth me sonríe. Y vuelve a besarme.

Luego, su mano está sobre mi pecho y se encamina hacia mi vientre, hasta llegar a mi entrepierna. Puedo sentir su verga dura contra mi cadera.

Abro las piernas e invito a mi esposo a que me coja para quitarme la cruda.

A que me llene con más impureza.

111

Daisy Pickersgill ayudaba a la gente.

Eso hacía.

Eso era.

Eso fue lo que la mató.

En su tercer año de universidad, en Literatura Inglesa, su hermano menor, quien estaba destinado a seguir sus pasos, salió con amigos a tomar un trago cerca de King's Cross y nunca regresó a casa.

Borracho, se había tropezado con alguien, había golpeado su hombro. Su disculpa genuina e inmediata cayó en oídos sordos. Estaba con un amigo, regresaban a la estación del metro. Quería irse. Pero el grupo de tres jóvenes no los dejaría.

Dos de ellos golpearon al amigo hasta tirarlo; le patearon el pecho, las piernas y le rompieron un brazo. El otro sacó un cuchillo y apuñaló al hermano de Daisy cinco veces en el estómago, le hizo un tajo en la cara y se fueron corriendo.

Todo el incidente fue filmado desde dos ángulos por las cámaras de vigilancia.

Freddie Pickersgill se desangró en la calle.

Y la vida de su hermana cambió.

Se convirtió en proselitista en contra del aumento del crimen con arma blanca, en particular en Londres. Formó grupos; era directa; participaba en manifestaciones. Decidió trabajar con jóvenes con problemas en el distrito al este de Londres. Si podía ayudar a una persona, detener a una persona, evitar que una persona resolviera sus diferencias mediante la violencia. Si podía estar ahí para escuchar y trabajar, sería una manera de asegurar que lo que le pasó a su hermano no se convirtiera en una estadística olvidada.

Por esta razón, cuando la llamó un desconocido, tarde en la noche, que no podía dormir y necesitaba a alguien con quien hablar, no pudo evitarlo. Daisy sería ese buen samaritano.

Tres semanas después, sus padres perderían a su única hija.

Y Daisy Pickersgill seguiría los pasos de su hermano, como otra estadística criminal.

112

Seth le hizo señas a Maeve para que saliera de la cochera. Estaba vestido con traje y corbata, sus zapatos brillaban, pero no tenía ninguna intención de ir a la oficina. Ya había sobrepasado su objetivo mensual. Maeve no lo recordaba porque nunca se lo preguntó.

Llamó a su jefe, se disculpó por no haber hablado el día anterior.

—Escuché los mensajes de voz, perdón —mintió—. Me sigo cuidando esta enfermedad, así que hoy voy a trabajar desde casa. No quiero contagiar a todos en la oficina.

Se sentía seguro. No era una pregunta, le estaba informando a su empleador que se quedaría en casa ese día. Y eso era todo.

Arriba, Hadley estaba sumergida. Necesitaba cambiar de nuevo el agua. Normalmente, este era trabajo de Maeve, pero Seth se encargó de eso para ser útil.

Comenzó por la cocina; limpió el huevo de los platos del desayuno y los enjuagó en el fregadero; después los puso en el lavavajillas, con las dos tazas de café que habían usado. Limpió la barra de la cocina; sacó la basura de debajo del fregadero y la llevó al patio de atrás, a un bote más grande.

Mientras estaba afuera, revisó la ceniza que alguna vez fueron los jeans de Hadley y la ropa interior de Maeve. Todo había desaparecido. Ninguna evidencia. Le gustaba el olor.

En el garage había un gran rollo de plástico. Lo habían usado con sus primeras dos víctimas y, fácilmente, duraría para otras tres. La policía podía buscar compras correspondientes recientes, pero Seth había comprado varios rollos hacía algunos años para usarlos como protección cuando pintó las recámaras de la casa. Maeve decidió que también tenían que cambiar las alfombras; así que Seth pintó las paredes sin preocuparse por manchar las viejas alfombras.

En el piso de arriba, Seth se quitó la ropa y la colocó en un montón cerca de la tina. Justo como Maeve lo hubiera hecho. De todos modos odiaba ese traje. Y la madre de Maeve le había comprado la corbata, por eso había insistido tanto en usarla ese día. Todo se quemaría.

Solo con los guantes de hule, y nada más, Seth quitó el tapón de la tina y vio cómo se vaciaba. Después enjuagó a Hadley Serf con agua fría; volvió a colocar el tapón y a llenar la tina.

Retiró el cabello del rostro de su víctima. No la recordaba con esos ojos protuberantes. Estaba toda dañada. Recordó cómo la había golpeado y la fuerza con la que lo hizo. Recordó sentir el control cuando empujó todo su peso contra su cuello.

Seth sonrió y pasó con cuidado un dedo enguantado por la mejilla de Hadley.

—¿Por qué tuviste que decir esas cosas, eh? No tenías que decir esas cosas sobre mi Maeve.

Espera.

La tina se llena.

Cierra la llave, arroja los guantes al montón de ropa y regresa a la recámara para bañarse otra vez.

Treinta minutos después, está en la sala, hablando por teléfono.

—Hola. Soy Seth. ¿Quieres hablar?

—¿Quién habla?

—Seth. No puedo dormir.

—Es mediodía.

—¿Quieres hablar?

—Vete al diablo, anormal. —Ella cuelga el teléfono.

Todo ha vuelto a la normalidad.

Cuando está a punto de marcar otro número, Seth escucha un ruido en la puerta principal. Alguien está tratando de meter una carta.

113

El mundo de los archivos no se pulverizaría de manera abrupta porque Ant perdiera un turno de ocho horas un lunes. Su supervisor tuvo que fingir que se había dado cuenta de que Ant no fue a trabajar cuando llamó para decir que hoy también faltaría.

—Estoy mejor que ayer, seguro regreso mañana.

—Tómate tu tiempo. Descansa.

Y eso fue todo.

Ant se subió a su coche y manejó por un camino que ya conocía de memoria, hasta la casa de los Beauman.

Esperó un poco, estacionado en su lugar de costumbre, y recordó la funesta noche en que siguió a una chica que en realidad no conocía. Y luego, cómo siguió a su asesino hasta su casa, frente a la cual estaba ahora sentado. El lugar en donde, tan solo ayer, dejaba unas fotografías.

Y ahora estaba en el umbral, con Seth frente a él.

—Usted tomó esas fotos —le dijo Seth—. ¿Quiere entrar y hablar, señor…?

—No creo que necesite conocer mi nombre, por ahora. Y tampoco necesito entrar.

—Entonces, ¿qué quiere?

Seth estaba tranquilo. Prudente. Sus entrañas traicionaban su exterior relajado. Se preguntaba si lo más fácil sería matar a este tipo. Quizá hasta sería divertido. Un reto.

No quería ser una de esas personas que solo matan mujeres. Él no era misógino.

Pensó que era lo correcto.

Pero se contuvo.

—Bueno, primero quiero que sepa que no estoy aquí para chantajearlo.

—Es bueno saberlo. No estoy nadando en dinero.

—No se trata de eso.

—Entonces, ¿de qué se trata?

Ant tartamudeó un poco. No quería que está confrontación sucediera tan pronto. Había pensado dejar otro sobre con instrucciones para Seth; dónde y cuándo reunirse. Incluso había practicado lo que diría. Ant trataba de recordar toda la información, pero la conversación no era exactamente como la había planeado.

—No he ido a la policía y no pienso hacerlo —exhaló, aliviado al poder pronunciar una de sus frases ensayadas.

—La policía no se va a involucrar y usted no quiere extorsionarme. Pero supongo que esas fotografías no son las únicas copias de lo que cree que vio.

Ant se sentía frustrado con la actitud tan serena de Seth.

—Sé lo que vi. Por supuesto que hay otras copias. Mi seguro; llegarán a las personas correctas si algo me sucede.

—¿Cómo me encontró? ¿Qué hacía en ese estacionamiento?

—La estaba siguiendo a ella. Llevaba casi una semana haciéndolo. Ella me llamó. Estaba confundida. Lo buscaba a usted.

Ant podía ver que tenía la atención de Seth.

—La estaba cuidando. Quería asegurarme de que estaba bien. No quería ver que malgastara su vida. Nunca pensé que solo le quedaban pocos días.

Seth trataba de descifrarlo. ¿Qué querría?

—Usted me la arrebató, Seth —concluyó Ant.

El sonido de su propio nombre golpeó el aplomo de Seth.

—¿Arrebatársela? Ni siquiera lo conocía.

—Pero la siguiente, sí.

—¿La siguiente? ¿De qué habla, amigo? ¿Qué quiere de mí?

Esta es la parte en la que Ant sabía exactamente qué decir.

—Ya he visto antes un cadáver y nunca había sentido algo así. Pero eso es porque nunca había visto a nadie morir. Hasta hace dos noches. Eso fue algo completamente distinto.

Ant espera que Seth responda, pero no lo hace. Solo deja que Ant hable, poniendo total atención.

Ant continúa.

—Lo quiero de nuevo. Pero esta vez quiero estar ahí.

—¿Quiere venir a matar a alguien conmigo?

—No creo que quiera hacerlo en realidad. Todavía no. Solo quiero estar ahí cuando lo haga.

A Seth no le agradó el «todavía no» de la frase. Implicaba que era algo que contemplaba. No sería algo de una sola vez. Este tipo buscaba exaltación y Seth sabía cómo se sentía. Sabía qué era el hambre. Pero tenía que mantener a este psicópata tranquilo y en el bolsillo, hasta que supiera dónde estaban todas las copias de las fotos.

No parecía ser el más brillante de los parias sociales, debían de estar en algún lugar de su casa. Seth observó cómo iba vestido. Limpio, pero sencillo. Simple. Era extraño. Únicamente su postura le decía que probablemente estaba solo.

Y así es como quería encontrarse con él. No quería que Maeve estuviera involucrada. Este tipo no tenía que saber de Maeve.

No todavía.

—¿Quiere estar ahí cuando mate a alguien?

—Exactamente. De lo contrario puedo entregarle las fotografías a la policía. Puedo hacerlo de manera anónima. Estoy seguro de que les resultará interesante. Sé que esa chica que está en todos los noticieros… Fue usted también ¿no es cierto? Teresa Palmer.

Seth lo observó. Siempre había sido muy cuidadoso. El asesinato de Hadley en el estacionamiento fue más arriesgado que los otros. Quizá fue intencional. Quizá quería que lo vieran. Quizá, para él, era el siguiente nivel.

—¿Tenemos un trato o no? —preguntó Ant, aunque conocía la respuesta.

—Tenemos un trato. Pero necesita saber algunas cosas antes de que esto suceda. En primer lugar, no regrese nunca a esta casa. No se comunique conmigo. Yo me comunicaré con usted. Lo llamaré. Lo tendré al tanto y le diré dónde debe ir y cuándo. ¿Okey?

—Okey.

Ant sonreía. Seth podía advertir la emoción en sus ojos. Solo le faltaba frotarse las manos de júbilo.

—Quiero que suceda pronto —agregó Ant.

—Tiene que olvidar esa mierda. La gente que se apresura por emoción o necesidad, comete errores. Y los errores hacen que te atrapen.

Ant asintió. Comprendía. Estuvo de acuerdo.

No tenía idea de que había sido impulsivo. Que no había reflexionado ni siquiera veinticuatro horas sobre lo que estaba haciendo. Que era él quien cometía el error. Que su sentido de control estaba completamente equivocado.

—No vive cerca de aquí, ¿verdad?

—Así es.

—Mañana. A las once. Encuéntreme donde vio lo que pasó. Le mostraré cómo funciona esto.

Seth era frío, pero sabía que tenía el control.

—¿Y Hadley?

—No hable de ella. No mencione su nombre. Ni a mí ni a nadie. Usted no tiene nada que ver con eso. Yo me haré cargo de ella. Lo haré solo. Como siempre lo hago.

Seth quería eliminar de la mente de Ant cualquier idea de un cómplice. Todo lo que Maeve había hecho por él, uno pensaría que era natural que la protegiera.

Sin embargo, no era eso.

—A las once de la noche mañana. En ese estacionamiento. No trate de hacer nada sospechoso.

—Ambos sabemos lo que está en juego, no finjamos lo contrario.

Seth se las había arreglado para expresar el nivel de amenaza adecuado para que Ant comprendiera su posición. Pero también lo asustó lo suficiente como para saber que él tampoco debería intentar nada sospechoso.

Quiso hacerle otra advertencia a Ant. Quería decirle que tuviera cuidado, que asesinar era adictivo. Que lo cambiaría. Probablemente ya lo había cambiado con solo presenciarlo.

—¿Necesita algo más, señor…?

—No. No. Tengo todo lo que necesito.

Ant dio un paso al frente, como si fuera a estrechar la mano de Seth, pero este se movió ligeramente hacia atrás, al interior de la casa.

—Llámeme señor A.

—No lo voy a llamar así. Usted sabe mi nombre. Supongo que el suyo empieza con A. ¿Lo debo llamar Alex? ¿Angus? ¿Arturo?

—Ant. Puede llamarme Ant.

Parecía un niño. Tan ingenuo. Desorientado.

—Gracias, Ant. Debemos tener cierta confianza. Lo veré mañana a las once. No quiero saber de usted hasta entonces.

Ant asiente. Da cuatro pasos hacia atrás. No quiere darle la espalda a Seth hasta que esté a suficiente distancia. Voltea y camina tranquilo hacia su coche, aunque su corazón late con fuerza y su rostro irradia de alegría ante la perspectiva de ver a otra persona exhalar su último aliento frente a él. Pero, esta vez, de mucho más cerca.

Seth cierra la puerta. Maldice en voz alta. «Mierda». Solo un murmullo.

Toma su traje y su corbata que menos le gustan y los arroja al incinerador, junto con el sobre de fotografías que no le sirven para nada. Le explicará a Maeve cuando regrese a casa.

Tenían que deshacerse de Hadley esa noche.

Después podría preocuparse por el estúpido señor A.

114

Debí cambiar el agua una vez más. En eso estoy pensando cuando mis subalternos fingen estar preocupados por mi salud, porque falté un maldito día.

Me informan y me ponen al día como si me preocupara.

Como si no me importara un carajo una estúpida copia o un estudio de mercado, cuando hay una chica muerta en mi tina y todavía hay un poco de cloro en el agua. Ya hay que enjuagarla y prepararla para deshacernos de ella.

Esta gente me habla como si yo fuera importante y yo pienso en Hadley como si no lo fuera. Quiero buscarla en las redes sociales, encontrar algunas fotografías de ella antes de que estuviera hinchada, manchada, con el cuello amoratado y sangre en los oídos. Quiero que sea tan bella como la imagino. Quiero que sus fotos muestren que disfrutó la vida y que vivió tanto como pudo, el tiempo que pudo.

Quiero fotografías de vacaciones en bikini y esnórquel con amigos, y risas y un hombre distinto cada noche.

Quiero que resplandezca. Quiero ver que sus amigos la amaban y que tenía una familia.

Porque la última chica que Seth asesinó era un poco patética. No era una mujer fuerte. No era ni ambiciosa ni vivaz. Era difícil tenerle lástima.

Quiero que Hadley Serf haya sido una luz maravillosa en la vida de quienes la conocieron o se acercaron a ella de algún modo. Quiero que lamenten su muerte sin arrepentimiento, que la extrañen. Para poder sentirme la persona más horrenda por el hecho de que se haya ido y que mi marido se la haya llevado.

Necesito sentir eso.

Al menos, necesito intentarlo.

Pero no puedo buscarla. Sería estúpido. Me pregunto cuántos crímenes se resuelven en estas épocas al mirar el historial de navegación de una persona. Estoy segura de que todas estas compañías de redes sociales pueden y registran quién busca el perfil de quién y cuándo lo hacen. Estoy segura de que las autoridades tienen acceso a estos registros con solo pedirlos, cuando es pertinente para un posible homicidio u otra actividad criminal.

Seguramente, Seth no fue lo suficientemente estúpido como para haberlo hecho. Agradezco a todos la información que, en realidad, no escuché, y los echo de mi oficina. Giro un momento sobre mi silla, mirando a la pared y golpeando una pluma contra mis dientes.

Seth fue tan fuerte esta mañana. Pienso en la forma de sus brazos mientras sostenía su peso sobre mí y arremetía entre mis piernas. Es la tercera o cuarta vez que hemos tenido sexo en la última semana y cada una ha sido diferente. En todas lo dejé que se viniera dentro de mí. No sé por qué. A él le gusta, eso sí lo sé. No le gusta eyacular dentro de una bolsa de látex. No siempre quiere salirse en el último momento; pierde la sensación, me dice. Pero durante meses no quiso cogerme. Quizá es que lo estoy dejando tener lo que desea.

Quizá es la situación. Lo que estamos haciendo está tan mal, que tal vez todo lo que hacemos se debe sentir igual.

Estoy sucia. Me hace más sucia.

La destruiste a ella; ahora me destruyes a mí.

No sé.

Lo que sí sé es que no puedo concentrarme. Estoy cruda, hambrienta y caliente. Y tengo que sacar a esa chica de mi casa esta noche.

115

Al final, se levanta un poco sobre la punta de los pies y lanza un gruñido mientras eyacula en el lavabo del baño. Cuatro fotos de Hadley están recargadas contra el azulejo, detrás de las llaves de agua.

Después, Ant tiene que limpiar todo el departamento.

Es una obsesión, por supuesto, pero también una distracción. Mañana en la noche parece estar muy lejos.

Restriega el piso y piensa en su intercambio con Seth. Tan frío. Como si no estuviera interesado; no le daba miedo la idea de que Ant pudiera ir a la policía. Después, se pregunta cuántas personas habrá asesinado Seth. ¿Serían tantas que ya estaba aburrido, pero no podía parar? ¿Era como sus propias compulsiones? Ant no siempre disfrutaba estar de rodillas con una esponja, fregando el yeso entre las baldosas, pero tenía que hacerlo.

«Quizá Seth y yo somos similares», pensó.

No lo había pensado mucho. ¿Qué haría después de ver a otra persona morir a manos de Seth? No sería suficiente. ¿Le gustaría hacerlo él mismo? ¿Podría ahorcar a alguien hasta matarlo? No era tan grande como Seth, tendría que ser una mujer. O tal vez podría empezar a hacer músculos para no reducir sus opciones.

Ni siquiera sabía cómo Seth escogía a sus víctimas. ¿Cómo las encontraba si vivían tan lejos? ¿Qué estaba haciendo en Oxford?

Tiene preguntas que requieren respuestas. Pensaría en hacerlas mañana en la noche. Esta vez, no dudaría. Lo haría bien. Practicaría frente a su ahora inmaculado espejo.

El piso del baño también brillaba, como el lavabo que había ensuciado con su semilla inútil y no deseada.

Piensa y limpia y come y se viste y sale a distraerse con los problemas de otras personas.

Pega el estúpido post-it en la pantalla con los recordatorios que ya no necesita, pero sin los que no puede vivir; coloca los audífonos sobre su cabeza y entra a la computadora. Por primera vez desde que empezó como voluntario, desde que vio a su mejor amigo muerto detrás de la puerta, desde que su vida cambió para siempre, ya no le importa ayudar a nadie, salvar a nadie. Solo quiere que sea mañana. Quiere más muerte. Sentirse más vivo.

116

Las publicaciones en las redes sociales tienden a ponerme de malas. Cuando un padre escribe «feliz cumpleaños» a un niño que no tiene edad suficiente para leerlo, sin hablar que tampoco tiene su propio perfil, me pone peor. Y mucho peor cuando cincuenta y ocho personas comentan esa publicación y felicitan personalmente al niño analfabeta.

O cuando alguien envía un mensaje a un ser querido que ha muerto. ¿Qué pasó con las personas que tenían sus ideas, pero se las guardaban? Tu tío muerto no revisa su página mientras se descompone bajo tierra.

O esa gente que escribe cosas como «Ni preguntes», esperando que todo el mundo pregunte. O «Algunas personas en verdad necesitan bla, bla, bla…», presionan *Intro* y esperan que alguien, cualquiera, pregunte quiénes son «algunas personas», y qué pasó con «bla, bla, bla». O escriben: «¿Estás bien, querida?», pero ponen los ojos en blanco mientras lo escriben, así como yo hago.

No olvides que «Para el tipo de la camioneta blanca que me rompió el espejo retrovisor y luego se dio a la huida…» nunca lo va a leer. Está bien, estás molesto, ¿pero qué esperas obtener con ello?

Los fantoches y quienes solo toman fotos de ellos mismos, y quienes solo buscan elogios. Y esas imágenes de esa hermosa y devota familia que es imposible que sea feliz, que está a punto de separarse.

Y quienes escriben un enorme párrafo sobre todo lo que les sucedió en una situación particular, comienzan con «Cuando…» y terminan con «Eso», como si fuera un incidente cotidiano, pero es claro que no es así. Y cincuenta personas presionan el botón «Me gusta» y perpetúan este tipo de comportamiento.

Cruzo el umbral de la puerta principal, después de un día absolutamente improductivo en la oficina, y estas son las cosas que estoy pensando.

Hadley, te llevaron tan pronto. Pienso en ti todos los días. Q.E.P.D.

Siete «Me gusta». Quince caritas tristes. Ocho ojos llorando.

Para el tipo que publicó fotografías de mi marido cargando un cadáver desde la cajuela de su coche hasta nuestra casa, deberías ocuparte de tus propios asuntos.

—¿Todo bien, querido?

Cuando vuelves a casa del trabajo y tu marido ya está ahí, pero se suponía que se quedaría en la oficina hasta más tarde; que, distraído, se tomó el día libre o solo fue hasta la hora del almuerzo. Preparó la cena y enjuagó el cadáver que te tenía tan ansiosa con más agua fría, lo envolvió en plástico y está listo para deshacerse de él después de que hayas comido la ensalada y los taquitos* de frijoles. Eso.

---

* En español en el original [N. del T.].

117

Seth y Maeve Beauman usan guantes para manipular el cuerpo. Huele a cloro, muerte y plástico; cabe perfectamente en la cajuela del coche de Seth. Derecho. A lo largo. Diagonalmente. La llanta de refacción debajo del culo y el triángulo reflectante junto a su brazo derecho vendado.

Está envuelta con firmeza, para que ninguna fibra del automóvil pueda pasar por el plástico y entrar a su piel.

Maeve es extremadamente cuidadosa con todos estos detalles. Es la razón por la que nunca los han atrapado. Piensa en todo. Ella maneja porque es menos probable que la policía los detenga. No excede el límite de velocidad ni olvida la direccional cuando cambia de carril.

Escuchan una canción moderna que ninguno conoce, Seth cambia la estación y dice:

—Ah, eso está mejor. ¿A quién no le gusta Elton John?

Maeve se concentra en el camino y pone la direccional a la izquierda para salir en la glorieta y tomar la autopista. Siente que el cadáver rueda un poco y se estremece. Odia que Hadley esté ahí.

Seth empieza a canturrear.

—¿En serio, Seth?

—¡Qué!

Le molestaba que, de pronto, estuviera tan tranquilo e indiferente. Estaba impasible porque ella había planeado todo. Su trabajo era hacer las llamadas, ir a tomar un trago y asesinar gente con la que había tenido algún contacto. Todo lo demás le correspondía a Maeve. Qué equipo.

Hay cinta de policía pegada alrededor de los árboles en donde la segunda chica, Teresa Palmer, fue encontrada. Estaban realizando pruebas forenses cuando los Beauman llegaron a la M40. No encontrarían nada que los relacionara con la víctima. El detective Pace había regresado a Londres para esperar los resultados. De nuevo, se encontraba a tres condados de distancia de la acción.

Pero Hadley no iba a ese campo. Era demasiado riesgoso. Los Beauman solo querían entrar a Warwickshire, encontrar un lugar tranquilo y dejar el paquete. Esta vez, no les importaba cuándo la encontraría. Entre más pronto mejor.

Si la policía pensaba que era algún tipo de matanza compulsiva, que podía existir un patrón, querrían cerrar el caso lo más rápido posible. Querrían mantener intacta la fe del público. Redoblarían esfuerzos, quizá aumentarían recursos.

Y eso era exactamente lo que Maeve quería.

118

El detective sargento Pace no va a ningún lado.

El detective sargento Pace es un fantasma.

Por los registros telefónicos, descubrió que tanto Daisy como Teresa habían hecho varias llamadas nocturnas en los días anteriores a su muerte, cada una de teléfonos celulares completamente distintos que, según sus investigaciones, eran de pago por llamada y ya no estaban en uso.

Los habían quemado.

A estas mujeres las habían preparado deliberadamente y el asesino estaba cubriendo sus rastros.

Si retrocediera un poco más en su investigación, advertiría la relación entre los números de teléfono que comenzaron ambas relaciones. Tendría el teléfono de la casa de los Beauman. Tendría una dirección. Pero se centró en los días que antecedieron a las muertes.

El detective sargento Pace está más cerca de lo que cree.

El esmog y la degradación de la ciudad empiezan a pesarle. Al principio le encantaba. Lo absorbía. Se escondía en eso. Y brillaba en ella. Tener éxito en sus casos significaba poner su vida anterior detrás de él. Había escapado de su existencia en ese pequeño pueblo para el que siempre se sintió demasiado grande.

Pero ahora, ese pequeño pueblo de Berkshire, en Hinton Hollow, parece jalarlo. La pintoresca estación de trenes y su librería independiente, los consejeros locales corruptos y la figura matriarcal de la señora Beaufort. La voz en el bosque y las llamas negras. Su vieja casa podría ahora ser un escape. La presión de Londres lo hace sentir cada vez más pequeño.

Está recostado boca abajo sobre su cama, su barba incipiente comienza a crecer, su gabardina larga de piel lo cubre como una cobija, como alas plegadas. Alrededor de la cama, se imagina un vórtice de nubes oscuras que esperan para tragárselo por completo.

Piensa en Daisy, envuelta en plástico.

Y en Teresa, envuelta en plástico.

Si tan solo pudiera vaciar su mente unas horas, dormir un poco; la mañana le ofrecería algo más en qué pensar.

119

—Samaritanos, ¿en qué puedo ayudarle?

No es sincero. No esta noche.

A Ant no le importa que la primera persona que llama se sienta sola. Que no tenga a nadie con quien hablar. Su esposa ya nunca le pregunta cómo le fue, parece que no le interesa. Siempre está en el teléfono. Él sospecha de ella. Podría estar hablando con cualquiera. Empezó a hacer más ejercicio. Está a dieta. Habla mucho con sus hijos, pero le hace mucha falta un poco de interacción con adultos. Los ama, por supuesto, pero la conversación es limitada.

Ant tiene ganas de colgar. Quiere decirle a este tipo que se amarre los huevos y hable con su mujer. Es a ella a quien tendría que decirle todo esto. Si estás preocupado porque se acuesta con otros, confróntala. Si no te importa, entonces encuentra la manera de vivir con eso. Hazlo tú también. Solo deja de quejarte. Actúa.

Ant se siente más fuerte. Como si tuviera más control.

La siguiente mujer estaba exhausta. La contrataron para trabajar treinta y cinco horas a la semana, pero con frecuencia superaba esta cifra. En ocasiones la duplicaba para obtener un pequeño bono. Era lo que se esperaba en su compañía. Así lo justificaba ella. Si trabajabas el número de horas para las que te contrataron, en realidad no estarías haciendo tu trabajo. Si salías de la oficina a las cinco, pensaban que era una mala gestión de tu tiempo, como si encogieras tus responsabilidades. Típica mierda corporativa. Cero consideraciones por la salud mental o física, si obstaculizaba la producción de ganancias.

Pero el verdadero problema es que cada vez que tenía éxito, su jefe inmediato o el director general se adjudicaban el crédito. Cada vez que algo salía mal, ella tenía la culpa. Y les encantaba echar culpas.

Su moral estaba baja. La habían exprimido. Habían agotado cada milímetro de esfuerzo en su cuerpo y mente y cosechado los beneficios para ellos mismos. Y ahora tenía miedo de que la masticaran y la escupieran, pero no quería seguir en el círculo vicioso que, para ella, ya era costumbre.

Ant tiene ganas de colgar otra vez. Quiere decirle a esta mujer que lea el manual de la compañía, que busque asesoría legal. Quiere decirle que se defienda, que lo considere un trabajo y no una carrera. Ve, haz tu trabajo, enfócate, pero ponte por encima de la compañía. De lo contrario, acabarán contigo. Y no se van a molestar en ayudarte, porque será tu culpa.

Después, un joven. Estaba aterrado por los próximos exámenes y por no dormir la noche anterior al tratar de atiborrarse la cabeza. Y dos más con la misma inquietud. Preocupados por dañar su futuro si no pasan los exámenes.

Perder peso, subir de peso. No comer suficiente. Comer de más. No poder dormir. Beber para poder dormir.

Cada persona que llama, cada individuo solitario y aislado, que tiene un problema o angustia legítimo, encuentra la valentía necesaria para hablar con un completo desconocido. Para descargarse. Para aligerar la presión, ya sea autoinfligida o no. Esta noche, varias de estas personas necesitadas son acogidas por Ant y su apatía.

Ellos no lo saben. No se dan cuenta. Piensan que es callado porque los está escuchando sin juzgar. Es su caja de resonancia. No necesariamente tiene que hablar ni dar consejos o puntos de vista. Ellos solo quieren compartir.

Así que, de alguna manera, a pesar de su falta de conversación y su pensamiento obstinado de matar a otro ser humano, su impaciencia ante el lento transcurrir del tiempo y su desesperación porque hoy sea mañana, Ant brinda un gran servicio. Ayuda a más personas que las que daña.

—Aquí. Este es el lugar.

Maeve obedece la orden de Seth y estaciona el coche.

—¿Tú crees?

También pensaba que era un buen lugar, pero quería que él lo justificara para su propia tranquilidad.

—Mira —señaló a la distancia—, la granja está a varios kilómetros de este portón y no hay luces. Se despiertan temprano; probablemente están tan dormidos como nuestra amiga en la cajuela.

«No es amiga mía», pensó Maeve. Apaga el motor y las luces.

—No he visto ningún automóvil en quince minutos —agrega Seth.

Su esposa asiente.

Hablan durante otro minuto en la oscuridad casi total, sobre el mejor lugar para dejarla.

Justo ahí, junto al portón, significa que la puede encontrar el granjero o cualquiera que trabaje en esa granja, pero también la pueden ver desde el camino, con luz de día. O podrían pasarla sobre el muro, pero siempre se corría el peligro de que el granjero cuidara su propiedad con cámaras de vigilancia y también existía la posibilidad de que no la encontraran durante un tiempo. Había varias hectáreas de terreno que cubrir. Tenían que encontrarla, no podía descomponerse junto al muro de piedra durante una semana.

—Sácala. El pasto está largo en el muro que está junto al portón. Me voy a echar un poco para atrás para que puedas arrastrarla.

—No te preocupes, estás bastante cerca.

Seth abre la puerta y sale del coche. Mira a un lado del camino y luego al otro. No hay luces. No hay ruido. Nadie está alrededor. Las únicas personas que pasan por ahí son las que viven y trabajan en esa granja. Y todas están dormidas. Voltea a ver a la casa de nuevo. Lo único que se mueve son las largas briznas de hierba con la brisa nocturna. Ni siquiera escucha ruido de ganado.

Abre la cajuela lo más despacio y callado posible. Maeve espera al volante; observa a su esposo por el espejo retrovisor. Desaparece un momento cuando se inclina hacia la cajuela y saca las piernas de Hadley Serf. El vehículo se tambalea de un lado a otro. Cada pequeño movimiento se exagera en esta situación.

Ahora es Maeve quien ve las cosas en primer plano. Mira su reflejo en el espejo. Sus grandes ojos café, cada pestaña; parpadea y parece que lo hace en cámara lenta. «Solo sácala, Seth. Apúrate».

Con una mano bajo su cuello y la otra en la cintura, Seth la levanta, da dos pasos hacia atrás y la arroja detrás de la larga hierba, cerca del muro. Una parte del plástico se rasga con una piedra afilada. Revisa el suelo para asegurarse de que la tierra no está blanda y que no dejó huellas.

El cuerpo será visible en la mañana; pero, por ahora, está segura.

La tiraron.

Ya no está.

Seth se dice que todo acabó. Cierra la cajuela con cuidado hasta que se toque cada extremo del cerrojo. Luego, apoya con todo su peso hasta escuchar el clic.

Cinco minutos después están a varios kilómetros de ahí, de regreso por un camino sinuoso. No hay otros coches. El automóvil se siente más ligero, igual que la conciencia de Seth.

Maeve no es tan ingenua. Tampoco se muere de ganas de que esto vuelva a suceder.

Todavía queda mucho por hacer. Capear el temporal. Desea llegar a casa lo más pronto posible para beber una copa de vino y estar cerca de su marido.

Él desea coger el teléfono y volver a empezar.

Cuando ya están muy lejos de la chica muerta, Seth enciende la radio. No conoce la letra de esta canción, pero tararea la tonada.

Maeve mira el velocímetro; no rebasará el límite, aunque lo único que quiere es pisar el acelerador hasta el fondo para regresar a Londres. Echa un vistazo al retrovisor. Nada detrás de ellos. Sus pestañas ya no están en primer plano.

Todo ha vuelto a la normalidad.

121

Necesitarían que la cámara tuviera flash, esos caminos eran tan oscuros. Hay postes de luz afuera de la casa, pero no veo un coche estacionado al otro lado de la calle ni siluetas acechando en los arbustos. Solo estoy paranoica, lo sé.

—¿Crees que esta noche nos observó otra vez? —le pregunto a Seth, mientras nos estacionamos en la entrada.

Me dice que no me preocupe y que no tenemos que hablar de él. Cierra el tema. Después, cierra la puerta detrás de nosotros y pone el cerrojo. Y yo cierro el refrigerador, después de servirme una copa llena de *chardonnay*.

Estoy cansada.

Seth está tenso.

Ha sido agotador. Ser cuidadoso es difícil. La frivolidad y la imprudencia son sorprendentemente estimulantes. El sexo brusco y sin protección que hemos tenido me da energía. Pero verificar cada detalle, cubrir cada uno de nuestros movimientos cuando nos deshacemos de otro cadáver, me dejó muerta. Y este vino me dejará inconsciente en minutos.

Mañana tengo que ir al trabajo otra vez. No sé qué pase con Seth. No quiero preguntarle. Me asusta su reacción. Se recarga contra la barra de la cocina; bebe un vaso de agua, abre el primer cajón y me ofrece dos palitos de pan. Me trago el vino.

No hablamos. Pero no es incómodo.

Lo estamos manejando. Eso es lo que hacemos.

Disfunción que funciona.

—Debería limpiar el baño —digo, al final.

—Déjalo. Eso no importa ahora. Ya se fue.

Después, estoy en cama y cierro los ojos.

Y estoy sola. Y aislada. Nadie con quien hablar.

122

—Vete al diablo, anormal.

Nathan Miller. Veinte kilómetros al norte de la casa Beauman.

—¿Sabes qué hora es?

La señora Taft. Sesenta y uno. Viuda.

—No puedo dormir. ¿Quieres hablar?

Seth Beauman. Hambriento. Desesperado por un vínculo. En busca del número cuatro.

Regresó directo al papel que ha cultivado para sí mismo. El insomne eternamente cansado, cuya mente zumba en la noche y cuya visión es en primer plano. Su voz inocente al teléfono, de tono perfeccionado para provocar la compasión de quien lo escucha.

Esta noche, se trata de cantidad. Hacer tantas llamadas como sea posible, esperando que alguna dé resultado. No hay tiempo para su acostumbrada introspección después de cada llamada. No puede sentarse a examinar sus errores ni preocuparse por las palabras de un desconocido. Solo tiene que hablar, hacer la pregunta, tachar el nombre y continuar con el siguiente.

El señor A estará esperando a una posible víctima mañana en la noche, o al menos el proyecto de alguna. Es posible que encuentren a Hadley al día siguiente, o algo así. Necesita avanzar. Todavía no ha terminado.

—Hola. Soy Seth. No puedo dormir. ¿Quieres hablar?

Suzannah Hyde. Madre soltera, dos hijos. Oficial de salud y seguridad. Bloguera de comida.

—No. No quiero. Quiero estar sola. Tampoco quiero que despierten a mis hijos. ¿Por qué no llamas a los Samaritanos o algo así?

Cuelga.

Seth se ríe por este comentario.

Apaga todo y sube las escaleras. Cuando llega al rellano, puede oler el cloro. Es necesario lavar el baño. Maeve tiene razón. Siempre la tiene.

MIÉRCOLES

123

Estaba fascinada. El detective apareció por un lado de la pantalla. Parecía la Muerte. Cabello oscuro y barba incipiente; el abrigo largo de piel colgaba como una capa. En primer plano, un reportero informa que han encontrado otro cuerpo en Warwickshire. Pero yo no podía apartar la mirada de la silueta al fondo. Se movía como el fuego. Llamas negras que bailan alrededor de la escena del crimen.

Al fondo se podía ver la granja y un tractor azul, estacionado detrás del portón. Quienquiera que lo manejara esa mañana debió advertir a Hadley. Algunas vacas se asomaban sobre el muro. Quizá unas quince o veinte. ¿Estaban ahí, con nosotros, anoche?

El público empezará a olvidar a Palmer, tan pronto como la prensa pueda explotar el hermoso rostro de Hadley en las primeras planas.

Ignoraron por completo a la primera víctima, Daisy Pickersgill. Fue hace tanto tiempo. Seth apenas comenzaba. En esa época no era tan entusiasta. Hubo un largo silencio entre la primera y la segunda. Sin duda, la policía buscaría a alguien que ya había estado en prisión durante algún tiempo. Quizá había matado a la primera mujer, después lo habían arrestado por un crimen menos grave y había pasado un tiempo encerrado. Después, volvió a aparecer para asesinar de nuevo.

Observo cómo el detective Pace se mueve al fondo, da instrucciones y delega tareas. Parece tener el control. Parece estar enfocado. Pero está muy lejos de la verdad. Sin duda, la burocracia que pesa sobre la jurisdicción policiaca paraliza su investigación.

¿Qué hace aquí un policía de Londres? ¿De qué huye?

Seth sigue en la cama. Dudo que vaya al trabajo hoy. No voy a obligarlo. Tal vez vuelva a ser útil aquí en la casa. Que limpie el baño. Que trapee las baldosas. Que se deshaga de las cenizas.

Me preparo un café y lo vierto en mi termo para beberlo de camino a la oficina. Antes de salir, subo y le doy un empujoncito a mi marido, supuestamente insomne, que parece estar en coma.

—Seth. —Lo empujo—. Seth —repito.

—¿Qué? Ya voy. Voy a llegar tarde. No te preocupes.

—No es eso; no me importa si llegas tarde.

—Entonces, ¿qué?

Se da la vuelta; sus ojos son dos ranuras estrechas.

—La encontraron.

—¿Ya?

Trata de abrir los ojos, pero parece que están pegados.

—Sí, está en todos los noticieros.

—Carajo. Bueno, era lo que queríamos, ¿no?

Me gusta que use el plural. Estamos juntos. Es algo que estamos haciendo como pareja, como equipo.

—Eso es exactamente lo que queremos.

Le doy un beso de despedida.

124

Le mintió a su jefe sobre las marcas en su rostro. A algunos de sus colegas, Charlie Sanders les explicó que estaba borracho, que su *kebab* se había caído al piso y que, cuando trató de atraparlo, se raspó la cara contra la pared.

—Siempre me muero de hambre después del sexo, ¿saben? —bromeaba.

A otros les dijo que estaba huyendo de la chica a la que se acababa de coger, porque estaba «loca como una cabra» y quería que se quedara a dormir. Pero estaba borracho y terminó tropezando y golpeándose la cara contra el pavimento.

En cualquiera de las historias adornadas con exageración y fanfarronería que inventó, Charlie mencionaba que había tenido relaciones sexuales esa noche en la que salió del club con una mujer muy sexy.

Pero ahora, esa mujer estaba en las noticias. Y estaba jodidamente muerta. Tenía el mismo aspecto que aquellas otras mujeres de las que había oído hablar. Blanqueada y envuelta en plástico. Pero esas no le importaban. Nunca las conoció. Nunca se las cogió. No fue él la última persona que las vio vivas.

Ahora, estaba en pánico. Los moretones en su rostro casi habían desaparecido. Tuvo que desabrochar el botón superior de su camisa y aflojarse la corbata porque no podía respirar. Durante el desayuno, la novia con quien llevaba cuatro años viviendo estaba preocupada por él. Charlie le había contado otra historia, una media verdad: lo habían golpeado por atrás y el tipo se llevó su cartera. Omitió la parte de su glotonería poscoito.

Lo correcto sería ir a la policía y contar la verdad: conoció a Hadley Serf en un club, se fue con ella a su casa, se la cogió contra la puerta de entrada y se fue. Cuando regresaba a reunirse con sus amigos, alguien lo asaltó por detrás y lo golpeó. Le dijeron que la dejara en paz.

Tendrían, entonces, la hora y el lugar. Podría haber grabaciones del incidente en alguna de las cámaras de una tienda cercana. La policía podría reconocer el rostro de Ant en el video. Ant los llevaría a Seth. El caso saldría a la luz.

Pero a Charlie Sanders no le importaba la justicia y era claro que le interesaba muy poco Hadley Serf. Charlie Sanders era la persona más importante para Charlie Sanders.

Y difícilmente hacía lo correcto.

125

Y luego, está en casa.

Todo parece estar como hace una semana.

El olor a cloro y desinfectante que invadía la casa hasta hace poco, ha sido reemplazado por una variedad acre de especias y aceites.

Seth le da la espalda a la puerta de la cocina, pero escucha a Maeve cuando entra por la puerta principal. Está cocinando algo en la estufa.

—Huele delicioso.

Seth voltea y sonríe.

Despertó esta mañana y se masturbó en la cama. Se bañó, se vistió, quitó las sábanas y las metió a la lavadora, con el doble de suavizante recomendado en la botella; tendió la cama con sábanas limpias. Después limpió el baño tres veces y lo enjuagó minuciosamente. Luego, tiró las cenizas del quemador del jardín por el desagüe de la tubería que está al exterior y lo regó con la manguera. Bebió café. Comió. Se masturbó una segunda vez; le tomó más tiempo que la primera lograr lo que deseaba. Respondió algunos correos electrónicos del trabajo y revisó el estado de sus pedidos para garantizar que enviaran todos a tiempo y así recibir su cuantioso bono al final del mes.

Encontró una receta para la cena y fue a la tienda a comprar una botella de vino para Maeve, que sería el perfecto acompañamiento.

—Te compré un *viognier*. Parece que va bien con esta especia.

Seth abre la puerta del refrigerador, saca la botella —terminó comprando tres— y empieza a descorcharla.

—¿Qué estás cocinando?

—Bueno, ya casi acabo; lo dejé hervir mientras se cuece el arroz. Es un curry rojo tailandés. Con verduras. Espárragos, espinaca y *pak choi*. Pensé que podríamos experimentar algo un poco diferente.

A Maeve le gustaba lo diferente.

La cena podría ser distinta, pero eso no significaba que, de pronto, todo dejara de ser lo mismo.

Saca el corcho de la botella, llena la copa y se la da a Maeve. Ella le da un sorbo.

—Sí es diferente. Agradable. Ya quiero probarlo con la comida. ¿Quieres que te ayude en algo?

—No. No. Está bien, ya casi acabo. Siéntate. Puse la mesa.

—¿La mesa? ¿Es mi cumpleaños? ¿Alguien se murió?

Sonríe, sin remordimiento.

Maeve se quita los zapatos y es evidente cómo libera presión al pisar el suelo.

—Ve, ve, ve.

Seth la manda al comedor.

La mesa está puesta para dos personas. Maeve se sienta y le da un trago al vino. Le urge encender el televisor.

—No lo hagas, Maeve. Ya voy a servir.

—¿Qué?

Se asoma por la puerta para ver si él la está observando.

—Ya sabes qué. No necesitamos las noticias ahora. Sé que quieres verlas. Yo no. Solo cenemos, platiquemos y bebamos un poco de vino.

Seth solo se tomará una copa, porque más tarde tiene que manejar a Oxford.

—Trae la botella. Ya casi me acabo mi copa. Está delicioso.

Seth lleva la comida y después regresa por el vino.

Hacen exactamente lo que él quería. Establecen un contacto. Hablan del día de cada uno; deciden que ya casi todo está en orden, pero que quizá deberían deshacerse del rollo de plástico que está en la cochera. Maeve incluso le pregunta sobre su trabajo y él le platica que sobrepasó su objetivo trimestral. Hablan de usar ese dinero para tomarse una semana de vacaciones, o quizá hacer algo en la casa, cambiar el coche de Seth.

Cuando terminan —Maeve se ha terminado una botella de vino, mientras Seth da sorbitos a su única copa—, Seth sube a cambiarse de ropa y Maeve prende el televisor y se sienta con otra copa de vino frío y un hormigueo cálido en la garganta.

Sabe que va a salir.

No pregunta a dónde va.

No pregunta a qué hora regresará.

126

Hadley Serf tenía problemas, eso es seguro.

Antecedentes de problemas de salud mental. Es lo que dicen.

Todos saben que eso significa que ya había tratado de matarse. El intento de suicidio no es algo que provoque mucha empatía en las masas. Las personas no entienden ese nivel de depresión. No creen que las cosas puedan ser tan malas como para que uno desee terminar todo. En verdad no entienden que, con frecuencia, como nos sentimos no es una elección. Que puede haber razones médicas o químicas, no solo psicológicas o medioambientales.

Me ayuda a entender un poco más por qué entablaría una conversación telefónica con un desconocido.

La soledad es un poderoso catalizador para la estupidez.

No entiendo por qué sacaron esa información en el noticiero, pero lo sigo viendo. Espero echar un vistazo al detective Pace.

Lo que veo es a un reportero. Su tono es el adecuado para el tema. Sus expresiones están bien ensayadas.

Corte al hijo del granjero. Tiene uno de esos físicos de naturaleza fuerte; como si siempre hubiera levantado objetos pesados. Su rostro es amigable y honesto. Dice que esa mañana estaba sacando el tractor y, cuando abrió el portón, vio algo detrás de la pared. Estaba envuelto en plástico blanco. Lo primero que pensó fue que alguien tiró basura de manera ilegal y que más allá encontraría cajas o un sofá o algo por el estilo.

«Pero lo que encontré fue mucho peor que eso. Supe que era un cuerpo por la manera en la que estaba envuelto, y podía ver algo en el lugar en el que se rasgó el plástico. Fue horrible». El público sentiría lástima por este tipo. Era amable, estúpido y estaba perturbado. Continúa: «Digo, después de cierto tiempo tenemos que sacrificar a las vacas. Lo he visto. Pero esto es diferente. Tan diferente».

En algún lugar del ámbito demente de las redes sociales, un grupo de vegetarianos o veganos evangélicos se levanta en armas. Indignados por marcar la diferencia entre la vida de una persona y la de un animal. Por su parte, esto escandaliza a la mayoría, que siempre valorará la vida humana sobre la de cualquier otra especie. De alguna manera, el verdadero mensaje se distorsiona, se diluye y se olvida.

Una chica inocente, de veintitantos años, fue estrangulada a muerte, blanqueada hasta el albinismo y desechada sin cuidado, a muchos kilómetros, donde otra persona inocente la descubriera.

Un bloguero la compara con un cerdo. Y cientos de comentaristas insultan, a su vez, al bloguero.

En otro lugar, un puñado de pensadores racionales trata de considerar el verdadero problema. Recuerdan el nombre de Daisy Pickersgill y de Teresa Palmer, y exhortan al público a no olvidarlas.

Sin embargo, en otro rincón oscuro comenzaba a gestarse una voz para subrayar la gravedad de los problemas de salud mental. Hadley Serf estaba creando un legado. Está haciendo algo bueno después de su muerte. No es en vano.

El mensaje es tan confuso como cualquier campaña política. Y eso me parece bien. Es mejor para que las cosas desaparezcan.

Las llamas negras no aparecen. El detective Pace no está ahí.

El presentador pasa a los deportes.

Me sirvo otra copa. La casa se siente más caliente hoy y yo me siento más sedienta. Mi fascinación por este caso mengua. Solo quiero que acabe.

Seth salió y yo estoy estancada en la casa. Las cosas no volvieron a ser como antes. La cena estuvo deliciosa. Hubo una conexión. La sentí y sé que él también. Ahora se trata de construir sobre eso. No de dar otro paso atrás.

Y no esperar la siguiente ronda de cánceres, abortos, despidos y cadáveres ensangrentados en el coche.

Ya casi es medianoche y no ha regresado a casa. No quiero estar dormida en la cama cuando entre, así que me preparo un baño —Seth lo limpió— y llevo mi copa conmigo mientras me remojo.

En la recámara tengo una vieja radio Roberts. No una de esas nuevas radios retro, sino una verdaderamente vieja. Me gusta que parece rota y desgastada, y que suene mal y sensual.

Me desvisto en la recámara y cruzo el rellano con la radio en la mano izquierda y la copa de vino en la derecha. La casa vacía se siente más segura y yo me siento más libre. Balanceo la radio mientras bebo un trago. La melodía que suena es moderna.

382

En el baño de visitas, coloco la radio sobre el piso, donde antes amontonamos la ropa que había que quemar. No suelto el vino.

Debajo del lavabo hay un mueble lleno de productos que no se han usado; los Beauman no han tenido muchos invitados en el último año. Hay unas burbujas aromáticas, pero escojo las sales. Me gusta cómo borbotean sobre mi piel y la suavidad de mi piel al usarlas.

Con la llave del agua caliente abierta, vierto la mitad del paquete. Coloco el resto en el mueble debajo del lavabo y me quedo de pie sobre la tina, observando cómo corre el agua. Le doy unos tragos a mi nuevo *viognier* favorito y observo fijamente el espacio en el que Hadley Serf yacía un día antes.

No me molesta.

Esta es mi casa.

Él es mi marido.

Y esta es mi copa. Que se vacía peligrosamente.

Agrego un poco de agua fría y la revuelvo con la mano izquierda. Faltan todavía algunos minutos para que esté lo suficientemente profunda para que meta el pie. Así que bajo las escaleras de puntitas hasta la cocina. Las baldosas están frías, así como la botella de vino sin abrir. Tomo el sacacorchos y subo al baño con todo esto. No me preocupo por la ventana. Nadie me observa esta noche.

Cierro la llave del agua caliente y dejo que corra la fría mientras abro el vino. Me sirvo. Cierro la llave. Subo el volumen de la radio y me meto en el agua. Me recuesto y me cubre los senos.

Bebo más vino; un camino helado atraviesa la calidez a mi alrededor. Podría dormir, pero no lo haré. Otra canción que no conozco sale de la bocina y yo ingiero más alcohol. Ahora, ya no sabe a nada. Solo es una temperatura que me refresca.

Mi cabeza se recarga contra la tina; siento mi cabello mojarse. Permanezco quieta. Es excelente no moverse un instante. Haré que este momento dure el mayor tiempo posible. Lo que tarde la llave de Seth en girar en el picaporte de la puerta. Que entre, suba por las escaleras y abra la puerta del baño. Que se pare junto a la tina y me vea. Me vea.

Más le vale no tener sangre en la cara esta vez.

No quiero lágrimas.

127

Había muchos lugares libres en el estacionamiento, pero Seth se las arregló para encontrar el espacio exacto en el que había estrangulado a Hadley Serf, hasta matarla, la semana anterior.

Eso debió haber inquietado a Ant. Pero estaba demasiado emocionado.

Golpea la ventanilla del copiloto. Está sonriendo. Seth no.

Con un gesto, Ant le pregunta a Seth si debe subirse al coche; su dedo se agita señalándose a él y a la puerta. Seth asiente y lo llama con un gesto de la mano derecha.

Ant se sienta. Se alisa la chamarra, pero está inquieto. No puede dejar de moverse, de acomodarse, de golpear con el pie, de agitar las piernas.

—Okey. ¿Cuál es el plan? ¿Qué vamos a hacer? ¿A dónde vamos?

—Primero, necesita calmarse. Estar tan agitado es una debilidad. No me gusta. No me gusta el riesgo. A algunas personas les excita. A esas personas las atrapan. Así que cálmese. A nosotros no nos atrapan.

Seth no deja de mirar hacia adelante mientras habla. Ant es un agravante innecesario y a Seth le preocupa hacerle algo estúpido a este niño idiota. También debe calmarse. No deja de pensar en Maeve.

No quiere llegar a la puerta de su casa con otro cuerpo en la cajuela, no tan pronto. No podría ser capaz de explicárselo.

—Claro. Claro. Perdón. Es que estoy un poco nervioso, ¿sabe?

—Es comprensible. —Es tranquilo. Amenazador. Breve—. Respire.

Se quedan sentados en silencio durante un momento. Ant no sabe qué decir y reacciona como si recibiera instrucciones. Seth está enfocado.

Finalmente, Ant habla.

—Entonces, ¿vamos a ir a algún lugar?

—No.

—Entonces, perdón, ¿qué estamos haciendo aquí?

—Estamos hablando, Ant. Y nos estamos conociendo. ¿No quiere que nos conozcamos?

—Bueno… Yo… nosotros…

No sabe qué responder. Lo menos que Ant esperaba era ver cómo Seth mataba a alguien. Pensó que incluso podría estar dentro del coche cuando lo hiciera. Ahora está confundido.

—¿Quién es la víctima?

—No use esa palabra.

—¿En serio? Es solo que… bueno, no entiendo.

Ahora se miran. Ant giró su cuerpo y su espalda descansa contra la puerta del copiloto.

—¿Qué estamos haciendo aquí? Pensé que esta noche íbamos a hacer algo. ¿Sabe?

Ant se rasca el dorso de la mano. No tiene comezón. Es nervioso. Trata de quitarse la tierra.

—Mire. —Seth se incorpora y Ant se encoge de miedo—. No puedo solamente jalar a alguien en la calle. No es así como funciona.

—Entonces, ¿cómo funciona exactamente?

La adrenalina es la que habla por Ant.

—Llamo a personas. Al azar. Números de teléfono en una lista. Platico con ellas. Luego nos encontramos. Hacemos cosas como lo que usted y yo hacemos ahora. Hablamos. Las escucho. Hay mucho poder en escuchar a alguien, Ant. Debería saberlo.

—Estoy escuchando. Sé cómo escuchar —interrumpe.

Seth se da cuenta de lo joven que es Ant.

—Tengo que desarrollarlo. Cultivarlo. Nos vemos para el almuerzo. Vamos a tomar unas copas.

—Lo vi —vuelve a interrumpir.

Aquí es cuando Seth se entera de que Ant lo observaba incluso antes de aquella noche y no le gusta que lo hayan seguido.

—Escuche. No me preparo para matar. Esto es algo que debe entender sobre las relaciones. Se deterioran. Todas lo hacen. Alguien la caga. A veces se encuentra una manera de salvarlas, a veces no. Y otras, hacen algo imperdonable. Y antes de que usted se dé cuenta, esa persona está en la cajuela de su coche y su rostro está cubierto de sangre de nuevo, y tiene que encontrar la manera de deshacerse de ella.

La mentira sale fácilmente. Ya no se trata de establecer una conexión. Ni siquiera se trata de placer. Es una necesidad. Una adicción.

Ant pone toda su atención.

En su mente, veía el tradicional post-it amarillo.

«¿Cuándo te diste cuenta?».

«¿Dónde sucedió? / ¿Qué sucedió?».

«¿Cómo te sentiste?».

Pero no abre la boca.

—Entonces, eso es lo que tenemos que hacer. No podemos simplemente tomar a la chica de la calle.

Seth señala hacia adelante, a una mujer de unos veintitantos años que carga una pila de libros.

—Porque no sabemos nada de ella.

—Parece una estudiante.

—Sí. Eso parece. Pero no lo sabemos. Y debemos tener certezas.

—Okey. Entonces, ¿cuándo lo hacemos?

—Lo estamos haciendo ahora. Estoy preparando a alguien en este momento —vuelve a mentir.

—Bien, no quiero esperar para siempre.

—Me he dado cuenta de que esta relación no es equitativa. Usted me dará un teléfono al que pueda comunicarme. Cuando la persona esté lista, lo llamaré. La siguiente vez que nos veamos, me dará todas las otras copias de las fotografías que tomó. ¿Entiende?

—¿Y eso hará que la relación sea equitativa?

—Va a tener que empezar a confiar en mí y yo le mostraré lo que sé. Lo haremos juntos esta vez. Después puede hacer lo que quiera con ese conocimiento y podremos volver a no ser amigos.

—Es un poco aguafiestas.

—Tomo en serio lo que hago.

Ant exhala, resignado, y le da a Seth su número de teléfono celular.

—¿Necesita que lo lleve a su casa? —Seth sonríe.

—No, gracias. No quiero que sepa dónde vivo.

—Es más listo de lo que pensé.

Ant sale del coche, azota un poco la puerta antes de cruzar por el estacionamiento, por donde había llegado.

A Seth le cruzó por la mente seguirlo a su casa. Para acabar con esto. Pero la voz de Maeve sonaba en sus oídos. La escucha.

Gracias a ella no lo han atrapado.

Es ella quien evitará que ese malparido lo arruine todo.

128

Ant voltea quince veces antes de desaparecer detrás de un edificio, donde se detiene un momento y se recarga contra la pared. Le falta el aliento. En parte por caminar tan rápido, pero también de frustración, de euforia.

Fue una reunión decepcionante, no el evento que había imaginado, pero aun así, obtuvo la emoción que deseaba.

Y era miedo.

Una parte de él admira a Seth; le gusta la manera en que funciona. Es profesional y serio en lo que hace. En los asesinatos. Pero eso también se traduce en algo intimidante. Y sexual.

Ant no es gay. Nunca tuvo ninguna experiencia en la universidad o cuando viajó. No se siente atraído por Seth. Pero, recargado contra el muro de la tienda, se siente excitado. Puede entender que estas mujeres se sientan atraídas por Seth y que quieran llevar las cosas más lejos. Era, al mismo tiempo, intenso y desenfadado.

Ant voltea a ver al estacionamiento. El coche de Seth sigue ahí.

Cierra los ojos y respira profundamente. Está confundido. Quiere correr, pero se siente anclado al piso. Está enojado e insatisfecho, pero tenso. Odia este sentimiento, pero lo ama por completo.

Exhala con fuerza y vuelve a mirar hacia el estacionamiento.

El coche de Seth se ha ido.

Ant entra en pánico. Sale volando por la calle, presionando el botón de sus llaves para abrir el coche antes de llegar a la puerta. Pero no funciona. Nunca funciona. Frenético, mira alrededor mientras trata de meter con torpeza la llave en la cerradura.

«Ahí viene», piensa.

Entra al coche y mete la velocidad al mismo tiempo en que hace girar la llave; después pisa el acelerador y sale a la calle. No voltea a ver si vienen coches. No se pone el cinturón. La ansiedad le hace quemar grasa.

Entrar al flujo vehicular de Oxford aumenta su histeria; sus ojos pasan a toda prisa del camino frente a él al espejo retrovisor. Suda y suda y suda. Entra corriendo a su inmaculado departamento y cierra con llave detrás de él, pone la inútil cadena de la puerta. Se baña y se pone una camiseta negra idéntica.

Y se para junto a la ventana de la fachada, mirando hacia la calle. Aterrado. Está chantajeando a un asesino conocido. ¿En qué está pensando?

No duerme en toda la noche. Repasa la conversación que tuvieron en el coche y olvida lo único que hubiera podido ayudarle a tranquilizarse un poco. Si Seth lo quisiera muerto, ya lo estaría.

129

Las luces están prendidas. Su rostro está limpio.

Seth sabe que Maeve sigue despierta. Siempre apaga las luces. Si llegaba tarde a casa, una luz azulada salía por las ventanas: el destello del televisor. Pero esta noche, la luz es brillante, blanca y limpia, y puede sentir el calor cuando cruza el umbral. Puede oler el baño.

El camino a casa fue tranquilo. Ni siquiera encendió la radio. Seth quería silencio. No quería conectarse con nada. Estar solo.

Está contento de llegar a casa, pero le preocupa que Maeve se esté acicalando para tener más acción. Han sido una o dos semanas llenas de sexo. Se ha cogido a su mujer por detrás, como si la odiara. La ha visto tomar el control, sujetarle las manos mientras ella oscila sobre él. Se han probado uno al otro. Se han besado apasionadamente en la cama, contra la pared, en el suelo. Han mantenido sus cuerpos unidos y se han mirado en los ojos del otro mientras hacen el amor.

Seth no está seguro de poder soportar más.

Entra a la cocina. Los platos de la cena siguen ahí; ni siquiera los lavó. Arroja las llaves sobre la barra de la cocina y abre el refrigerador. Solo queda una botella. Seth toma una copa vacía y sube con ella al baño.

Con el nudillo del dedo medio de la mano derecha, toca la puerta con suavidad.

—¿Quién es? —pregunta Maeve.

Seth ríe entre dientes ante su sentido del humor. Empuja la puerta despacio y le sonríe.

—Muy graciosa —dice, y entra.

Se ve relajada. Pura. El agua cubre sus pezones, pero aun así puede ver lo suficiente como para excitarse. Una abertura oscura debajo del agua que invita a su mirada.

—¿Cuánto tiempo llevas aquí?

—No sé. Ni siquiera una botella…

Levanta su copa y con un gesto de la cabeza señala la botella de vino que está en el piso.

—¿Te importa si…?

Seth se acerca a la botella.

—Por supuesto.

Se sirve media copa y la bebe de un solo trago; después se sirve un poco más. Al modo de Maeve.

—¿Todo bien? —pregunta, no muy interesada. No ve sangre por ningún lado.

—Sí. Ningún problema.

Ninguno de los dos reconoce abiertamente que Seth salió esta noche. Les funciona.

—Salud —brinda Seth.

—Salud a ti también.

Cling. Glup. Ahh.

—Si quieres, puedes meterte. La he estado llenando con agua caliente.

La idea de entrelazar sus miembros con los de Maeve es, en cierto sentido, atractiva, pero lo rechaza con cortesía.

—Prefiero mirarte desde aquí —dice, para expresar que tiene mejor vista desde donde está, que puede ver más.

—Bueno, por lo menos llena mi copa.

Maeve pasa la lengua sobre sus dientes mientras su esposo le sirve otra copa de vino. Bebía cuando él se fue y no ha parado. Puede verlo en sus ojos, pero su franqueza es increíblemente atractiva. Maeve bajó la guardia y él puede en verdad advertir su belleza.

—Se está haciendo tarde, quizá ya deberías secarte.

Seth toma la toalla y la abre por completo, invitando a Maeve a que se levante. Ella lo hace. La copa de vino en su mano derecha, la izquierda extendida hacia un costado. Seth la envuelve con la toalla y sujeta el borde al interior. Le da un beso antes de darle un trago a su copa.

—¿Y eso?

—¿Qué? ¿Un hombre no puede besar a su esposa cuando siente ganas?

—¿Ganas de qué?

Trata de ser seductora, pero sus palabras se arrastran. Pasa su dedo índice sobre el pecho de Seth. Sus ojos están entreabiertos.

—Vamos. Te voy a llevar a la recámara. Voy a vaciar el agua y a lavar los platos en la cocina mientras tú te preparas para acostarte.

Comienza a guiarla hacia la puerta.

—Puedo caminar sola, no te preocupes. —Maeve empuja la mano de Seth—. Solo no te tardes, ¿okey?

—Lo más rápido que pueda, lo prometo. Es que no quiero despertar mañana con el desorden.

Maeve camina hacia la recámara, sin energía. Seth quita el tapón de la tina. Ella tenía razón, había mantenido el agua a la temperatura perfecta. Baja las escaleras. Ningún sonido sale de la recámara. Mete los platos, los cubiertos y las sartenes en el lavavajillas y limpia las superficies con un trapo.

Han pasado, máximo, tres o cuatro minutos, pero cuando Seth abre la puerta, Maeve ya está dormida. Su cabello mojado está sobre la almohada. Su copa de vino está sobre el buró; casi se la acaba. La toalla sigue alrededor de su cuerpo. Se ve tranquila.

Seth la observa un momento, bebe su imagen. Siempre le ha gustado con el cabello mojado. Hay algo en ese aspecto, algo perfecto entre pureza y suciedad. Sabe que Maeve domina ambas cosas.

Sin embargo, se siente un poco aliviado. Sabe que, si ella se lo pidiera, él lo haría. Por el contrario, apaga la luz y jala la puerta hasta cerrarla casi por completo.

Vuelve a bajar las escaleras. No había apagado las luces.

Regresa a la sala. Enciende el televisor. No para ver algo, solo como ruido de fondo.

Abre el directorio telefónico y pasa algunas páginas.

Ant espera que Seth encuentre otra relación. Y lo hará.

Es Seth.

No puede dormir.

Quiere hablar.

Lo necesita.

Seth no tiene el control.

JUEVES

130

Si alguna vez estás en el cine y escuchas al acomodador decir que «El señor Sand está en la pantalla siete», corre. Lárgate de ahí. El lugar puede incendiarse.

Si estás preocupado por tu ser querido —a quien no has visto desde hace unos días, que no te ha llamado desde hace una semana, que no ha visto tus mensajes de texto— y decides que es prudente hablar con la policía, abrir un expediente de persona desaparecida; y te dicen que el detective sargento Pace atenderá tu solicitud, comienza a investigar el precio de las flores. Empieza a hacer una lista de las canciones favoritas de tu ser querido. Piensa en si prefieres un ataúd tradicional de madera o una versión de mimbre, más moderna, que es biodegradable.

Pace está perdiendo. Y eso lo enferma.

Se culpa a sí mismo.

No porque sienta la responsabilidad de resolver el caso a tiempo para evitar la pérdida de vidas, sino porque siente que se pudo haber evitado si él no hubiera estado implicado en nada.

Pero no importa. Porque adonde quiera que vaya suceden este tipo de cosas. Es lo que se ha estado diciendo. Y lo que dice el psiquiatra, a quien su inspector insistió que consultara.

Pace es de un pueblo pequeño y desconocido: Berkshire. Hinton Hollow. Tú no lo conoces. Escapó cuando tenía apenas unos veintitantos años y se dirigió a la promesa de la ciudad; pero como se lo ha confiado a su loquero, siente como si lo siguieran. No una persona, algo. Y se queda con él. Hace que sucedan cosas malas a su alrededor. Como si se hubiera convertido en un detonador de algo.

Como si fuera el catalizador del mal.

Por supuesto, el doctor Artaud le dice a Pace, diplomáticamente, que esto es por completo un sinsentido. Que se está proyectando. Que nunca ha lidiado con su pérdida, con la desaparición de ella. Que huir de los problemas no es la solución. Que siempre va a sentir como si lo persiguieran. Porque sus problemas no lo dejarían en paz.

Y Pace sabe que eso tiene sentido.

Pero también sabe lo que sabe; y sabe lo que ha visto. Siente que camina en círculos, arrojando una sombra oscura que infecta a cualquiera que sea lo suficientemente desafortunado como para estar en el lugar incorrecto.

Pace mira los ojos blancos y apagados de Hadley Serf y se pregunta: «¿Qué hice?». Y antes de que vuelvan a cubrir su rostro con la sábana, le pide perdón.

131

Mi lado temerario desea no haber sido tan meticulosa. Quizá, si hubiera subestimado algo, el detective Pace tendría una razón para tocar a mi puerta e interrogarme.

No tiene ninguna.

Todo está cubierto. Aparte del plástico. Todavía tenemos que deshacernos de eso.

Puedo oler la comida de anoche. Seth no limpió bien la cocina. Preparo café para llevarlo a la oficina, pero el olor me da náuseas. Fue demasiado vino para tomar entre semana. Estoy entre la niebla. Solo necesito agua. Mucha agua.

El segundo cajón, el que está abajo del de los cubiertos, está lleno de cosas. Desde velas y clips hasta marcadores y un encendedor que dice «Yo Corazón Cuba» en grandes letras negras. Ninguno de los dos hemos ido a Cuba, no tengo idea de dónde vino. Tomo un block de notas adhesivas de ese cajón y escribo: «Deshazte del plástico», luego lo pego al refrigerador.

Todavía no puedo comer nada. Tampoco puedo con Seth. Siento vergüenza. Recuerdo salir del baño, arrugada y ebria. Recuerdo caminar hasta la recámara, poner la copa sobre el buró, sentarme en el colchón y luego recuerdo despertarme esta mañana. Estaba desnuda y la toalla estaba tirada sobre la alfombra. Mi cabello estaba por todos lados.

Raramente duermo desnuda, a menos que tengamos relaciones, y no recuerdo que las tuviéramos. Eso lo recordaría. Sé que, en ese rubro también, he sido temeraria. No sé por qué. No soy invencible. Hace años que dejamos de hablar de niños. Es solo otra cosa por la que me debo de preocupar.

Definitivamente no tuvimos sexo, me siento diferente en la mañana, después de que Seth se viene dentro de mí. No sé qué es, pero no lo siento. No recuerdo bien si desperté sobre la cama, envuelta en la toalla, y después me metí en las cobijas, o si Seth me quitó la toalla con la que me había envuelto con tanto cuidado y él me metió a la cama. De cualquier manera, me siento tonta. Como una niñita borracha.

Así que anduve de puntitas toda la mañana, me sequé el pelo en la planta baja y dejé una nota sobre el plástico con el que habíamos envuelto a las chicas muertas.

Vi el noticiero con el sonido en silencio. Hombres de mediana edad hacen gestos. La chica muerta parece tan viva en todas las fotografías. Y la oscura silueta en la escena del crimen me cautiva. La manera en que se mueve. Lento. Deliberado. Listo. Por un momento, olvido que estoy cruda. Olvido que me siento tonta.

Si tan solo hubiera subestimado algo.

Si tan solo hubiera una forma en la que él apareciera en mi puerta y me hiciera algunas preguntas.

Me encargué de todo. Estaba limpia y su cabello y uñas cortados, y estaba blanqueada de toda identidad. Solo queda el plástico.

Apago el televisor con el control remoto. Tomo el café, aunque no quiero, y quito la nota de la puerta del refrigerador, la hago bolita y la meto a la basura, debajo del fregadero.

El plástico puede esperar.

132

Si te apellidas Taylor, eres intolerante. Y grosero. Dices malas palabras.

¿Por qué no puedes ser un poco más como los Carrol o los Levinson? Ellos no quieren hablar, pero no son groseros. No son ofensivos. La página de los Taylor es un arcoíris de textos resaltados. Y Seth los recuerda a todos de la misma manera. Ninguno de ellos entabló una conversación con él. En lo más mínimo.

«Vete al demonio».

«Ocúpate de tu vida».

«No, gracias, anormal».

Los Taylor también son sarcásticos.

Seth se levanta más tarde que Maeve. La escuchó moverse por la casa, pero se sumió en el sueño matinal acostumbrado. Es la hora en que puede hacerlo.

Esperaba encontrarla en la misma posición en la que la había dejado cuando por fin se retiró la noche anterior, pero debió despertarse porque su toalla mojada estaba en el piso, se había metido en las cobijas y su cabello estaba desordenado, enredado y extendido en todas direcciones. No se movió cuando él se desvistió y se metió debajo de las cobijas y sintió la calidez de su cuerpo desnudo.

Esta mañana no piensa en Maeve; no tiene por qué sentirse avergonzado, no puede sacarse a los Taylor de la cabeza. En la noche, había tachado a otro de ellos. Lo habían llamado puto psicópata y habían colgado. Y se le quedó.

Pasa el dedo de arriba abajo sobre la página de los Taylor empapada de tinta y se pregunta si no sería mejor ya dejarlos en paz. Quizá debería llamarlos a todos en una noche, para terminar con eso.

Seth cierra el directorio y lo regresa a su lugar. No puede pensar en eso ahora, tiene que arreglarse para el trabajo. Llegará tarde, por supuesto, pero está tentando su suerte lo más que puede, gracias al éxito que tuvo con sus objetivos. Pero tiene que presentarse hoy. Para mostrar que las cosas han vuelto a la normalidad.

Claro que de normal no tienen nada. Quedan asuntos pendientes de los que ocuparse, aparte de llamar a todos los Taylor del país. Seth plancha su camisa en la cocina. Maeve encendió el lavavajillas antes de salir; sabía que había olvidado algo. No desayuna ni se prepara café; puede hacerlo cuando llegue a la oficina. Se cepilla el cabello y los dientes, toma sus llaves y el celular de su trabajo y los mete en su bolsillo.

Después toma otro teléfono celular. Está vacío. No tiene ningún número en la memoria. No tiene ni aplicaciones ni correos, es un teléfono muy sencillo.

Le manda un mensaje de texto a Ant.

Cuando termina, restablece los parámetros de fábrica del teléfono, saca la batería, la echa al contenedor de reciclaje y tira el resto del teléfono en el bote de basura, con los restos del curry de verduras.

«Esta noche. 20:00. Mismo lugar».

Ant lee el texto una y otra vez. Su corazón comienza a acelerarse. Sabe que es de Seth, aunque el mensaje no lo dice. Por supuesto que no, piensa, el tipo es muy cuidadoso.

Ant se sienta en el piso, junto a la ventana de la sala, y vuelve a leerlo; está recargado contra el radiador. Apenas durmió. Pasó la mayor parte de la noche sentado en el alféizar, mirando hacia la calle, esperando a medias ver aparecer el coche de Seth. Se quedó dormido un par de veces, pero ahora siente que por fin puede relajarse.

Seth no vendrá a asesinarlo mientras duerme. Va a cumplir con su parte del trato. Ya debió haber hecho algunas llamadas. Debe estar preparando a alguien nuevo.

Está exhausto y eufórico y no sabe qué hacer consigo mismo. Su frecuencia cardiaca no se desacelera y su mente se une a ese ritmo. Comienza a imaginar qué pasará mañana en la noche. Quizá Seth encontró a alguien a quien matar esa noche. Viernes en la noche, eso tiene sentido. Alguna chica fiestera, salir para pasar un buen rato, unos tragos, una escapada con alguien nuevo. Podría ser eso.

Podría estar acosando a alguien. Quizá desea mostrarle a Ant cómo conocer a una chica. O va a tomar unas copas con alguien, establecer ese contacto para poder llevar las cosas más lejos en la siguiente cita. Quizá quiere que Ant observe. Tal vez le gusta que Ant lo haya observado con Hadley. Seth no sabía eso. Ant lo advirtió en su rostro cuando lo mencionó.

Quizá solo quiere hablar otra vez, afirmar su autoridad, mantener el control de la situación. Ant se sorprende al sentirse enojado con esa idea. «¿Quién se cree que es? Tengo sus fotos. Está jodiendo al tipo equivocado si piensa que puede seguir dándome órdenes».

Pero se tranquiliza. Por supuesto, Seth necesita sentir que tiene el control, Ant es su alumno. Está aprendiendo.

Después, Ant hace algo peligroso. Piensa en él.

¿Qué es lo que sabe? Que Seth envuelve a estas chicas en plástico y las deja en algún campo tranquilo, a ochenta kilómetros de donde vive. No necesita una lección de cómo deshacerse de un cuerpo. El tipo es tan holgazán que, la mayoría de las veces, ni siquiera cava un agujero.

Cómo las mata, cómo se vive algo así, cómo asegurarse de que están muertas, eso es para lo que Ant necesita a Seth. Y para eso lo tiene. Ant solo sabía cómo ver morir a alguien.

La otra parte era la preparación —necesita encontrar una nueva palabra para eso, suena demasiado siniestro. Seducir, quizá. Cortejar—. Marcar un millón de números, esperar a tener suerte y encontrar a alguien que se sienta solo o que sufra o se sienta lo suficientemente aislado como para entablar una conversación con un desconocido, esa parte también se la había explicado. Sonaba interminable. Ant no está seguro de cómo Seth se había comunicado con él tan rápidamente, a menos que tuviera una larga lista de espera.

¿Mataría también a hombres?

De pronto, se da cuenta. Ant no tenía que tener suerte. Todas las personas con las que habla por teléfono son desconocidas. Están solas, sufren o se sienten aisladas. Y tienen ganas de hablar. Todas ellas. Tiene un pozo interminable de adversidades de donde escoger. No tendría que esperar meses o incluso semanas si decidiera seguir por este camino.

Víctimas a manos llenas.

Vulnerabilidad por galones.

Todo lo que necesita es su primer asesinato. Ha escuchado que es el más difícil. Entonces ya no necesitaría más a Seth. Podría cortar las cadenas o aun podría informar a la policía y sacarlo del camino.

La idea de estar ahí cuando la luz de una persona se apaga es una oportunidad demasiado emocionante como para perdérsela. Vivirlo de cerca. Eso es lo que Ant necesita. Ahí es cuando sabrá si puede llevar las cosas más lejos.

Es el siguiente nivel.

Piensa en llamar de nuevo a su trabajo y tomar otro día libre, pero imagina que, si es necesario, podría dormir en su escritorio y nadie se daría cuenta. En su lugar, responde al mensaje de Seth. Un texto sencillo que dice «Ahí nos vemos».

Pero Seth nunca lo lee porque ya quemó esa línea de comunicación.

Ant olvida que él es el aficionado. Su defecto es la euforia que acompaña a la juventud. Es evidente el sentimiento al que su generación ha estado condicionado: todo lo que deseas se puede obtener en ese momento, lo mereces, tienes derecho a ello sin ninguna razón; ese es su error.

Antes, la curiosidad era la asesina. Ahora es el entusiasmo y la impaciencia.

134

—Solo me tardaré un par de horas —le dice Seth a Maeve. Le da un beso en la mejilla.

—Está bien, tengo que terminar un trabajo en mi laptop.

—No tienes que esperarme despierta, ¿sabes?

—Lo sé. Pero esta noche no voy a beber; tengo que hacer unas cosas. Estoy segura que estaré despierta cuando regreses.

Se sonroja al hablar; un poco evasiva por el estado en el que se encontraba anoche. Seth no le ha hecho ningún comentario, no le molestaba en absoluto. De cualquier manera, era lo que él quería.

—Okey, bueno, solo decía.

—Está bien. Vete. Haz lo que tengas que hacer.

Hace énfasis en su frase al abrir su laptop y presionar el botón de punto. Seth toma sus llaves que están en el vestíbulo y se va.

Le incomoda un poco encontrar que el espacio que desea está ocupado por un Ford Fiesta azul. Se estaciona detrás de él y pasa un par de minutos repitiendo el número de placas, en caso de que necesite recordarlo en el futuro.

Seth observa a Ant cuando llega. A él, también, le incomoda el Fiesta. Mira el coche y después su reloj. Saca su teléfono del bolsillo para verificar que tiene los datos correctos. Seth se desespera. El tipo es un idiota. Echa las luces altas un par de veces para sacar al niño estúpido de su miseria.

Ant voltea para ver a su tutor homicida sentado al volante de un coche que está justo frente a él. Por instinto, saluda con la mano a su nuevo amigo. Su nuevo amigo no responde.

Siguen la misma rutina que la vez anterior: Ant se acerca al coche, se inclina por la ventanilla, hace un gesto hacia la manija; Seth presiona el botón central para abrir las puertas, aunque la puerta ya está abierta, pero sabe que Ant necesita oír el clic, y Ant salta al asiento del copiloto.

Se mueve nervioso. De nuevo. Inquieto.

—Hombre, tiene que controlarse. Si se emociona tanto solo por verme, podría explotar cuando logremos lo que nos proponemos.

—Lo sé. Lo siento.

Ant cierra los ojos un momento y respira profundo.

Seth lo mira fijamente y espera. Se pregunta qué sentiría si le cortara la garganta. Un corte largo al frente, con algo afilado. Se imagina a Ant tocando la sonrisa carmesí sobre su cuello, indefenso. Perdido. Se pregunta cuántas veces podría apuñalarlo ahí, antes de que su cabeza se separara por completo del cuerpo.

—No esperaba noticias tan pronto. —La voz de Ant hace que Seth se sobresalte.

—¿Perdón?

—Tan pronto. No esperaba tener noticias suyas tan pronto. Pensé que le tomaría más tiempo. Debe tener gente haciendo fila.

—A veces es suerte.

Ant no lo cree. Claro, esta situación lo rebasa y en verdad no entiende las implicaciones en el carácter, una vez que decides quitarle la vida a otro ser humano, pero sí comprende las ansias.

Comprende el placer. Y sabe cómo ese sentimiento puede aumentar y cómo solo satisface un momento. Y ese tiempo se vuelve cada vez más corto.

Piensa que son similares. Que se alimentan de la adicción. Que persiguen nuevas formas de gratificación. Escucha las palabras de Seth, pero no las cree. Hace meses que tiene a esas personas haciendo cola.

—Entonces, ¿cuál es el plan? No es esta noche, ¿o sí? —Ant formula la pregunta en un tono que sugiere que ya conoce la respuesta.

—El domingo en la noche.

—¿Eso es algo suyo? ¿Quiere que lo conozcan como el asesino de los domingos?

—No quiero que me conozcan para nada. Debe dejar de decir estupideces.

La frase se queda colgando en el aire un momento. Incómoda. Tensa. Ambos están enojados, pero por distintas razones.

—Mire, así salió. Es cuando puedo invitarla a salir. El domingo en la noche. Cena y tragos. Luego, a la suya.

—¿A la mía? ¿Mi casa? ¿Es broma? No quiero que asesinen a alguien donde vivo.

—Si no quiere hacer esto…

—Si no quisiera hacerlo, no estaría aquí. Solo que no entiendo por qué debe ser ahí, eso es todo.

La sugerencia toma a Ant por sorpresa. De nuevo, se mueve inquieto hasta recargar la espalda sobre la puerta del copiloto, donde se acomoda.

Seth lo explica. Le dice que de ningún modo lo hará en su propia casa, porque nunca lo hace. Le comenta a Ant que vive solo y que nunca lleva esas cosas a casa.

—No voy a cambiar la rutina de toda una vida por usted, no funciono así.

Continúa para tranquilizarlo; le dice que quiere hacer esto, que desea demostrarle lo que significa comprometerse. Quiere ayudarlo a comprender.

Pero está nervioso. Está nervioso por el nerviosismo de Ant. Porque no quiere cometer ningún error. Cree que es menos probable que Ant se sienta así si se encuentra en un entorno conocido y en el que se siente cómodo.

Ant asiente. Tiene sentido.

—Bien. Puede quedarse ahí y esperar, o puede observarme toda la noche y tomar notas, si así lo desea; seguirnos y encargarse a partir de ahí. Puede observar lo que hago o participar y hacerlo usted mismo. Es su noche. Pero es una sola vez, recuérdelo. Cuando terminemos, usted me entrega las fotografías, incluidas las copias digitales —sé que las tiene— y después está por su cuenta. ¿Entendido?

—Sí, sí. Entiendo.

—Después de eso, no quiero volver a oír hablar de usted. Y, definitivamente, usted no querrá escuchar nada de mí.

Era tan directo. Tan equilibrado. Tan amenazador. Cortés y malvado.

—Necesito saber qué es lo que quiere hacer. Para ver todos los detalles con usted. La próxima vez que nos veamos será el domingo. Sin marcha atrás.

Ant se sentía atrapado entre la alegría y el terror. Estaba sucediendo. En verdad estaba sucediendo. Iba a evitar que el oxígeno llegara al cerebro de alguien. ¿Era lo bastante fuerte como para hacerlo? La sola anticipación era suficiente como para hacerse pipí en los pantalones. Esto lo rebasaba. ¿Podría confiar en Seth? Todo tenía sentido, todo lo que decía. No quería errores. Todo esto y más giró alrededor de Ant durante un silencio que pareció de cinco minutos.

No fue tanto. Fue casi un instante.

—Okey. Lo haré. Haré todo.

—¿Es su respuesta final? —preguntó Seth.

—Lo observaré. Lo seguiré. Llegaré a terminar lo que usted empezó. Yo la mataré.

Ant exhaló, como si acabara de decirle a su novia que quería romper con ella, como si acabara de informar a sus padres que quería mudarse.

Un alivio.

Una aventura.

—Muy bien —dice Seth, tranquilo—, esto es lo que vamos a hacer.

El asiento del escusado no tiene manchas de orina y el papel de baño está perfectamente colocado. Ant revisa que la ropa de cama no tenga ningún pelo —ni lacio ni rizado—. No hay ninguno. Hay un televisor de pantalla plana, una tina con regadera, la alfombra es suave bajo sus pies.

La habitación de hotel de Ant costaba menos de 20 libras y no tendría que limpiarla.

Pero lo más importante es que dormiría.

Había funcionado con adrenalina mientras estuvo en el coche con Seth. Cuando vio el letrero en la autopista de cuartos baratos de hotel, simplemente tuvo sentido. Ahora, Seth sabía dónde vivía Ant y, aunque el plan parecía infalible y Ant creía que Seth lo llevaría a cabo al pie de la letra, la sola idea era perturbadora. Si regresaba a casa esta noche, volvería a sentarse en el alféizar y flotaría entre la consciencia y la inconsciencia.

Ant permanece de pie en el baño, se mira en el espejo. Se registró sin maletas, ni siquiera con cepillo de dientes. Se lava las manos con agua hirviendo. Después, aprieta la pasta de dientes de cortesía sobre su dedo índice y se frota los dientes.

Plop. Gulp. Splash.

No quiere lavarse la cara, para no despertar. No quiere estar despierto.

Se desviste frente al espejo. Mira su cuerpo desnudo, se toca los brazos y saca el pecho. Se pregunta si tiene la fuerza incluso para inmovilizar a una mujer pequeña. Seth no era un adicto al gimnasio, lejos de ser un fisicoculturista, pero parecía un hombre. Ant parecía un joven, algo entre delgado y flaco. Está preocupado.

Tampoco quiere preocuparse. La ansiedad solo lo mantendrá despierto.

Ant apaga todas las luces hasta que su cuarto de hotel queda negro como boca de lobo. Se mete debajo de las cobijas y trata de no pensar en lo que va a suceder el domingo. Piensa en el trabajo al que faltó y las compras que tiene que hacer. El coche de Seth viene a su mente. Piensa en todo lo que tiene que limpiar en su departamento. Luego en Hadley, en cómo la sacan de la cajuela de un coche y en su amigo que cuelga de un gancho en un baño australiano. Es demasiado.

Recostado sobre la espalda en la oscuridad total de una habitación en la que han dormido y cogido cientos de personas, Ant decide irse a un momento mejor. Cuando fue más feliz. Empieza con su niñez. Tiene tres años, luego seis, luego doce. Nada destaca.

Repasa con cuidado los años de su vida, buscando en los rincones algún tipo de alegría. Cuando llega a los diecisiete años, ni siquiera los años universitarios, ya está profundamente dormido. Agotado. El cansancio lo inunda por completo mientras su mente se distrae en una vida poco vivida.

136

La piel de sus párpados es negra y delgada. Su rostro, de ordinario gris, es blanco pálido contra la negrura de la barba que empieza a crecer. Y ese abrigo, que parece una capa, significa que una guadaña en la mano de Pace no parecería fuera de lugar.

Parece un espíritu maligno. Una reliquia cansada. Ha cruzado la línea de oscuridad y melancolía, a la amenaza y el terror. Ya ha sucedido antes y sin duda sucederá de nuevo. Pace es una isla, los otros agentes lo saben, pero cuando toma este camino, es mejor no interponerse en su camino.

Hay un elemento de amenaza que no existía antes. Cuando Pace se apegaba al procedimiento. Cuando buscaba a un asesino. Esto es distinto. Está encabronado. Y está cansado. Si regresara a casa, a Hinton Hollow, nadie lo reconocería.

El detective sargento Pace es enfermedad.

Hadley Serf no era una chica ordinaria. No era promedio. No era amable y cariñosa como Daisy. No tenía una relación amorosa como Teresa. Ni siquiera vivía en Londres.

Sencillamente, no encajaba.

Hadley Serf estaba perturbada. Pace habló con sus amigos sobre sus crisis nerviosas e intentos de suicidio a lo largo de los años. Al principio, solo decían cosas buenas de su amiga muerta. Pero la verdad tiene caminos para salir. Y, una vez que una de las amigas habló de su promiscuidad, otra mencionó la bebida y otra señaló las navajas de afeitar y las pastillas.

Estaba sucia. Desgastada.

Pero no se merecía esto.

La forma en que manipularon su cuerpo era peor que con las otras dos. La habían dejado más tiempo en cloro y habían frotado y restregado el interior de la boca y la vagina con mucha más violencia. Esto era más agresivo. Pace se pregunta si las cosas están escalando. Quizá este asesino está buscando una emoción más intensa. Tal vez necesita algo más sucio que limpiar.

Se sienta en su coche, en el asiento del conductor, y aprieta el volante. Pela los dientes. Respira profundo. Enojado. Piensa en los cuerpos de esas tres mujeres que no puede relacionar. Se siente frustrado, atormentado y enfadado. Quiere hacer algo, pero no está seguro de qué. Pero no es nada útil ni legal.

Y se dice que, si se encontrara cara a cara con este monstruo, no está seguro de poder esperar a que lo castiguen por las vías legales adecuadas. No está seguro de dejar pasar la oportunidad. No quiere hacerlo. Ya se ha sentido así antes.

Pace cae en espiral, cada vez más profundo. Cada caso lo merma. Otra parte de él está muriendo. Y el hombre que queda es más desconfiado, irracionalmente ansioso y excesivamente receloso. Un estado constante de tormento y paranoia que no se parece al prometedor detective de otro tiempo. El entusiasmo de ojo avizor y la ingenuidad

fueron los primeros rasgos en desaparecer. Ahora es la tolerancia.

Quiere encontrar a este asesino por cualquier medio. Y
quiere asegurarse personalmente de que no puedan volver
a hacer esto de nuevo.

Quiere eliminar el recuerdo de lo que hicieron, blanquearlo, envolverlo en plástico y tirarlo en donde nadie lo
encuentre nunca.

VIERNES

137

El detective sargento Pace es oscuridad.

El detective sargento Pace está dañado.

El detective sargento Pace es fuego negro.

Lo observo y no me siento yo misma. Todo lo que hago por Seth, por nosotros, para seguir adelante, se evapora. Pienso en ver a Pace. Escuchar su voz frente a mí. Sentir su aliento contra mi piel.

No es la psicosis del asesino en serie. Como se ve en las películas en donde se burlan del investigador con algunas notas o disfrutan acercarse a ellos, estar justo debajo de sus narices.

No sé qué es.

El detective sargento Pace es una marioneta.

El detective sargento Pace es un personaje de televisión.

El detective sargento Pace no es real.

Al verlo, me dan ganas de coger. No a él necesariamente, pero por supuesto no a Seth. De hecho, cualquiera que no sea mi marido. Empiezo a pensar en tipos más jóvenes de mi oficina que ponen la boca entre mis piernas, mientras yo me acuesto sobre el escritorio. Me pregunto si puedo decir que debo trabajar hasta tarde e ir a un bar para levantarme al primer tipo que muestre un poco de interés en mí.

No soy yo.

Miro el noticiero de la mañana, el presentador describe la muerte de otra joven, una chica inocente, a quien yo ayudé a desinfectar y desechar; y todo lo que deseo es bajar ambas manos y meterlas debajo de mi ropa interior hasta convertirme en un despojo estremecido.

El detective sargento Pace me obliga a hacer esto.

El detective sargento Pace es un detonador.

El detective sargento Pace es enfermedad.

Sé que es él. Él es lo único diferente en mi vida. Solo siento esto cuando lo veo. ¿Quién es, realmente? ¿Por qué estoy tan obsesionada con este caso? Sé mejor que nadie qué sucedió.

Seth entra a la sala mientras veo la televisión; escucho sus pies arrastrarse por el piso del vestíbulo y saco las manos de debajo de mi ropa interior.

—Gracias a Dios es viernes. —Se ve elegante, de traje, rasurado. Puedo oler la loción para después de afeitarse—. Qué semana, ¿no?

Es tan casual, habla de su experiencia como si se hubiera esforzado mucho en la oficina, haciendo negocios, evitando romperle la cara a un corazón roto de unos veintitantos años y abandonar su cuerpo junto a un muro lejos de la carretera.

Lo veo en él. Le parece fácil actuar normalmente. No le afecta. Piensa que no lo pueden atrapar, que es invencible. Y quizá yo también me siento un poco así. Pero Seth piensa que esto lo hace especial.

No lo es.

Está a medio camino de convertirse en un programa de televisión nocturno, que pasan entre semana, llamado *Pa*-

rejas asesinas o *Parejas que matan*. Es parte de la curiosidad de alguien más. Es media hora de intriga. Es parte del sensacionalismo. Pero él no es sensacional.

Y ahí es donde diferimos.

Yo sé lo que hacemos, lo que hemos hecho. Sé qué sigue. Sé que lo haremos otra vez.

Pero no nos hace diferentes.

Somos como cualquier otro.

138

Todo en ella es un suspiro o poner los ojos en blanco.

No parece genuina.

Seth observa a Maeve, recostada en el sofá como si fuera el final del día, no el inicio, y puede advertir que está distraída. Ni siquiera lo mira.

—Qué semana, ¿no?

No sabe qué más decir. Parece una conversación superficial.

—Sí.

Maeve responde en un aliento, tratando desesperadamente de no suspirar.

Seth continúa. Hace un esfuerzo. Puede ver que ella está pensando algo.

—Terminemos el trabajo y pidamos comida esta noche. Algo sencillo. No hacer nada. Tomarnos un trago, un poco de comida chatarra y ver una película o algo.

Ella parece fascinada con el televisor.

—¡Maeve! —Seth alza la voz.

—¡Qué!

Se incorpora en su asiento y pone la televisión en silencio.

—¿Escuchaste lo que dije?

—Sí. Perdón. Estaría bien. ¿Tú pasas por la cena? Pero no chino, me hace sentir muy mal al día siguiente.

—Claro. No hay problema.

—Tal vez llegue un par de horas más tarde. No muy tarde, solo tengo que terminar un trabajo.

Habla sin mirarlo. A Seth le parece que algo anda mal; no tiene razones, pero no confía por completo. Se dice que es su paranoia por el domingo.

—¿En serio? ¿En viernes? —pregunta, pero suena más a decepción que a interrogatorio.

—Es solo que estoy atrasada por haber faltado un día; llevo toda la semana tratando de ponerme al día. No quiero preocuparme por eso el fin de semana, ¿sabes?

Es tan convincente.

Maeve sonríe a Seth y, de pronto, siente que ella regresó a la habitación, con él. Sus hombros se relajan.

—Sí. Claro. Entiendo.

Maeve apaga el televisor y bebe un trago de su café.

—¿Ya te vas? —le pregunta.

—Sí, solo necesito mi laptop.

—Bueno, salgo contigo. Vámonos.

Seth toma su computadora del vestíbulo y abre la puerta para dejar pasar a Maeve. Se besan antes de entrar cada uno en su coche. Son una pareja normal. No distinta a ninguna otra de su calle. Viven juntos, comen juntos, comparten el baño. En la mañana se despiden con un beso y cenan juntos en las noches. Duermen en la misma cama y, en ocasiones, también tienen sexo.

Son los Beauman y son tan infelices como tú.

—No creo regresar después de las ocho, ¿okey? —reitera Maeve.

—Me aseguraré de que el vino esté frío y la comida caliente. —Sonríe Seth.

Seth se echa en reversa para salir de la cochera; Maeve lo sigue hasta el primer semáforo.

Cuando Seth se estaciona en la zona industrial donde se ubica su oficina, en la radio suena la misma canción de Elton John. Su jefe está parado afuera, junto a la puerta de entrada; habla por teléfono y fuma un cigarro. Mira su reloj y le da unos golpecitos con la mano con la que sostiene el cigarro; el celular está sujeto entre su oreja y el hombro.

Seth se enfurece. Se estaciona, apretando el volante con todas sus fuerzas. Elton sigue cantando mientras Seth se imagina que va a la cajuela y saca el gato que solo ha usado dos veces para cambiar una llanta ponchada. Piensa en acercarse a su jefe y golpearle la cara varias veces con el pesado metal, antes de hacerle tragar su cigarro.

Fantasea con pisarle el cuello y aplastarle la tráquea para que no pueda gritar, mientras todos en la oficina tratan de encontrar algo importante que hacer para cuando regrese.

Después, piensa en coger su teléfono y enviar un mensaje de texto a la esposa y a la novia de su jefe para que sepan que la otra existe, antes de envolver ese montón de excremento humano en plástico y arrojarlo por un puente en algún otro país.

Pero sale del coche con la mochila de la laptop al hombro, lo cierra con llave y asiente para dar los buenos días mientras entra al edificio. Puede escuchar que su jefe está hablando con una mujer, pero no sabe con cuál de ellas.

Se sienta frente a su escritorio, mientras todos los demás tratan de parecer ocupados; abre el navegador de internet para buscar un restaurante para el domingo en la noche.

139

Las tres primeras veces que toca la puerta, Ant no se mueve. No se ha movido en toda la noche. Hacía años que no dormía tan bien. Un colchón cómodo, firme, sin pelos, en una habitación completamente oscura que nadie conoce. Exactamente lo que necesitaba.

Se despierta con el cuarto toque a la puerta; solo alcanza a entender el final de una frase que, supone, es «Serviiiiicio de habitacióooooon». Antes de responder, el cerrojo de la puerta hace clic y una mujer de unos cincuenta años, de piel verde aceituna, está de pie en su recámara con un carrito cubierto de sábanas limpias.

—Perdón, señor. Perdón, señor. Toqué varias veces y no hubo respuesta.

—Bueno, no estoy listo, así que si por favor saliera…

Ant es frío. Lo primero que pensó cuando la puerta se abrió fue que se trataba de Seth y que iba a morir.

—Por supuesto. Ya es tarde, señor, tenemos que arreglar y limpiar las habitaciones.

—Todavía no he comido. Por favor, ¿puede dejar que me arregle?

La vieja recamarera está nerviosa. Entiende la vergüenza de Ant, está desnudo debajo de las cobijas, pero se preocupa por ella. Tiene un horario estricto para limpiar los cuartos y él le está impidiendo llevar a cabo su trabajo de manera correcta y eficiente. Además, hace mucho que pasó la hora del desayuno. Quiere decírselo, pero sale de la habitación y cierra la puerta tras ella.

Ant se deja caer sobre el colchón; su cabeza está rodeada por la almohada. Su corazón late fuerte, bombea sangre oxigenada hacia sus músculos, en caso de que su instinto sea huir de esa situación, en lugar de quedarse y resistir. Ríe para sus adentros frente a lo ridículo de todo eso.

Se inclina sobre el buró donde está su teléfono celular.

—Carajo —dice en voz alta, al ver la hora. Son más de las once de la mañana.

Por suerte, no tiene nada que empacar. Lo ideal hubiera sido bañarse y ponerse ropa limpia, pero no tenía suerte. Su impulso era quedarse ahí y era el correcto.

Recoge su ropa del piso y se la pone. La camiseta huele a ayer. Odia eso. En el baño, Ant exprime en su boca el resto de la pasta de dientes miniatura, se inclina hacia la llave, toma agua y hace buches hasta que le quema. Escupe en el lavabo y pasa la mano alrededor para limpiarlo.

Cuando sale, la recamarera está limpiando las hojas de un ficus de plástico en el pasillo. Su carrito está fuera de la habitación. Es evidente que él es el último en su lista. Ant quiere disculparse, pero recuerda lo que Seth le dijo: «Tiene que pasar inadvertido. No llamar la atención».

Pasa a un lado de la mujer, con la cabeza baja, y eso hace que ella lo recuerde aún más, porque fue grosero. Las personas recuerdan con mucha más facilidad las cosas negativas.

Ant registra su salida, pero antes de regresar a casa, recuerda otras cosas que Seth le dijo, lo que le indicó para estar bien preparado para el domingo en la noche.

Camina hasta la gasolinera. Se compra un bollo con salchicha y una bolsa de papas para desayunar; después va a la sección de limpieza.

Coge una botella de cloro.

Tendrá que comprar cada botella en un lugar diferente.

Pagar en efectivo.

Necesitará seis botellas.

140

Cuando trabajas desde casa, sucede una de dos cosas: o te distraes con todo —porque es tu casa, no sientes que es trabajo, no sientes que es la oficina, sientes que es tu casa, tu casa— abres la laptop y pones música o enciendes el televisor de fondo; puedes navegar en internet sin miedo a que tu jefe te espíe sobre el hombro. Puedes actualizar tus redes sociales. Ver pornografía. Hacer cualquier cosa menos trabajar.

O puedes hacer lo contrario. No hay nadie alrededor. No tienes que entablar conversaciones inútiles sobre el partido de futbol de anoche o sobre el exceso de telenovelas. No tienes que escuchar historias sobre niños que solo sus padres consideran adorables. Ni siquiera tienes que hablar del trabajo. De hecho, sabes que si no enciendes el televisor o pones música o te masturbas con un bukake interracial, puedes realizar el trabajo de un día en solo la mitad.

Y también está la opción secreta número tres. En la que no trabajas medio día en la oficina porque estás distraído, después le dices a tu jefe que vas a salir a comer con un distribuidor, pero en realidad pretendes trabajar mucho menos de lo que hiciste en la mañana. Y aunque tu jefe sabe que probablemente es una mentira, también se da cuenta de que cavó su propia fosa al decir que podías relajarte porque excediste tu objetivo.

Seth escoge la opción tres.

Pasó la mañana buscando restaurantes y bares y verificando las distancias desde la casa de Ant.

Ahora está en su coche, con un sándwich de atún y maíz, manejando para visitar estos lugares en persona y caminar desde ahí hasta casa de Ant, para saber con exactitud qué esperar el domingo. Tiene que asegurarse que Ant lo puede seguir sin que lo descubran. No es algo que normalmente haría. Se dice que no actúa con tanta sangre fría. Pero esto sale de lo ordinario. Tiene que salir bien. Sin errores.

Mira por las ventanas y se toma un par de pintas de cerveza lager en dos *pubs* diferentes. Camina a casa de Ant. Parece que no hay nadie ahí. Sin embargo, Seth no se acerca mucho. No quiere asustar al chico, aún tiene las fotografías.

Hace las reservaciones para el domingo en la noche, no a su nombre, por supuesto. Su ruta está planeada. Todo lo que falta por hacer es confirmar los detalles con la mujer con la que va a salir y luego compartir esa información con Ant.

Está hecho.

No hay vuelta atrás.

Seth maneja hasta su casa y llega a las seis. Pone las tres botellas de *prosecco* que compró en el refrigerador y deja la botella de vino tinto sobre la barra de la cocina.

Es en este momento en el que, habitualmente, Maeve cruzaría la puerta.

Todavía tiene dos horas.

141

El sentimiento que tenía esta mañana se ha ido. Me gustaría pensar que se disipó gradualmente a lo largo del día, pero no fue así. Esta mañana, me despedí de Seth con un beso, y cualquier deseo que tuve mientras miraba las noticias, se marchitó y murió en ese momento.

Nada qué ver con Seth.

Lo amo.

Lo deseo.

Solo que he cambiado. Y ahora tengo que quedarme a trabajar tarde, aunque no es necesario, porque estaba llena de entusiasmo y de lujuria por algo desconocido. Pensé que podía ir a un bar y escoger a un hombre que no conociera, y hacer quién-sabe-qué con él.

Y ahora estoy sentada en este lugar, con una copa de *shiraz* y ni un solo tipo se ha acercado a hablar conmigo. Ni uno solo me ha ofrecido un trago. El único que ha dicho algo es el tipo que está detrás de la barra. Únicamente me preguntó qué quería beber. Le dije. Me sirvió. No me pidió que compartiera mis problemas ni se ofreció a prenderme el cigarro.

Así que estoy sola. Miro alrededor, hay parejas que ríen juntas. Siento como si se rieran de mí. Su semana de trabajo ha terminado y ahora beberán hasta caer más tarde en la cama. Y hay hombres con traje, en grupos de cuatro o cinco. Ríen más fuerte y levantan sus vasos más alto que cualquiera de las parejas. Y hay otras personas que están sentadas solas, pero esperan a alguien.

Me pregunto qué carajos estoy haciendo. Me siento como una idiota. No soy una mujer desesperada. Tengo lo que necesito.

Mientras me humillo, un hombre demasiado joven para mí se acerca y hablamos durante diez minutos. Pero no lo quiero a él. Solo lo utilizo.

Bebo los dos últimos tragos de vino hasta que no queda nada más que una aureola en el fondo de la copa y me voy. Subo a mi coche y manejo, a pesar de que excedo el límite de alcoholemia. Igual que el sesenta por ciento de los conductores en Londres, un viernes después de las cinco y media.

Le mando a Seth un mensaje de texto para decirle que terminé mi trabajo imaginario más temprano. Me contesta de inmediato, para decir que las bebidas están frías y que va a pedir una pizza. No se me antoja, pero respondo que es perfecto.

Y cuando entro a la casa, está caliente; hay un solo tipo ahí y me ofrece una copa. No me ofrece un cigarro, pero sabe que hace casi cinco años que no fumo. Sin embargo, me pregunta por mi día y le cuento. Me interroga sinceramente sobre mi trabajo de esta tarde y tengo que mentir un poco y desviar su atención.

Nos tomamos dos botellas de *prosecco* y comemos una pizza que no quiero. Ayuda a cortar el alcohol. Seth me pregunta si quiero ver las noticias y respondo que no.

No quiero verlas.
No quiero cambiar.

—Charlie Sanders, queda detenido por sospecha de asesinato de Hadley Serf.

Fue en ese momento que la novia de Charlie comenzó a golpearlo; lo abofeteó y lo golpeó en el pecho.

—Cabrón. Maldito cabrón. Volviste a hacerlo.

Pace está con dos agentes de policía, quienes la sujetan mientras esposan a Sanders en el vestíbulo de su casa. Acepta con tranquilidad. No pelea. Su asombro ha desaparecido y todo lo que le queda es tristeza y decepción.

En el camino al coche, le dice a Pace:

—Yo no la maté. Lo juro. No la maté.

Una declaración abatida de inocencia que el detective no toma en cuenta. Empuja con fuerza la cabeza de Charlie Sanders hacia abajo y lo mete al coche de un golpe en las costillas.

En el camino, Pace guarda silencio. Está furioso.

Charlie le habla.

—Ni siquiera sabía su nombre. Solo nos conocimos. Cogimos. ¿Cuál es el crimen?

Se habla a sí mismo, pero lo suficientemente fuerte para que Pace pueda oírlo.

Una y otra vez, dice que no la mató, que apenas la conocía. Cada palabra se evaporaba en la paciencia de Pace, como una gota de agua en la frente.

Tap. Tap. Tap.

Luego, sale el vendedor arrogante.

—¿Sabe?, estoy seguro que ese golpe que me dio se puede considerar brutalidad policial…

—¿Recuerdas que te dije que todo lo que digas puede ser usado en tu contra?

—Lo escuché. Solo decía que ese golpe no era necesario. Estaba cooperando.

—Si pruebo que mataste a esas chicas, un empujón en las costillas será como un beso en la mejilla. Ahora cálmate.

Pace apenas observa el camino. Charlie Sanders puede ver los ojos muertos de Pace que lo miran por el espejo retrovisor. Es como si nunca desviara la mirada.

—¿Chicas? —Charlie Sanders hace énfasis en el plural—. ¿De qué carajos está hablando? ¿Chicas? Pensé que se trataba de esa de la semana pasada. ¿Qué me están tratando de endilgar?

—Te aconsejo que cierres la boca hasta que lleguemos a la comisaría. Ahí podrás decirme todo lo que sabes.

Despacio. Deliberado. Amenazador. Es la certeza en el tono de Pace lo que hace que su sospechoso se sienta más aterrado.

Pace dejará que Sanders se «cueza» y sude en una celda durante un tiempo, antes de interrogarlo.

Mira al idiota desaliñado en el asiento trasero y sonríe.

Pace cree que tiene a su hombre.

143

A Ant le lleva más tiempo reunir el cloro de lo que pensó. El asiento trasero está lleno de artículos superfluos que no le sirven para nada. Hay bolsas de ensalada, desodorantes en aerosol, vendas adhesivas, galletas y aguacates que maduran en casa. Incluso, en pánico, compró una caja de tampones para flujo intenso.

Ahora está en casa.

Está exhausto.

Desempaca de inmediato; pone todo en su respectivo lugar, aparte de los tampones, que tira a la basura. Y se prepara un café.

Hace frío en el departamento. Tendrá que recordar poner el programador de la calefacción el domingo, para que pueda sentirse cómodo al regresar a su casa. Lo suficientemente cómodo como para desnudarse.

Ese es el plan.

Lo repasa en su mente mientras toma café en la cocina.

Limpiar la casa, dejarla presentable para recibir a una dama.

La cena es a las ocho. Primero unos tragos. Siéntete libre de estar en el bar, pero no te acerques mucho.

No entres al restaurante. Observa solo desde la ventana, si es necesario.

Unos tragos después. Ir a casa en ese momento y esperar. Las luces apagadas, se quedan apagadas.

Cerrar la puerta con el pestillo.

Quitar el foco de la recámara.

Quedarse ahí.

No hacer ruido.

Esperar.

Esperar en la penumbra y, después, elegir el momento para poner las manos alrededor del cuello de la chica y apretar.

Eso es todo. Ese es el plan que Seth preparó para Ant. Ahora que lo piensa, todo parece tan sencillo. Quizá demasiado sencillo. Pero tal vez el asesinato es lo más fácil. Localizar, establecer el contacto y preparar es lo que requiere esfuerzo.

En todo caso, para Seth.

Ant tiene sus propias ideas.

Tiene su propio plan.

144

Un teléfono de prepago. Así le llaman.

Cuando usas un celular de pago por llamada, úsalo una vez, rompe la tarjeta SIM y la batería, y tíralo. No dejas rastro.

Todo lo que hacemos se graba.

Las aplicaciones nos despiertan y nos dicen «buenos días». Manejas frente a un cine o un banco y tu teléfono se enciende porque sabe que estás cerca. O buscas algo en un sitio web y, cinco minutos después, recibes un correo electrónico sobre ese producto, con algunas alternativas en diferentes precios.

Seth siempre los usó. La primera llamada la hacía del teléfono de su casa; a veces hacía veinte en una sola noche. Se convertiría en un pasatiempo muy caro. Pero si establecía el contacto y llamaba a alguien por segunda ocasión, usaba ese teléfono una sola vez. Luego lo destruía.

Tenía que informarle a Ant sobre los detalles del domingo en la noche, los horarios y lugares, pero no quería enviarle un mensaje de texto y dejar algún tipo de rastro. En su camino a casa, compró otros tres teléfonos y desempacó uno para llamar a Ant. Para darle la información que había recopilado y asegurarle que cumpliría su parte del trato —preparar el lugar, comprar el cloro, quitar el foco.

Llamó a Ant, pero el teléfono sonó y sonó, hasta que por fin entró a mensaje de voz.

¿Por qué el idiota no respondía? ¿Qué tenía que hacer que fuera más importante que esto? ¿Por qué hacía que Seth desperdiciara un teléfono?

Seth estaba preocupado. Ant lo ponía nervioso. Él era la debilidad. Era impredecible.

No tenía que tirar el teléfono solo porque había entrado a mensaje de voz, pero, de todos modos, lo hizo. Porque era precavido. Había aprendido de Maeve. Pero había usado muy poco crédito. Así que, antes de despedazarlo y tirarlo a la basura, llamó a las pizzas de entrega a domicilio.

145

Esta noche, el bloc de post-it se queda sobre el escritorio.

Ant no escribe su acordeón con las tres oraciones acostumbradas. No está aquí para adaptarse al guion. Está aquí para tomar notas sobre posibles víctimas. Futuros contactos.

No necesita filtrar un directorio telefónico y esperar que la suerte juegue su papel; él crea su propia suerte. Cuenta con una amplia representación de personas y personalidades de donde escoger. Y no tiene que esperar a esa persona especial que no colgará el teléfono o lo llamará anormal; no tiene que esperar a que alguien se sienta tan solo como él para querer hablar. Al otro lado de la línea, todos quieren hablar con él.

Es su Samaritano.

Ant está tan emocionado por su supuesto espíritu empresarial, que no es exigente.

Cantidad sobre calidad.

Usa las notas adhesivas para escribir la información de todas las personas que llaman esa noche. Su nombre, teléfono, problemas, los secretos íntimos que le confían.

¿Quién hubiera pensado que tendría tanto en común con una madre soltera, un homosexual de clóset o un ayudante de preescolar suicida?

En realidad, Ant no está haciendo su trabajo de manera diferente. Sigue ahí, presente, atento y consolador, solo que ahora escribe notas.

Sigue ayudando a una tonelada de individuos aislados, solo que ahora planea seleccionar al candidato adecuado para él.

Si le gusta lo que suceda el domingo en la noche, si le toma el gusto, tiene a su disposición una fuente de desesperación.

Es joven e impetuoso.

Un error que debe ocurrir.

146

El interrogatorio empezó y Charlie Sanders confesó todo.

Le contó a Pace cuánto le gustaba ese club, porque las chicas ahí siempre estaban desesperadas, coger estaba garantizado. Le explicó cómo conoció a Hadley Serf, que estaba con algunas amigas y que era obvio que habían estado bebiendo.

—Todas eran bastante decentes, pero era muy claro quiénes querían acción.

Pace apretó el puño debajo del escritorio; sin embargo, su expresión no cambió.

—Mire, nos fuimos; no sé bien qué hora era, probablemente era como medianoche. Caminamos unos minutos, buscando un taxi. Ella me jaló a una calle lateral y empezó a besarme y a tocarme. Fuimos a su casa y tuvimos sexo.

En este momento, se detuvo y respiró; se dio cuenta de que su novia sabía esta parte, por lo menos, y que era posible que ya se hubiera ido de la casa o que hubiera aventado sus cosas a la calle.

—¿Qué pasó después, señor Sanders?

—Después, nada. Nos vinimos, nos vestimos y me fui. Ni siquiera llegué hasta su recámara, porque lo hicimos en el vestíbulo. Era como si solo quisiera sacarse una angustia.

—¿Eso fue todo? ¿Tuvieron sexo, se subió los calcetines y se marchó? ¿No hablaron? ¿Un café? ¿Alguna discusión?

Pace no le creía.

—No, nada de eso. No todas las mujeres quieren que te quedes y las abraces después. Miré, me fui y regresé al club para ver si ahí seguían mis amigos. Estaba bastante viva cuando salí de su casa. De regreso al club, me asaltaron por detrás. Algún cabrón, ni siquiera lo vi. Me dijo que la dejara en paz. ¿Que ella le pertenecía o algo así?

—¿Que le pertenecía? ¿Esas fueron sus palabras?

—No recuerdo. Me tiró al piso. Me golpeó en la cara varias veces y me pateó las costillas. Tuve el ojo morado durante días. Le puede preguntar a cualquiera.

Todo esto le parecía muy conveniente a Pace, pero si este tipo estaba diciendo la verdad, había nueva información que podría dar un giro completo a la investigación.

—¿Y no pensó en reportar esta agresión a la policía?

No quería que mi novia supiera lo que había hecho. Le dije que estaba borracho y me caí.

—Un mentiroso muy convincente, señor Sanders.

—Le estoy diciendo la verdad. ¿Qué tengo que perder ahora? Lo juro, ni siquiera sabía su nombre hasta que vi su rostro en el noticiero el otro día.

Pace suspendió el interrogatorio y apagó la grabadora.

Sanders se recargó en su silla.

El segundo detective que estaba en la habitación, que había permanecido en silencio durante toda la entrevista, no movió un dedo cuando Pace agarró al sospechoso por la garganta, lo sujetó contra el piso y comenzó a gritarle.

—¿Ocultaste evidencia que podría ser importante solo porque te preocupaba que tu novia se enterara de que eres una doble mierda? Que Dios te ayude si aparece otro cadáver, lo que pudimos haber evitado si nos hubieras dado antes esta información.

El rostro de Charlie Sanders enrojeció y rodaban lágrimas por sus mejillas.

Pace lo soltó.

—Regresen a este idiota a su celda mientras compruebo su declaración.

El detective sargento Pace estaba muy cerca de encontrar la verdad.

No tenía a su hombre, pero contaba con suficiente información para continuar. Podía conseguir las grabaciones de las cámaras del club. Podía encontrar el taxi que usaron esa noche. Podía investigar si alguna cámara había grabado el supuesto asalto.

Esto lo llevaría al Samaritano.

SÁBADO

147

El día previo al asesinato. Seth no ha dormido. A la ansiedad, le agrega el insomnio.

Hoy no hay nada que hacer.

Todo está preparado; es solo cuestión de esperar.

Cuando padeces insomnio, todo lo que haces es esperar. Esperar a la noche. Esperar a que todo esté tranquilo, la paz. Esperar que el cansancio de los días, ese peso inagotable —extremidades abatidas, párpados abatidos, corazón abatido—, deje de afectarte y no te dé otra opción más que dormir.

Y escuchas a la gente en el trabajo o en las cafeterías que dice que está exhausta. Quizá su hijo se despertó a medianoche, mojó la cama o se metió a la cama de sus padres a las cinco y media. O tal vez ha viajado mucho en la semana. Escuchas y dicen cosas como: «No tengo tiempo», y sabes que el tiempo no es real, porque lo que ellos consideran un día, es solo dos tercios de un día tuyo. Porque ya han dormido cuatro horas cuando tú apenas estás en el momento en el que te sientes tan frustrado que no puedes dormir, sabes que todavía te queda otra hora de enojo.

Siempre hay tiempo.

Puedes tomarte el tiempo.

Agregar la espera por encima de la espera alarga el tiempo para Seth. Como lo haría para cualquiera, pero más para él. Sus días ya duran veinte horas. Cada hora de esta mañana de sábado la siente más larga que cualquier otra persona. Y sabe que todavía tiene más que soportar.

Más tarde, esa noche, cuando Maeve esté descansando tranquilamente en su cama, él estará en la sala mirando la pantalla en un primer plano extremo. O estará recostado junto a su esposa, mirando el techo.

Seth se recuesta en el sofá con su laptop sobre los muslos y hace clic en un enlace que lo llevará a otro y a otro, hasta que ya no recuerde dónde empezó.

Navega y se desplaza sobre palabras e imágenes, hasta toparse con un artículo sobre problemas de sueño y cómo superarlos.

Aparentemente, dormir sobre un costado provoca dolor en el hombro. Esto se puede evitar al dormir sobre la espalda y abrazar una almohada.

Dormir bocabajo con la cabeza sobre la almohada puede provocar una curvatura anormal de la columna vertebral y causar dolor de espalda. Se resuelve fácil. Recuéstese sobre la espalda con una almohada debajo de las rodillas para presionar la espalda baja contra el colchón y así tener una posición más neutra.

Demasiadas almohadas. Acostarse sobre un costado. Probablemente padece dolor de cuello. Es mejor si se acuesta sobre la espalda, con los codos sobre una almohada a cada lado.

A Seth le parece que la mayoría de estas curas implican cambiar de posición y acostarse sobre la espalda.

Sigue leyendo.

Si tiene problemas con los ronquidos, o quizá duerme junto a una persona que ronca, es porque están acostados sobre la espalda. Deben ponerse sobre un costado.

Hasta que sientan el inevitable dolor de hombros.

Para colmo, daban consejos para personas que no pueden dormir. No tomar café o bebidas energizantes antes de ir a la cama. Hacer ejercicio en la mañana y en la tarde. Cambiar la computadora o el teléfono por un libro.

Una pérdida de tiempo, se dice Seth.

Pero, cuando mira el reloj en la esquina de la pantalla de su laptop, solo han pasado tres minutos. Sintió como si hubieran sido doce.

Y así seguirá el resto del día.

148

Esta mañana los periódicos hablan de las dos últimas mujeres y de Daisy, a quien ahora declaran abiertamente relacionada.

Es evidente que una de las prensas amarillistas le pagó mucho dinero a alguien para obtener una fotografía de cada una de las chicas en la escena del crimen. No es demasiado, pero siguen siendo dos cadáveres. El título dice: «ENVUELTAS EN PLÁSTICO».

Otro periódico sensacionalista cita a los inmigrantes como problema y la razón del aumento de este tipo de historias.

La prensa seria lo maneja con un poco más de sensibilidad. Una investigó de manera tan profunda qué puede revelar que ambas mujeres fueran estranguladas.

Otra, ni siquiera pone la historia en primera plana porque treinta y seis personas murieron en un atentado suicida el día anterior y consideran que eso también vale la pena.

En Estados Unidos ya lo llaman los asesinatos EBE (estrangulada, blanqueada y envuelta en plástico). Exactamente el tipo de notoriedad que anhelan algunos asesinos.

Seth no, él solo quiere diluirse en el contexto.

Y, por supuesto, no Maeve, que solo desea que las cosas vuelvan a la normalidad. No lo normal que tenían, porque era insoportable, sino un nuevo normal que considere el vínculo que han creado debido a estas circunstancias para permanecer juntos más tiempo de lo que jamás habían estado.

Pero Ant sonríe con las noticias, porque él va a continuar el legado. Primero, lo hará de la manera en que Seth le indique. Quiere obtener confianza, mejorar. Después, podrá labrar su propio camino en los libros de historia, tener su propio nombre.

No ha podido dormir tan bien como lo hizo en el motel, pero logró dar vueltas en su propia cama, en lugar de padecer tortícolis sentado en el alféizar de la ventana de la sala. Creía que Seth no se aparecería durante la noche para estrangularlo, blanquearlo y envolverlo en plástico.

Un día más.

Tanto que hacer.

Ant arroja una cucharada de mantequilla en una sartén caliente, rompe tres huevos y sazona con pimienta entera y sal rosa del Himalaya. Cuando los bordes de los huevos comienzan a endurecerse, agrega un chorrito de leche y una cucharada de queso crema; mezcla todo antes de ponerlo sobre un pan tostado integral. Lo último que necesita es tener hambre, con todo el trabajo que tiene que hacer.

Prepara un café y añade dos chorritos de jarabe de caramelo. El azúcar es una solución a corto plazo, pero es lo que su cuerpo le dice que necesita.

Debajo del fregadero, Ant tiene nueve botellas de cloro. Seis que Seth le dijo que comprara para la noche del domingo y tres que ya tenía para limpiar. Odia que las etiquetas no sean iguales.

Toma el aerosol de la cocina y cubre la hornilla de espuma abrasiva con olor a limón. Desinfecta las superficies y las puertas de las alacenas y después tira la esponja a la basura. Utiliza una esponja nueva para el baño. Friega el interior del lavabo y el cristal de la puerta de la regadera hasta que los vapores del aerosol son tan tóxicos que ya no puede quedarse ahí más tiempo.

Las habitaciones están resplandecientes. Toma un poco del cloro y lo echa al escusado, al lavabo y al fregadero de la cocina.

Cambia las sábanas y pone las anteriores directo en la lavadora; aspira cada fibra de cada alfombra, usando el aditamento más pequeño para poder tener acceso a las grietas entre la alfombra y el rodapié. Sacude cada superficie. Repasa todos los marcos sucios de las puertas que, por descuido, tocó al entrar a la habitación.

Y cuando finalmente se sienta, ya es hora del almuerzo y tiene hambre. Se prepara un sándwich de queso. Sobre la barra de la cocina caen migajas de pan y ralladuras de queso ruedan hasta las baldosas. Volverá a limpiar la cocina cuando haya terminado de comer.

Está haciendo exactamente lo que le dijeron.

Solo le queda quitar el foco de la recámara.

Ant se sienta frente a su escritorio, come su sándwich y lee periódicos en internet. El primer enlace tiene un cintillo que dice: «Noticias, deportes, celebridades y chismes». Ant hace clic en el texto azul; sabe perfectamente que la publicación está organizada de lo menos a lo más importante.

Cuando ve a una pálida Hadley Serf envuelta en plástico, se enfurece. Recuerda por qué está en esta situación.

Seth le arrebató a Hadley.

Y eso sigue provocando que Ant quiera matar a Seth.

149

En algún lugar leí que pensar en correr puede ayudar a perder peso. No tanto como correr físicamente, pero lo suficiente como para aumentar la frecuencia cardiaca y quemar algunas calorías. Es otro de esos mitos urbanos que anda por ahí y que hace que la gente sea más perezosa. Como la de comer apio y saber cómo se gasta más energía al masticarlo que lo que en realidad contiene.

Estas falsas verdades penetran nuestros pensamientos racionales porque queremos que sean ciertas, queremos una solución rápida o una salida fácil. Porque la verdad es que, si deseas perder peso, no te comas todo el pastel. Si quieres estar en forma y tener mejor salud, deja de pensar en el ejercicio y sal a hacerlo.

Quizá lo que quieres es ganar más dinero. Entonces, haz tu trabajo. Hazlo bien. Cumple tus objetivos y excédelos. Renuncia a tu empleo y empieza tu propia compañía. Haz el trabajo que quieres hacer. Nada motiva tanto a las personas como el miedo.

Y cuando tu relación con la persona que alguna vez amaste cambia —el individuo con quien te comprometiste, a quien le dijiste que estarías con él para siempre—, no te echas para atrás. No la alejas porque es más fácil que ella se deshaga de ti o piense que es su decisión. No coqueteas con otra mujer. Con alguien que conoces en un viaje de negocios. Con una chica con la que estableces contacto por teléfono.

Lo trabajas. Te esfuerzas. Vas a terapia matrimonial. La apoyas cuando su padre muere de cáncer. La ayudas a limpiar y a deshacerse del error que cometió.

Yo sé lo que quiero. Quiero que este calvario termine. Quiero que la preocupación desaparezca. Quiero seguir adelante. No voy a obtenerlo solo con pensar positivamente. No sucederá con solo soñar con un futuro mejor.

El éxito solo proviene de la acción.

Así que, mientras Seth está recostado en el sofá, ocupado en juegos en línea y evitando las noticias, mientras se preocupa y se estresa y no duerme, mientras piensa en cosas, sé que yo soy quien actúa en esta relación.

Tengo certeza.

Sé que esto debe terminar.

Y terminará, muy pronto.

150

Pace descubre que Sanders está diciendo la verdad. Ve un video de él bailando con Hadley en el club. Habló con los de seguridad. Tiene la grabación del taxi negro que los llevó a casa esa noche. Esto fue una cosa de una sola noche; no se conocían, no hubo premeditación. No encajaba con el perfil del asesino.

Hadley había ido a trabajar al día siguiente de este encuentro, pero nada afirmaba que Sanders no hubiera regresado un par de días más tarde para terminar el trabajo, así que continuaba detenido. Ahora tenía un abogado. Nunca mencionó los golpes en las costillas ni el estrangulamiento.

Lo que es más importante, al cabrón infiel lo habían agredido y Pace agradece que vive en un país que está bajo constante vigilancia, porque su atacante podía distinguirse claramente en la grabación de la cámara que estaba fuera de la farmacia.

Eso significa que Pace puede revisar con cuidado la grabación del club. Y se puede ver que ese hombre estuvo observando a Hadley Serf toda la noche. Acechando. Asediando.

Pace puede ver que salió poco después que la amorosa pareja.

Su rostro, el rostro de Ant, aparecería en todos los noticieros el domingo en la noche, junto con una dramática reconstrucción de los hechos de esa noche.

Habría cientos de llamadas que conducirían a Ant y, con el tiempo, a Seth.

El detective sargento Pace se está acercando.

DOMINGO

151

Seth agita una mano en el aire para llamar al mesero. Señala el menú. Dos minutos después, llega una botella de vino tinto con dos copas. Ant lo ve todo a través de la ventana del restaurante.

Antes de eso, Seth bebió una pinta de lager y su cita, una copa de vino blanco, perlada con esas gotas sexy de condensación.

Ant también observó eso. Pero estaba dentro del *pub*, con ellos.

Exactamente como estaba planeado.

Era uno de esos *pubs* gastronómicos. Donde las cervezas tienen nombres divertidos. Son claras, oscuras o artesanales. Y pagas cinco libras por una porción de papas, porque están fritas dos o tres veces —como si fuera algo nuevo—, pero olvidas que cada vez que compras un paquete de papas congeladas en el supermercado, por 99 centavos, eso es exactamente lo que obtienes.

El pastel de carne va acompañado de espuma, en lugar de jugo de carne, y el pescado se sirve con *velouté*, en lugar de salsa.

Hubieran podido quedarse ahí y comer.

Pero ese no era el plan.

Ant observa cómo Seth levanta su copa de vino tinto y brinda contra la copa de su pareja. Dice algo y sonríe. Ant no puede leer sus labios. Ve la parte de atrás de la cabeza de la mujer. Cabello rubio y brillante. Lleva un vestido negro. Ajustado. Puede ver la forma de sus hombros e imagina que es bonita. No se parece a Hadley Serf.

Antes de eso, Seth estaba en el *pub* gastronómico haciendo lo mismo: levantaba el vaso de cerveza y mostraba los dientes al chocarlo contra la copa de vino de la mujer. Ella estaba combinando bebidas. Ant no sabía si era idea suya o de Seth.

En realidad no importaba, se dijo Ant; ambos sabían qué pasaría después.

Su idea era la idea de Seth.

Ant tampoco podía verle el rostro. Se preguntó si Seth sabía que así sería. ¿Habría llegado hasta ese grado de detalle? Quizá sería más fácil para Ant si no viera su cara hasta el último momento. Así como los granjeros no les ponen nombre a sus animales, porque después es más difícil matarlos cuando hay familiaridad, apego.

Quizá, piensa Ant, es porque Seth quiere vigilarlo. Así como un asesino nunca se sentaría en una habitación de espaldas a la puerta, porque debe ver a todas las personas que entran.

Se sienta en la parada del autobús. Los viajeros van y vienen. Todas las edades y razas. Todavía es muy temprano para que los borrachos anden dando tumbos por las calles, haciendo preguntas. La mayoría de la gente tiene la mirada sobre la pantalla de su teléfono. Nadie le habla.

Se sienta.

Espera.

Observa.

La concentración de Ant no flaquea. Está firmemente enfocado en Seth. Y mucho más en la mujer con la que se encuentra.

Es cierto, cuando alguien sabe que vas a morir, te brinda una atención absoluta.

152

El primer paso es admitir que tienes un problema. Que estás indefenso.

Que tu vida se ha vuelto incontrolable.

Bebo una copa de vino tinto bastante caro y eso me hace sonreír. No me siento fuera de control. Muy al contrario. Es una gran noche para mí, todo va exactamente conforme al plan.

El segundo paso es creer que existe un poder mayor que yo misma, que puede devolverme la cordura.

Todos nos volvemos a veces un poco locos.

No bebo todos los días. Nunca bebo durante el día. Quien lo hace seguramente tiene una adicción. Sí, tomo una o dos copas cuando llego a casa después de un día difícil en la oficina. Y en ocasiones se pueden convertir en una botella. O dos. Pero no es como esos publicistas de Nueva York, que se toman un whisky en el desayuno y entran a una reunión de la junta directiva con un vodka en las rocas a las nueve y media de la mañana. (Favor de consultar el paso uno).

¿Cuál es el poder que, se supone, es mayor a mí misma? Lo único que se me ocurre es la fuerza de voluntad. Después de un día en esa oficina, con frecuencia no me queda nada.

Después, se espera que tome la decisión de delegar mi voluntad y mi vida al poder de Dios.

Saltemos el paso tres. Eso no puede pasar. Sé lo que he hecho y Él no tiene lugar para gente como yo.

Hacer un valiente inventario moral de mí misma. Ese es el paso cuatro.

Resentimiento, miedo y sexo. Tres de mis cosas favoritas. Esta será fácil.

Es obvio que estoy resentida con mis padres. Por no creer en mí lo suficiente y decirme que no querían que estuviera con Seth porque él me impediría avanzar. Estoy resentida con mi hermana, por mudarse al otro lado del mundo con su familia.

Estoy resentida con Seth por alejarse de nosotros, por cerrarse y cambiar. Me ofende su jueguito nocturno idiota en el teléfono. Me ofenden sus murmullos y sus risas amortiguadas. Sus directorios telefónicos. Me ofenden esas tres chicas que trajo a casa en la cajuela de su jodido coche.

Estoy resentida con las redes sociales y las vidas que muestran todos mis amigos, que sé que no son la verdadera representación de ellos mismos, pero que igual me fastidia. Estoy resentida incluso con su falsa felicidad. Y las fotografías de sus adorables niños. Yo no puedo compartir fotos de mis hijos. Supongo que estoy resentida un poco con Seth también por eso.

Mi miedo proviene de la idea de que puedo perder todo.

Me aterra que nos atrapen. Me da tanto miedo. El miedo suficiente como para repasar cada detalle.

Me aterra que vuelva a hacerlo.

Y me aterra que, cuando lo haga, yo estaré ahí otra vez para ayudarlo. Esperando que eso nos una un poco más.

Este vino está fresco, ligero, aromático y delicioso. Un buqué a frutos rojos dulces. Había probado el mismo vino de una cosecha anterior y el nivel de alcohol fue demasiado alto para mi gusto.

¿Un alcohólico podría decir algo semejante? No estoy indefensa ante ello.

Paso cinco: reconocer ante Dios, ante mí misma y ante otra persona la naturaleza exacta de mis errores.

Querido Dios: encubrí y conspiré en el asesinato aparentemente fortuito de tres mujeres. A cada una la coloqué en una tina con cloro. Froté sus cuerpos, uñas, dientes y ojos. Les lavé el cabello. Me deshice de ellas en campos y bosques y a un lado del camino.

También he bebido mucho. Esta noche y muchas otras noches. Me insensibiliza. Me ayuda a dormir. A veces olvido. Recientemente, lo he usado para relajarme en la recámara y, en tres ocasiones diferentes, permití que mi esposo vaciara su veneno dentro de mí, sin considerar las consecuencias.

Amén.

Termino mi copa de vino. Quiero otra. Me sirvo otra.

Al confesarme con Dios, me confieso conmigo misma. Pero ya sabía todo eso. Y no necesito decírselo a Seth porque él, también, ya lo sabe todo. No hay nadie más a quien le tenga suficiente confianza como para decirlo.

Solo se lo dije a Dios porque sé que Él no escucha.

Así que supongo que eso significa que puedo saltarme los siguientes dos pasos. No creo que Dios elimine estos defectos en mi carácter; no le pediré humildemente que termine con otras deficiencias. No creo que las considere así.

Después, se supone que tengo que hacer una lista de las personas a las que he lastimado.

La más reciente es Hadley Serf. Antes fue Teresa Palmer. Me parece tan lejana la primera chica. Ya olvidé su nombre. Pero he bebido bastante.

Aproximadamente en el paso cuatro me di cuenta de que mi adicción no tenía nada que ver con el alcohol. Es Seth. Es esta relación.

En ella, estoy indefensa.

Estoy de regreso en el inicio.

Vuelvo a intentarlo, pero parece que no puedo superar el paso dos. La cuestión es que no creo que haya ningún poder superior a nosotros, a lo que tenemos. Cuando lo tenemos.

Ahora sé que no es el alcohol a lo que soy adicta, no es lo que me controla, me parece perfectamente normal que termine el resto de la botella.

153

La sensación de que alguien te puede estar observando es perturbadora, te paraliza. Es peor cuando sabes que te están observando. Es peor cuando están sentados detrás de tu pareja, en un rincón. No puede ver su rostro, pero sin duda sí puede ver el tuyo.

Seth trata de no prestar atención a Ant. Es más fácil en el restaurante que lo que fue en el *pub*. Ahí estaba, amenazador. Oscuro. Para tener una constitución tan delgada, de pronto era imponente. Para Seth, era obvio. Podía sentir la mirada de Ant escudriñando cada uno de sus movimientos. Aprender. Para su propio futuro. Para cuando fuera él quien estuviera sentado en la silla de Seth.

Antes de llegar al restaurante, era demasiado impredecible. Ant hubiera podido hacer algo arriesgado, como cuando siguió a Seth y a Hadley. Ese momento en el que, por impulso, pasó rozando su mesa. Algo en Seth le decía que esto no pasaría. Que con toda probabilidad, Ant no sería capaz de terminar el trabajo esa noche. Que se orinaría en los pantalones de miedo al tomar conciencia de lo que iba a pasar.

Seth vuelve a llenar las dos copas de vino. Sabe que Ant está al otro lado de la calle, del otro lado de la ventana, a su derecha. Y quiere mirar para asegurarse, pero no lo hace. Bebe y come y sonríe, mostrando los dientes para que su emoción sea evidente a distancia.

En cada historia que comparte o cada broma que cuenta, Ant está ahí. En cada bocado de carne y trago de vino. En cada comezón que se rasca. Por cada mano que se ha lavado. Seth está nervioso. Sudoroso. Pero muestra un encanto y gestos naturales con el sexo opuesto, que Ant no está seguro de poseer.

—Bueno, esta botella nos cayó muy bien. —Seth exagera su sonrisa. Sus dientes pueden verse desde el espacio—. ¿Pedimos otra o te gustaría probar algo diferente?

Ya sabe lo que responderá. Apenas están a la mitad del plato fuerte, hay bastante tiempo. Probablemente es mejor seguir con el mismo vino, ya han mezclado mucho.

Y eso es lo que ella dice.

Seth pide otra botella. Él y su cita beben un vaso de agua con la comida, mientras esperan a que llegue. Lo hace sentir francés. Sofisticado. Puede ser alguien más.

Se disculpa y va al baño. La lager fría pasó por su cuerpo y el vino lo estimula aún más. Pero está preocupado. No puede deshacerse de ese sentimiento.

Ant podría entrar en pánico. Podría voltear un momento y mirar de nuevo por la ventana para ver que Seth ya no está sentado ahí. Podría ver a la mujer sola. A la mujer que se supone estrangulará hasta la muerte esa noche en la recámara de su propio departamento. Podría preocuparse porque Seth ya no está. Podría echar todo a perder. Podría correr al interior del restaurante y gritar información que nadie más debería escuchar. Podría decidir estrangularla ahí mismo y en ese momento, mientras Seth está de pie frente al mingitorio con su pito en la mano.

Es demasiado estrés para un hombre que quiere ir a orinar.

Seth se para frente a la mesa, se disculpa y mira por la ventana, por primera vez en toda la noche. Aguarda un momento hasta poder hacer contacto visual con Ant, esperando que entienda el mensaje, que va a desaparecer; hace un gesto hacia su saco, que está colgado en el respaldo de la silla. No se iría sin él.

Ant levanta ligeramente la barbilla, como si tratara de ver sobre el marco de la ventana qué es lo que Seth está señalando. Se aleja como si lo aceptara.

Y después, está de pie frente al mingitorio; su pito sale por la cremallera de sus pantalones. Está desesperado, pero nada sucede. Está alterado. Otro cliente entra y se para frente al mingitorio junto a él. Saluda a Seth con un gesto de la cabeza. Segundos después puede escuchar cómo el tipo orina libremente, cierra los ojos e inclina la cabeza hacia atrás. Es un placer que Seth no ve llegar. Trata de no pensar en Ant.

El hombre junto a él termina. Se lava las manos y las pone debajo del secador. Seth aprovecha esta oportunidad para pujar. Tres gotas de orina perlan la porcelana. Cinco segundos después de que el hombre sale, Seth empieza. Y no puede detenerse. Es lo más relajado que se ha sentido en todo el día.

De regreso en la sala, la siguiente botella de vino ya ha llegado. Su cita sigue ahí, viva y bebiendo. Ant sigue afuera, observa y espera. Seth toma asiento, relajado y sonriente. Levanta su copa.

Todo va de acuerdo con el plan.

Mira a los ojos de la mujer que está frente a él.

Ya no falta mucho.

154

Un estudiante amigable, aunque ebrio, se tambalea junto a Ant en la parada del autobús y, amablemente, le pregunta la hora.

«Vete al diablo, idiota».

«¿No ves que estoy ocupado?».

«Lárgate».

Ant no dice ninguna de estas frases que se aglomeran en su mente ocupada. Era como Seth le había dicho: «El mejor lugar para esconderse es a plena vista. No ser nadie interesante. No hagas que te recuerden. La gente recuerda lo extraordinario o lo extraordinariamente aburrido».

—Mmm. —Ant busca el teléfono en su bolsillo. Aparta por un momento la vista de la ventana del restaurante—. Son las nueve y cuarto.

—Gracias. Todavía hay mucho tiempo.

El estudiante se aleja y deja a Ant como una silueta solitaria en la parada del autobús.

Mucho tiempo para beber. Mucho tiempo para encontrar drogas. Mucho tiempo para coger. Mucho tiempo para jugarle una broma a un compañero de escuela. Mucho tiempo para regresar y quemarse las pestañas para el examen. Lo que fuera, el joven estudiante parecía más relajado de lo que Ant estaría esa noche.

Levanta la mirada y entra en pánico.

Seth y su pareja se han ido.

Mira a derecha e izquierda, pero no hay nadie alrededor. Incluso el estudiante ha desaparecido en la esquina.

Ant cruza la calle corriendo sin siquiera mirar. Tiene suerte. Al llegar al otro lado de la calle, Seth aparece frente al restaurante con su acompañante. Ant corre directo hacia ellos. Se da cuenta, pero es demasiado tarde, va a la carrera, se dirige en línea recta hacia la pareja.

Seth coloca su saco sobre los hombros de la mujer. Ant mantiene la mirada sobre Seth. En realidad, no quiere verla a ella porque sabe lo que va a hacer. Se asegura de hacerse a la derecha para solo chocar contra Seth. Se golpean por los hombros.

—Perdón —dice Ant; con la mano izquierda alisa la camisa de Seth antes de desaparecer en el restaurante.

—Debe adorar la tarta de queso.

Ant escucha su ocurrencia antes de que la puerta del restaurante se cierre.

Por la ventana, observa cómo cruzan la calle y se dirigen hacia otro *pub*, para tomar otros tragos, según lo planeado.

—Buenas noches, señor. ¿Tiene reservación?

Otro oxfordiano amable para quien será indigno de ser recordado.

—¿Perdón?

—¿Tiene reservación para esta noche? —repite el mesero, más despacio.

Ant mira por la ventana; ya casi están lo suficientemente alejados como para que se escabulla tras ellos.

—Mmm, no, no tengo. Perdón. Solo quería preguntar si podría recibir a cuatro personas en algún momento esta noche —dice, tratando de hacer tiempo.

—Lo siento, estamos totalmente reservados y ya es tarde. Quizá podría organizar una mesa para dos personas, pero me temo que para cuatro será difícil.

Ant lo sabe. Por supuesto.

—Bueno, gracias de todos modos. Sabía que era poco probable.

Voltea. Sale. Espera fuera de la puerta hasta que Seth y la rubia entran en el último *pub*.

No puede esperar. Ha esperado toda la noche. Toda su vida, para esto.

Ant deja pasar otros cinco minutos para estar seguro. Sabe que están adentro y que están tomando otra copa. Seth le estará haciendo sus proposiciones, cerrando el trato. Ant quiere escuchar lo que implica. No sabe concretar. Sabe navegar. Un autómata. Necesita la lección. Pero es demasiado arriesgado, después de que casi los atropella, no puede entrar ahora.

—Carajo —murmura.

Pasa frente a la ventana y los ve sentados con dos bebidas en la mesa del rincón. Seth tiene otra pinta de lager y parece que ella cambió a ginebra o vodka.

Tenía que confiar en que Seth seguiría hasta el final.

Eso completaría el plan.

Regresaría esa noche a casa de Ant. Con la mujer que Ant estaría esperando para matar.

Estoy tan borracha.

Quiero hacer algo estúpido.

Quiero coger.

El vino tinto generalmente me hace sentir cansada. Domingo en la noche, debería quedarme dormida frente a un programa podrido de fondo que ya no me interesa, pero me da miedo sugerir cambiar el canal, porque Seth siempre se molesta un poco cuando quiero cambiar al noticiero; y no sé si lo hace para seguirme la corriente o si este tipo de programas empiezan a gustarle.

Pero esta noche no me siento así.

No quiero recostarme en el sofá. La única manera en la que quiero hacerlo es si Seth está de rodillas frente a mí. Solo quiero acostarme en el sofá si mis manos le jalan el cabello mientras me acerco al orgasmo. No quiero estar acostada en el sofá a menos que esté bocabajo y que Seth me penetre por atrás, con todo su peso sobre mí, su mano presionando mi nuca.

Me siento cargada. Viva y excitada. Expectante.

Espero tener sexo esta noche. No será así. Sé lo que sucederá. Seth me besa junto a la cama, sus manos sostienen mi rostro como si fuera lo único que desea mirar, aunque sus ojos estén cerrados. Mis dedos corren por su espalda. Él hace lo mismo. Me desvestirá. Yo trataré de desvestirlo, pero tiene problemas con el cinturón. Su mano se moverá entre mis piernas, me tocará con suavidad. Después, me empujará, juguetón, sobre la cama y se quitará los pantalones.

Me besará el cuello, los senos y el vientre, y me morderá las caderas antes de jugar con el lugar al que quiero que vaya. No dejaré que me lleve hasta el final.

—Ven. Te quiero dentro —le diré. Y obedecerá.

Se arrastrará sobre mi cuerpo y se saciará dentro de mí. Lo acercaré a mí, porque ahí es donde lo quiero, primero. Quiero hacer el amor antes de que me coja. Quiero sentir su peso sobre mí.

Después, estirará los brazos y sostendrá su cuerpo sobre el mío. Me encanta mirarlo así. Es un momento en el que parece vigoroso. En buena condición física. Ahí es cuando comenzamos a movernos más rápido. Más fuerte. Más poderoso.

Y después, todo habrá acabado.

Eso es lo que quiero para el domingo en la noche. No mi acostumbrado duermevela ebria en el sofá.

Quiero cercanía y amor y sexo y espontaneidad, y que mi marido me llene otra vez.

Eso es lo que quiero.

Y, después, eso es lo que obtendré.

156

La comida deconstruida no tiene sentido. Tienes todos los ingredientes para preparar algo. Lo haces. Luego lo retiras. Así que, en lugar de hacer una hermosa y espesa base para galletas, con un denso relleno de queso crema, quizá un poco de fruta para bañarlo, todo cortado en perfectos gajos triangulares con crema, obtienes una «deconstrucción». Una especie de esfera azucarada de queso crema con migajas de galleta espolvoreadas por encima y salpicaduras de salsa de fresa alrededor del plato, con otras manchas de vinagre balsámico y hojas de albahaca dulce.

Lo mismo sería cocinar una tarta de queso y luego golpearla con una raqueta de tenis.

Eso dijo Seth cuando su postre llegó y ambos se rieron de él. Aunque no fuera divertido.

Ríen por ello en el rincón del *pub*, mientras Seth gesticula como si lo vertiera en un plato. Era una tontería. Estaban lo suficientemente borrachos como para perderse en eso.

Seth podía sonreírle y tocar su mano sobre la mesa, sin tener que preocuparse por su reacción. Podía tocar su pierna por debajo de la mesa sin tener que sonreír y ambos sabían exactamente a dónde iba todo esto.

Toma un trago de cerveza y gira sobre su banco. No puede ver a Ant. Le preocupa de nuevo. Lo imprevisible. Su entusiasta inmadurez. A Seth solo le queda asumir que Ant tiene un cierto grado de autocontrol y sentido común, y que en este momento va camino a casa para esperar en las sombras de una recámara que no tiene foco.

Volviéndose de nuevo, su cita está inclinada, con los codos sobre la mesa, su rostro cerca del suyo. Se miran un momento antes de que Seth avance. Sabe que ella responderá a su beso. Al principio, es suave. Después, Seth pone la mano en su nuca para mantenerla en su lugar, para moverla como él desee.

Ambos beben.

—Terminemos esto y vámonos de aquí.

No le está preguntando si quiere hacerlo o no y no la está forzando. Está seguro de que a ella le gusta.

Bebe el último trago de su ginebra y dice:

—Estoy lista cuando tú quieras.

Vuelve a poner su saco sobre los hombros de ella y, cuando salen por la puerta, el aire frío de la noche les golpea el rostro y aumenta su borrachera; él camina detrás de ella, un brazo pegado al cuerpo y con el otro frotándolo para darse un poco de calor.

Seth debe recordar el camino de regreso al departamento de Ant, que se supone es el suyo.

157

Sin foco. Eso fue lo que Seth le dijo.

—Quite el foco de la recámara.

Ant no hizo preguntas. Así hacía las cosas Seth. Así es como se salía con la suya. Había matado a tres mujeres sin mucha dificultad, alrededor de su vecindario londinense; por supuesto, Ant tomaba notas.

Esperaba.

En ese rincón en donde antes había un estante para el televisor.

En ese entonces, la distribución de la habitación necesitaba algo que colgara de la pared y presentara las imágenes desde el rincón. Ant había quitado el aparato de ahí y había rellenado los orificios. Los lijó de manera tan meticulosa que no se podía creer que algún día habían existido. Era una pared nueva. Intacta. Pero no se puede apreciar, porque está muy oscuro.

No tiene idea de cuánto tiempo falta, pero ya está ahí; tiene demasiado miedo como para irse. En caso de que lleguen.

El lugar huele a limpio. No a casa limpia, no como alguien que es pulcro; no hay cuencos con popurrí ni velas aromatizadas; es clínico. No como un hospital, pero más parecido a eso que a una casa de muestra.

Ant necesita orinar y ese sentimiento lo hace sentir más nervioso e incómodo. Puede sentir una pared sobre cada uno de sus hombros, conforme se aprieta contra el rincón. Tiene miedo; no funcionará. En algún momento, la vista de la pareja de Seth se ajustará a la falta de luz y podrá distinguir la silueta en el rincón de la recámara.

Entonces habrá gritos. Y quizá Seth tendrá que silenciarlos rápidamente. Y eso significa que matará a su propia cita. Ant no podrá participar. Le arrebatarán otra más. Seth lo hará.

Está sudando. No quiere hacerlo. No contra la pared. Después tendrá que limpiar.

Está temblando. No quiere hacerlo. No cuando está tan desesperado por ir al baño. Eso es algo que, con seguridad, no quiere limpiar. Su mente no podría soportarlo. Para Ant, el olor siempre estaría ahí. El recuerdo de un hombre adulto mojándose los pantalones. Tendría que cambiar la alfombra.

Está pensando. No debería hacerlo. La voz de Hadley Serf en el teléfono y su amigo colgando de la puerta, y cuando casi choca contra Seth y su pareja fuera del restaurante. En sus padres y en los números que registró en el trabajo el otro día; en las fotos que están debajo de la mesita de centro y si su celular está cargado. Solo se pone más nervioso. Así que tiembla más. Y suda un poco más, pegado contra la pared.

Espera. En verdad, no quiere hacerlo. Demorar el placer era algo para la alcoba, pero no para este caso. Puede distinguir la habitación cada vez más, conforme sus ojos se ajustan a la luz. Y, conforme se tranquiliza y racionaliza la escena, tiene sentido que una luz entre por la ventana e ilumine el marco de la cama; sin embargo, su rincón queda intacto. Él es invisible.

Escondido a plena vista.

Como le dijo Seth.

Respira. Puro alivio.

Después, el sonido de la puerta que se abre.

Voces. Una masculina. Una femenina.

El murmullo de un beso.

El golpe de algo que empujan contra la pared, con pasión.

Luego, la puerta que se abre.

Ant suda, tiembla, piensa. Pero ya no espera.

Están aquí. Está sucediendo. Alguien está a punto de morir.

158

El saco de Seth resbala de los hombros de ella cuando la empuja contra la pared; con una mano firme, la sostiene por las muñecas por encima de su cabeza, mientras que con la otra se abre paso por su cuerpo mientras se besan.

El departamento está tan silencioso que hace que sus besos suenen con más fuerza. Es agitado y apasionado.

Ambos saben por qué están ahí.

Mientras se besan, pone la mano en una de sus mejillas, antes de pasarla hacia su nuca y jalarle el cabello hacia atrás para exponer más su cuello. Quiere morderla, pero siempre es peligroso dejar ese tipo de marcas, por más cloro que se use. Se ha condicionado para no ir tan lejos.

Luego, baja la mano, levanta la pierna de ella para que su rodilla derecha quede en su cintura; él la acaricia de arriba abajo hasta que roza entre sus piernas. Ella emite un sonido que le indica que está de acuerdo.

Después, le suelta las manos y hace lo mismo con la otra pierna para que ella quede abrazada a él y pueda llevarla cargando hasta la recámara. La recámara de Ant. Donde él espera. Listo para orinarse en los pantalones.

La puerta de la habitación está entreabierta y Seth la empuja ligeramente con el pie.

—Deja la luz apagada —dice ella.

—De todos modos, no sirve.

Sube y baja el interruptor y no sucede nada.

Todo va según el guion.

Ant está detrás de la puerta. Seth lo sabe. Eso lo pone nervioso, pero no afecta su excitación.

Entra a esa recámara desconocida con una mujer abrazada con firmeza alrededor de su cuerpo. Ella lo besa. Sus ojos están cerrados. Él responde a sus besos, pero tiene los ojos abiertos. Mira hacia el rincón en el que sabe que está Ant. Pero no puede verlo. Ni siquiera una silueta parcial.

Para estar seguro, se mueve alrededor del otro lado de la cama. Las cobijas huelen a recién lavadas. Se detiene y baja a la mujer.

Sabe exactamente lo que ella quiere.

Sabe exactamente lo que hará.

Se siguen besando. Ahora con más suavidad. Es tierno. Demasiado amoroso para una primera cita. Seth vuelve a acariciarle el cuello, siente sus senos. Sus manos acarician su espalda debajo de la ropa. Jala su blusa por encima de su cabeza y se la quita. Lleva un brasier negro que hace que su piel se vea más pura.

Más besos y abre el broche del brasier. Sus pechos son reales. Firmes para una mujer de su edad. Baja su boca, mueve la lengua alrededor de su pezón y lo succiona, en ocasiones un poco fuerte, pero le gusta la manera en que ella reacciona al dolor.

La empuja suavemente, juguetón, sobre la cama y se pone encima de ella. Él sigue completamente vestido.

Besa su cuerpo. Besos suaves, húmedos donde lame al mismo tiempo; respira sobre su piel lo suficiente como para hacerle cosquillas y esto hace que ella levante ligeramente sus caderas.

Abajo. Abajo hacia su vientre. Sus dos abdominales superiores son fuertes y visibles, incluso en la oscuridad. Se vuelve un poco más suave conforme se abre camino hacia abajo, pero el vientre de la mujer recostada sigue siendo plano.

Abajo, abajo los jeans. Abre el botón y lame con cuidado la línea de los calzones. De vez en cuando pasa la lengua por debajo. La provoca, le baja los pantalones hasta los huesos de la cadera. Lleva la lengua hacia ellos y la muerde. Nada que deje una marca.

Ella mueve las caderas, él sonríe. A ella le gusta. Sabe que le gusta.

Puede olerla y a él le gusta. Lo desea. Quiere poner su boca sobre ella.

Abajo. Abajo entre sus muslos. Presiona los labios contra el rectángulo de vello púbico recortado. Pasa la lengua a un lado y respira en el lugar en el que ella quiere que ponga su lengua. Aún no irá ahí.

La besa exactamente como ella lo haría. Su lengua se introduce en ella.

Respira con fuerza.

Ant trata de no hacerlo. La tiene dura. Observa. Escucha.

Por último, Seth llega a su clítoris; lame hacia arriba, la textura de su lengua se frota contra ella. Repite el movimiento. Es lento, deliberado. No quiere que llegue al clímax. Todavía no.

Continúa. Una mano sobre su vientre, la otra empuja un dedo en su interior y lo mueve más rápido de lo que lame. Advierte un movimiento en el rincón y se retira.

—Vamos. Te quiero dentro de mí —le suplica.

Seth se pone de pie entre sus piernas y se quita la camisa. Se abre los pantalones y los baja; su pene erecto, enhiesto. Se pone encima y ella baja la mano. Entre sus piernas, lo toma en su mano con fuerza y frota la punta de su pito contra ella, en círculos, antes de ayudarlo a que la penetre.

Seth se pone sobre ella y empuja todo lo que tiene en su interior. Su pecho descansa sobre el de ella y le besa el cuello, hacia adelante y hacia atrás, con todo su peso.

—Cógeme, Seth —le dice al oído, y eso lo excita. Se mueve más rápido—. Más fuerte —agrega.

Se alza para verla. Puede ver cómo desaparece en su interior. Ella puede mirar hacia abajo y ver cómo la embiste.

Él se mueve más rápido, más fuerte, arremetiendo.

Ella hace más ruido.

Ant se pone más ansioso.

Seth presiona sus manos contra el vientre de ella sin dejar de moverse; ella inclina la cabeza hacia un lado, saca la lengua y se toca el labio superior.

Arriba. Arriba hacia sus senos, los agarra; empuja y golpea en su interior.

Arriba. Arriba hacia su cuello. Aprieta ligeramente mientras siente que ella lo aprieta. A ella le gusta. Sabe que le gusta.

Pero esa es la señal.

Ant sale de las sombras.

159

Esta noche he bebido mucho, pero no olvidaré nada.

Seth suelta mi cuello y Ant toma el relevo.

Veo su rostro. Lo reconozco de antes, cuando chocó contra nosotros fuera del restaurante. Recuerdo que merodeaba frente a la ventana del *pub*. Lo vi cuando fuimos a tomar unos tragos. Y lo escuché moverse nerviosamente a nuestro alrededor mientras cogíamos.

Salta sobre la cama y pone sus manos alrededor de mi garganta desde el otro lado; está bocabajo sobre mí. Sus ojos son grandes y me sujeta con fuerza.

Lo va a hacer.

Su primer asesinato.

Ya no puede echarse para atrás.

Seth sigue dentro de mí. Me pregunto si se va a venir. Estuvo cerca. Lo sentí.

Es curioso, pasas tu vida en vigilia preocupado por todas las cosas que no tienes, comparándote con otros, preguntándote de qué te has perdido, sintiéndote preocupado y atrapado en tu situación, incapaz de cambiar y, cuando te enfrentas a la muerte, piensas exactamente lo mismo.

«Yo quería un hijo», pienso. Es la conexión final.

Ant aprieta más fuerte. Veo su rostro, es puro placer. Como un niño. Como un inocente.

Me sacudo e intento liberarme. Seth sale de mi cuerpo y cae al suelo.

Ahora, solo somos Ant y yo.

Sé quién es. Reconozco su rostro.

Todo el espectro de colores comienza a deslizarse por el rabillo de mis ojos. Golpeo las manos de Ant, pero difícilmente se mueve.

Después, ¡clic!

La tensión se libera.

Seth está detrás de Ant. Pistola a la cabeza. Exactamente como lo planeé.

Me levanto y miro a Ant. Le doy una bofetada y su mejilla golpea el cañón de la pistola. Después, se orina en los pantalones.

—Oh, Ant. Qué pena —le digo.

—¿Qué mierda es esto? ¿Qué haces, Seth? ¿Quién es esta loca?

Ese es un error.

Seth voltea a Ant y pone la pistola frente a su cara. Ant está helado. Yo empiezo a vestirme.

—Siéntate en la cama. Y no hables así de mi esposa.

—Tu esposa.

Ambos reímos.

—Es muy sencillo. Danos la contraseña de tu computadora para borrar esas fotos.

—¿De eso se trata?

—Contraseña.

—Nunca. No importa, hay otra copia impresa por ahí. Así que si algo me pasa…

—No eres tan inteligente, niño. Ahora, dame la contraseña.

Me cubro y Ant se atraganta con el cañón de una pistola, trata de no vomitar. Raspa sus dientes. Cuando intenta alejarse, Seth empuja más fuerte.

Dice algo, amortiguado. Me mira para pedir ayuda.

—¿Qué? —pregunta Seth. Lo observo.

Ant murmura lo mismo.

—¿Contraseña? ¿La contraseña es «contraseña»?

Ant asiente. Escucho cómo sus dientes raspan contra el metal.

Seth ríe y relaja el brazo un momento, veo cómo los hombros de Ant liberan tensión. Me mira a los ojos.

Seth jala el gatillo y la parte inferior del cerebro de Ant rocía la pared perfectamente enyesada. No hay tiempo para sopesar su traición. No hay tiempo para pensar en su familia o amigos. No hay tiempo para considerar sus errores: seguir a Seth hasta su casa esa noche; acosar a Hadley Serf, verla morir, chantajearnos. No hay tiempo para recordar sus viajes y la primera vez que vio cómo la vida de alguien se escapaba, sin hacer nada por ayudar. No hay tiempo para entender que jamás estaría limpio. Que nunca sería nada.

—¿Contraseña? —pregunto—. Todo esto para que sea «contraseña». Ni siquiera necesitábamos matarlo.

—Oh, Maeve, teníamos que matarlo.

El detective sargento Pace se equivoca.

El detective sargento Pace piensa que tuvo suerte.

El detective sargento Pace es un pulmón lleno de nicotina.

Parecía un simple suicidio. Cerrado. Toda la evidencia estaba ahí. Y la evidencia que no estaba ahí podía ignorarse, porque aliviaría la conciencia del público saber que este monstruo se había ido y a Pace no le importaba que no todo tuviera sentido; su mente nunca quedaría en paz.

Encontraron el rollo de plástico en su departamento. El corte de un extremo se ajustaba a la perfección a la pieza que habían usado con el cuerpo de Hadley Serf. Eso solo era suficiente para la condena.

Después, estaban las fotografías en su computadora. Sin contraseña de protección. Imágenes comprometedoras de las tres chicas. Era suficiente para vincularlo con los tres asesinatos.

Por supuesto, las notas de post-it que había llevado a casa con los nombres y teléfonos de posibles víctimas emocionalmente vulnerables tuvieron sentido, después de que las autoridades hablaron con sus colegas del trabajo y supieron que era voluntario. A partir de los registros telefónicos de Hadley, supieron que ella había llamado a los Samaritanos unos días antes de su muerte.

Las pruebas, si eran necesarias, se acumulaban en contra de Ant.

Una investigación más profunda con su familia revelaría un posible caso de estrés postraumático por la muerte de su amigo.

Pace podía pasar por alto la ausencia de nota suicida. Podía omitir el hecho de que no había pólvora residual del disparo en la mano del cadáver.

Y estaba el foco. En la lámpara del buró. En perfecto funcionamiento, pero ninguno en el techo. Dejaba a la gente perpleja. Esa era la intención. Llamar la atención de lo que era importante. Lo que faltaba. Al final, se decidió que el chico solo era raro. Era un asesino. Y ahora estaba muerto.

Y uno no debería regocijarse con la muerte de otro, pero la mitad del país lo hizo.

Se sentían más seguros.

El detective sargento Pace sabe que todo es una mierda.

El detective sargento Pace solo quiere irse a casa.

El detective sargento Pace es una infección.

Asunto cerrado. Las fotos, las llamadas, las notas, el rollo de plástico. Este caso había terminado y podría regresar a Londres a rastras con su sombra gigante y la cabeza inclinada hasta que su enfermedad se esparciera a otro lugar, hasta que detonara otra cosa.

LUNES

Los teléfonos no dejan de sonar.

Cientos de llamadas, como se esperaba.

Personas que reconocieron a Ant en el club la noche en cuestión. Una llamada de un joven borracho que pensó que lo había visto sentado en la parada del autobús esa misma noche. Colegas voluntarios en los Samaritanos, asombrados por haber trabajado al lado de alguien que asesinó tres veces. La madre de James, que ahora se pregunta si su hijo se suicidó o si su compañero de viaje homicida tuvo algo que ver.

Y atrapada entre estas llamadas, las de broma, las que solo hacen perder el tiempo y las de quienes buscan atención, hay una mujer preocupada porque su marido ha estado actuando de manera extraña recientemente y ha desaparecido.

Está preocupada porque siempre regresa a casa.

Siempre regresa a ella.

Pero el detective sargento Pace no tiene tiempo para ninguno de ellos. Porque está en el departamento del hombre que aparece en el video, que salió anoche a la vista del todo el país. Y su cerebro está embarrado en la pared detrás de él.

Hay evidencia suficiente en su departamento para una condena que el asesino jamás cumplirá.

Y hay otro cadáver al pie de la cama.

162

Los colores en mis ojos fue lo que me preocupó. Me hizo pensar.

¿Por qué Seth dejó que llegara hasta este punto? ¿Autenticidad? Me pregunto si quería saber hasta dónde lo llevaría.

Quizá matarme le cruzó por la mente.

Había utilizado a Ant. Estaba desesperado por vivir algún tipo de emoción. Y era obvio que odiaba a Seth. El psicópata pensaba que le habían arrebatado a Hadley. Como si hubiera sido su trabajo purificarla o matarla él mismo. La había seguido.

Sabía que era él. Cuando chocó contra nosotros fuera del restaurante, se cubría el rostro. Pero no lo hacía por mí. Lo hacía por Seth. Vi a Ant afuera del restaurante, en la parada del autobús; sabía que estaba ahí, donde se suponía que debía estar. Lo vi pasar frente a la ventana. Lo vi merodear en la sombra, en el rincón de su recámara. Y vi un halo de color a su alrededor cuando mi marido casi le permite que me estrangule hasta la muerte.

Todavía existía la oportunidad de seguir con el plan original: matar y culpar a Ant.

Mi plan.

Pero fueron los colores.

Seth estaba empeorando. Los incidentes sucedían cada vez con más frecuencia. Perseguía lo mismo que Ant. Ese sentimiento inalcanzable del primer asesinato. Esa emoción. Ese éxtasis alimentado de dopamina.

Y, conforme estos incidentes se hacían más frecuentes, más me arrastraban hacia el fondo.

No podía permitirlo.

No estaba funcionando.

Recuerdo claramente la mirada en los ojos de Ant cuando se dio cuenta de que le habían tendido una trampa, que Seth iba a matarlo. Me miró como si me conociera. Le dije a Seth que fuera rápido, que no lo pensara. Que solo disparara.

La inquietante decepción y traición duró poco. Seth hizo exactamente lo que le ordené y la sangre de Ant voló por su nuca antes de tener la oportunidad de traicionarme.

El mundo no perdió nada anoche.

Y luego, dije:

—Dame la pistola, Seth. Tenemos que vestirnos y arreglar este departamento rápido antes de largarnos de aquí. Parecerá un suicidio.

Yo tenía que limpiar el arma y colocarla en la mano de Ant. El pobre chico parecería otro hombre solitario e incomprendido, que no pudo lidiar con los estragos del mundo real. Que cometió crímenes atroces contra la sociedad y luego no pudo vivir consigo mismo.

Seth me dio la pistola y yo le disparé en el pecho.

Sin pausas.

No hubo tiempo para ver la traición en su mirada muerta.

Después seguí con el plan. Mi plan. Mi contingencia. Era impecable. Yo quedaba fuera. Quizá estaban trabajando juntos. Quizá Seth no era el último asesinato de Ant antes de quitarse la vida. A nadie le importaría porque los homicidios terminarían. Por supuesto, las familias de las víctimas no podrían pasar la página, pero no me importa, ese no es mi problema.

Y pensé en limpiarme con cloro el pito de Seth, porque eso era lo único que me relacionaba con la escena, pero una sola lavada era suficiente. Lo único que necesitaba blanquear era mi cabello. Para que nadie que se acuerde de Seth en el restaurante, recuerde que estaba cenando con una mujer que había sido blanqueada con cloro.

Así que, ahora, me lo estoy tiñendo. Ya llamé a la policía para informarles que estoy preocupada por mi marido desaparecido. Solo soy la esposa solitaria en casa. No sé nada de la infidelidad o las actividades extramaritales de mi cónyuge. «Solo pensé que tenía mucho trabajo, oficial».

Solamente queda una cosa que hacer. Lo que he querido desde que aparecieron las primeras noticias del descubrimiento de Daisy Pickersgill. Sucederá hoy.

Así que espero. Bebo café y veo la televisión con el cabello seco y de nuevo castaño, y espero.

Hoy sonará el timbre, y cuando abra la puerta, la persona que estará en el umbral será el detective sargento Pace.

163

El teléfono de la persona que llamó, preocupada porque su marido no regresó a casa el domingo en la noche, coincidía con los registros telefónicos de cada una de las víctimas.

Para su proyecto nocturno, Seth Beauman había usado el teléfono de su casa para llamar a sus posibles víctimas. Una vez que alguna había mordido el anzuelo, comenzaba a usar teléfonos desechables.

El timbre suena y Maeve se apresura a la puerta. Quiere dar la impresión de que está nerviosa. Confiada en que su marido está de regreso.

Cuando abre la puerta, parece devastada ante la silueta que oscurece el umbral, aunque es exactamente lo que esperaba.

—Oh, lo siento; pensé que era otra persona. ¿En qué le puedo ayudar? —parece que le falta el aliento.

—¿Señora Beauman? —su voz es profunda, con una ronquera que a ella le parece increíblemente atractiva.

Todo en él es tan oscuro que parece alterar la luz del día detrás de él.

—Sí —responde recelosa.

—Soy el detective sargento Pace, ¿le importaría si hablamos un momento?

—Mmm, no parece policía, ¿tiene alguna identificación?

—Sí, por supuesto. —Busca en el bolsillo interior.

—¿De qué se trata, oficial?

—Usted llamó esta mañana por el asunto de su marido.

—Así es. ¿Está todo bien?

—¿Puedo pasar?

—Sí, sí, claro. Perdón.

Maeve lo invita a pasar, cierra la puerta y lo guía hasta la cocina.

—¿Quiere tomar algo? Perdón, nunca había recibido a la policía; por alguna razón, me siento nerviosa. ¿Tiene noticias de Seth?

Es torpe, a propósito.

—Señora Beauman, quizá deberíamos sentarnos.

—Sí. Por aquí. ¿No quiere agua o algo? ¿Té?

Lo dirige hacia la sala. Las noches que estuvo sola y se imaginó en esa misma habitación con él…

Pace le da la noticia de que Seth está muerto. Ella llora en el momento justo. Y pregunta qué sucedió, aunque lo sabe todo.

Esa era la parte sencilla para Pace, decirle a la esposa que le habían dado un tiro a su marido. Luego, tiene que informarle que fue cómplice en tres brutales asesinatos.

—No diga estupideces. Usted no conoce a Seth. Es solo una persona normal. Trabaja duro y regresa a casa. Es promedio. Ni siquiera llega a los extremos de la emoción. No podría decirle una sola vez en que me haya alzado la voz.

Deliberadamente, habla de él como si siguiera vivo, como si no hubiera aceptado el hecho una semana antes de jalar el gatillo.

Maeve no tiene idea de cómo está haciendo esto. Es tan convincente. Es ella misma, pero al mismo tiempo no lo es.

Pace tiene que hacer algunas preguntas de rutina.

—No tiene ningún amigo llamado Ant. Los conozco a todos. En realidad, no son tantos.

—Lo siento, señora Beauman, sé que esto es muy difícil, pero le aseguro que todo es verdad. Podemos ponerla en contacto con un intermediario que la ayudaría en estos momentos…

—No necesito ningún intermediario —lo interrumpe—, solo necesito saber qué está pasando.

Pace le explica su teoría. Seth y Ant trabajaban juntos. Ant encontraba a las víctimas gracias a su puesto de voluntario en los Samaritanos y ambos preparaban a estas mujeres, se reunían con ellas y las mataban. Probablemente, Seth era responsable de las dos primeras, porque ambas vivían en Londres. No había evidencia suficiente en ese momento para saber si él las mató y luego se las llevó a Ant en Warwickshire o si las llevó allá para matarlas, pero con el tiempo lo sabrían.

—De nuevo, siento tener que preguntarle ahora, pero ¿nos podría decir algo que pudiera ayudarnos a armar el rompecabezas? Quizá el lugar donde pudo conocer a Ant, o alguna actitud sospechosa o fuera de lo común.

Maeve espera. Como si supiera algo, pero no está segura de comunicárselo. Es exactamente lo que ella desea.

En silencio, se pone de pie y Pace observa cómo cruza la habitación hasta el otro sofá. Hunde el brazo en un costado y saca un fajo de papeles. El directorio telefónico especial de Seth.

El detective sargento Pace no puede creer su suerte.

—Era algo que él hacía. No podía dormir. No lastimaba a nadie.

Pace le tuvo lástima. Parece confiada e ingenua.

—Gracias por su tiempo, señora Beauman. Comprendo que todo esto sea por completo sorpresivo. El oficial de enlace se comunicará hoy con usted.

—No conozco al oficial de enlace. No sé en quién confiar ahora. ¿Usted no puede ser el enlace, detective Pace?

Le aseguro que es confiable, pero yo también me comunicaré con usted, señora Beauman. Estoy seguro de que volveremos a hablar.

Maeve había obtenido todo lo que deseaba. Se deshizo de Seth. Era inocente en todo esto. Y el detective sargento Pace regresaría a verla.

La manera como se sentía al verlo en televisión no se comparaba con la emoción de tenerlo ahí, en su casa.

Y la próxima vez sería aún mejor.

164

Ha sido un buen día.

Preparé pasta para cenar y ahora estoy recostada en el sofá, con casi una botella de vino blanco dentro de mí.

Miro el sofá en el que Seth debería estar sentado y no lo extraño; no anhelo ni su mirada ni sus caricias.

Me adormezco, como acostumbro.

Pienso en el detective Pace y eso me mantiene despierta.

Había cierto tipo de energía cuando estuvo aquí, más temprano. Era primitivo e incómodo, pero me gustó. Mucho.

Paso algunos canales y Seth está en las noticias, pero ahora no me interesan mucho los noticieros. Cambio a un *reality show*, donde unas parejas hermosas, aunque estúpidas, tienen que ser infieles a sus cónyuges. Es idiota. Ruido blanco.

Estoy aburrida. Me cambio al viejo sofá de Seth. Él ya no lo necesita. Pasan de las diez. Tarde, pero no muy tarde. Me siento en su lugar y pienso en todo lo que hice por él: tolerar sus humores, verlo decaer, pagar más de lo que me tocaba, cogérmelo y pasar por cloro a todas esas chicas.

Siempre supe lo que hacía. Sabía todo lo que hacía. Era un estúpido en pensar que yo no tenía idea. Hice todo eso por él, por nosotros, a pesar de todo lo que sabía. Y al final, sabía que tenía que matarlo; pero aún no me he deshecho por completo de mi marido.

Pace no tiene todo.

Meto la mano debajo de uno de los cojines del sofá y saco una hoja de papel.

Todavía quedan algunos Taylor.

Levanto el auricular y marco el primer número que no está resaltado.

—Hola. Soy Maeve. No puedo dormir. ¿Quieres hablar?

Agradecimientos

Hace algunos años, se insinuó que Will Carver estaba probablemente muerto. Por eso debo agradecer a las personas que me resucitaron.

Karen Sullivan. Maravilla. Única. Una verdadera fuerza de la naturaleza. La editora más trabajadora, más apasionada y entusiasta que un escritor pudiera desear. Valiente. Acepta libros que asustarían a otros. Los embellece y hace que los lean. Sabía que serías tú desde la primera vez que nos conocimos.

Tom Witcomb. Mi apuesto, joven y brillante agente. El dolor de cabeza que siempre deseé. Culto y brutalmente honesto. Justo lo que necesito.

Mis amigos escritores. Sarah, que me dijo que no me preocupara, que volvería a suceder. Y Tom, cuyos consejos eran gratuitos, abundantes y generalmente correctos. Y yo solamente ignoré la mayoría.

A todas las personas de Orenda que leyeron y estuvieron detrás de este libro. West Camel y Meggy Roussel. Qué equipo. Y a Liz, por ser la primera en leerlo, pasarlo y tener un gusto excelente.

A Phoebe y Coen, mis mejores creaciones. El bien constante en mi mundo.

Mum y Brendan, por apoyarme estos años y ayudarme con las cervezas.

Mis amigos en la vida real: Parks, que está ahí cuando lo necesito y cuando no. Ya sea porque es el momento o la ginebra o el dinero para la renta. Tim, Forbes y Bruce, por estar a mi lado cuando las cosas se ponen feas.

Y a Kel, un gran amigo que se convirtió en mucho más. Mi nuevo capítulo.

Por último, January David. Lamento no haber terminado de contar tu historia, hombre, pero no te he olvidado, no te preocupes.